ALAIN WAGNEUR

TERMINUS PLAGE

BABEL NOIR

pour Annabelle

1

Il pénètre sous le porche de l'immeuble. Ce n'est pas son immeuble à elle, il ne le reconnaît pas mais il sait qu'elle habite là. A droite, l'escalier. L'ascenseur est en panne, il s'élance, cinq étages, elle l'attend. Il grimpe les marches trois par trois mais les étages sont hauts, les marches malcommodes. Il se fatigue, s'essouffle. Pourtant il lui faut se dépêcher. Elle l'attend. Il le sait, il n'y a pas de temps à perdre et cette urgence l'angoisse. Il voudrait se trouver près d'elle, l'étreindre, l'entendre. Mais c'est tellement haut. Qu'est-ce qui lui arrive ? Est-il malade ? Plus de jus. Chaque pas est un effort, un effort surhumain… Allez ! Cinq étages ! Seulement cinq malheureux étages. Il n'abandonnera pas. Il a trop envie d'elle. Il est excité. Un désir violent, douloureux. La rejoindre. Il reprend son souffle, se cramponne à la rambarde, soulève un pied, le repose sur la marche au-dessus. Il prend appui et soulève l'autre pied et ainsi de suite… Pas difficile, non ? Juste une question de volonté, un effort à fournir. Comme ses jambes pèsent lourd ! Des kilos de plomb. Ses poumons sont vides, sa poitrine va exploser, il n'en peut plus, il s'arrête, et puis il comprend : il n'y arrivera pas, il n'y arrivera plus jamais. Il aperçoit le palier et la porte. Elle se trouve derrière. Si proche, inaccessible pourtant. Il a envie de pleurer, il se ressaisit. Un effort, peut-être le dernier… Déchirement du silence. Une sonnerie. C'est elle ! Vite ! Tu y es presque…

— Richard ? C'est moi, Laurence. On vient de recevoir un appel. Il y a un incendie sur le boulevard de la Plage.

Il est en sueur, essoufflé, il a mal partout.

— Un incendie ?

— Oui. *La Capitainerie*, un hôtel-restaurant sur la promenade.

— Des victimes ?

— On ne sait pas encore…

— J'arrive.

Trois heures du matin, à Blainville, ce mardi 8 mars. Un incendie dans un hôtel. Qu'est-ce que c'est que cette connerie ?

Richard Zamanski repose le combiné. Il sort de son rêve avec peine mais sans regret. Il sait trop bien ce qu'il aurait trouvé, là-haut, derrière la porte.

Richard Zamanski : un flic.

Un homme brisé, qui a perdu son amour et cherche son honneur.

2

Sur les lieux, c'est la Saint-Gyrophare. Il y a les véhicules des pompiers, des ambulances, les bagnoles de la police municipale, celles de la police nationale. Toutes, feux de détresse clignotant, stationnent devant une grosse villa 1900 transformée en hôtel-restaurant. Une colonne de fumée épaisse et pâle s'élève sur fond de nuit. Les flammes éclairent les pins et les maisons du voisinage, se reflètent sur l'étendue endormie de l'estuaire. Les hommes s'affairent, déjà quelques curieux arrivent malgré l'heure plus que matinale. Ça pue le bois cramé, la chaleur est suffocante. La grande échelle est dépliée, six lances attaquent l'incendie.

Zamanski sort de sa voiture, une Mercedes 250 SE abonnée aux contrôles techniques, aussi discrète qu'un transatlantique, aussi économique qu'une maîtresse exigeante. Une jeune femme vient à lui. Lieutenant Laurence Fuzier dite "Lolo". Vingt-huit ans, cheveux très courts, jeans et baskets, blouson Schott sur T-shirt noir, un caractère de garçon manqué pour corriger un surplus de féminité concentré à hauteur de poitrine. Du 105 D de soutien-gorge. Au moins. D'où le surnom de l'OPJ : Lolo. Ça l'a fait râler et même pleurer. A présent elle s'en fout. Au demeurant un flic dévoué. On peut compter sur elle.

— Alors lieutenant ? Comment ça se présente ?

— Pas très bien. D'après les pompiers, le feu s'est propagé à toute vitesse. Les clients sont sortis à temps !

Elle désigne une quinzaine de personnes regroupées autour des voitures de premiers secours. Apparemment des retraités qui profitent des tarifs basse saison. Pour le moment, en vêtements de nuit, une couverture de survie jetée sur leurs épaules, ils sont abasourdis par ce qui vient de leur arriver. Les secouristes les réconfortent, leur donnent des boissons chaudes.

— OK Laurence. Tu relèves les identités, tu prends les témoignages, la procédure habituelle, ordonne Zamanski.

— J'ai déjà commencé.

— Parfait. Tu vérifieras aussi s'il n'y a pas dans les parages une bagnole sans propriétaire…

Zamanski rejoint le véhicule “PC opérations”. Autour, assis sur le bord du trottoir, des hommes en sueur, la gueule noircie, reprennent haleine et se réhydratent en vidant des magnums d'eau minérale. Un gradé, un pied sur le pare-chocs du véhicule, écoute des rapports, donne des ordres dans son talkie-walkie. Zamanski reconnaît Péribès, le commandant du centre régional de secours. Ils ont eu l'occasion d'échanger quelques phrases lors des vœux du maire. Un type sympa, ce Péribès, un gars du pays.

Zamanski le salue, il demande s'il y a des victimes. L'autre hausse les épaules.

— Aucune jusqu'à présent. Mais tant qu'on n'a pas exploré l'ensemble du bâtiment… On attend le propriétaire. Il devrait nous donner le nombre exact de personnes présentes dans l'hôtel, cette nuit. Les rescapés nous ont parlé d'une vingtaine de clients, c'est vague. Ils sont dix-sept à être sortis, sains et saufs. Les gens ont été réveillés par l'alarme incendie et ils ont pu évacuer l'établissement sans trop de difficulté. De la fumée sortait d'une des chambres du premier.

— Qui vous a alertés ?

— Un témoin, d'une cabine publique. Sans doute un insomniaque.

— Vous avez son nom ?

— Négatif.

— Pourquoi ?

Le pompier serre les lèvres, agacé.

— Pas eu le temps. Le mec avait raccroché avant qu'on le lui demande.

— Un insomniaque pressé ? Pas d'importance…

A part ce petit coin d'enfer, la nuit est étrangement calme. Une nuit sans lune et sans vent. L'océan est immobile et la ville endormie. Mais ici : gyrophares, ordres lancés, déplacements hâtifs. Flics, pompiers, secouristes, tous s'activent autour du bâtiment en feu.

Un coupé Mercedes suivi d'une BM 520 s'arrête à la diable. Deux types en sortent. Les flics municipaux les laissent passer en saluant. Zamanski reconnaît le maire de Blainville. Blouson de cuir léger sur pull en cachemire, pantalon de sport et tennis, brushing impeccable. Toujours bien coiffé, le maire, même dans l'urgence ! L'autre type lui est inconnu.

— Ravaud, le patron de l'établissement, explique Péribès.

L'élu serre la main de Péribès, celle du flic. Pendant qu'il demande au chef pompier le point sur la situation, Zamanski s'occupe de Ravaud.

La quarantaine bien tapée entretenue, fringues Lacoste, mocassins Weston. A Blainville, entre le Garden Tennis et le terrain de golf, il y en a des dizaines comme lui.

— Commandant Zamanski de la police nationale. Vous connaissez le nombre de personnes présentes dans l'établissement ?

Le type est embêté.

— Difficile. J'ai eu le réceptionniste au téléphone. D'après lui, cette nuit, il y avait neuf chambres occupées. Il faudrait consulter le registre pour en être sûr mais il est resté sur le comptoir… Et puis, de toute façon, on ne sait jamais. Peut-être qu'un client n'était pas encore rentré, ou un autre est rentré accompagné. Ça arrive…

— Pas d'employés ?

— Pas à cette heure de la nuit. En tout cas, pas que je sache.

— Même pas un gardien ?

— Pas en cette saison. Après onze heures, le service de restauration terminé, le personnel s'en va et la réception est fermée. Les clients ont le code de la porte d'entrée en cas de besoin.

Le maire rejoint les sinistrés. Aussitôt, il lance la machine à discours. Energie et compassion, il est l'homme de la situation et il veut que ça se sache. Il contrôle, il assume, il assure.

— … Je suis consterné par le drame que vous venez de vivre. D'ores et déjà mon adjointe au tourisme cherche des chambres pour vous accueillir cette fin de nuit. Dès demain matin, une cellule d'aide et de soutien sera à votre disposition à la mairie. Elle veillera à répondre à vos questions et vous fournira toute l'aide nécessaire, vêtements, argent, téléphone…

— Et merde !…

C'est Péribès, dans son talkie-walkie.

— … Où ça ? Au premier ? Oui, compris.

Il interrompt la communication, se tourne vers le flic.

— Une victime. On l'a découverte au premier étage.

Le propriétaire de l'hôtel se mord les lèvres. Les ennuis à venir l'accablent déjà.

— J'appelle le bureau du procureur à Angoulême, fait Zamanski.

Soudain, on entend un long craquement. Péribès empoigne son talkie-walkie.

— Appel du PC à toutes les équipes. Vous dégagez ! Je répète : ordre de dégager ! Le bâtiment s'effondre.

Dans une implosion sourde, un ronflement rageur, la villa s'embrase. Puis le toit et les étages s'affalent d'un coup, dans une furie de flammes et de flammèches.

— S'il y avait d'autres victimes, pour les retrouver… fait Péribès, impressionné.

*

La ligne des immeubles se détache sur le bleu très pâle du matin. Au large, à droite, le phare des Baleines. En face, de l'autre côté de l'estuaire, les dunes allongent leurs courbes vers le port du Verron et ses trois grues graciles. Avec nonchalance, le bac double la jetée ouest.

Bientôt un an que Zamanski est en poste à Blainville. La station balnéaire est sans doute idéale pour passer les vacances en famille ou un week-end en amoureux, mais pour y travailler quand on est flic, c'est une autre affaire. Rien ne semble devoir troubler cette commune de quinze mille habitants vouée à l'immobilier, à l'hôtellerie et au commerce des maillots de bain. Tout au plus quelques cambriolages de villas inoccupées et mal protégées, quelques conneries de gamins mal élevés. Pour un flic qui a fait toute sa carrière en DPJ à Paris, Blainville c'est la préretraite, un avant-goût de la mort, le placard avant le cercueil ! Terminus plage, tout le monde descend !

Zamanski n'aime pas cette ville fleurie, souriante et sans histoires. "Une station familiale", proclament les campagnes publicitaires d'avant-saison. Le flic déteste ce qui se prétend "familial" et il a pour ce bled et ses habitants satisfaits des bouffées de rage. Il pense alors à démissionner, il voudrait foutre le camp. Mais il y a l'estuaire et sa lumière changeante, les va-et-vient apaisants du bac, les voiliers, les navires marchands qui remontent le fleuve avec gravité. Zamanski se calme. Il est mieux à Blainville qu'en centrale.

Et puis il y a cet incendie !

— Tu en veux une ?

Zamanski tend son paquet de Camel à Laurence.

— Toujours pas ! Je n'ai pas envie que mes poumons ressemblent à ça.

"Ça", c'est *La Capitainerie* comme une mauvaise dent sur le sourire de la plage. Odeur de bois brûlé, cendres au vent. Le boulevard est fermé à la circulation, les engins des sapeurs-pompiers sont toujours là, mais les moteurs sont stoppés et les gyrophares éteints. Les hommes fatigués se restaurent près d'une cantine improvisée. Deux lances aspergent les décombres pour prévenir les redémarrages de foyer. L'eau ruisselle sur le macadam. Derrière les barrières de police, quelques badauds contemplent ce qui sera le fait divers de l'année.

Une Clio verte franchit le barrage. Zamanski reconnaît la voiture du substitut du procureur. Elle s'arrête à sa hauteur. En sort une femme petite et ronde, avec un visage de gamine vieillie et des cheveux châtain terne retenus par une barrette. Elle est habillée d'un tailleur à bon marché. Son porte-documents en cuir est déformé, usé.

Zamanski et son adjointe saluent.

— Bonjour commandant, bonjour lieutenant. On déplore d'autres victimes ?

— Non. On en reste à une personne décédée, un homme.

Arrive une Peugeot banalisée. Crissements de freins et claquements de portes. Ils sont deux. Deux types cheveux coupés ras, Paraboots, jeans 501, et le perfecto entrouvert pour que le Sigh-Sauer réglementaire puisse respirer.

— Voilà la cavalerie d'Angoulême ! murmure Laurence.

— Trop tard ! Le fort est cramé et les femmes sont scalpées ! reprend Zamanski.

Laurence ne relève pas. Elle s'est habituée aux remarques acides et souvent énigmatiques de son chef.

Salutations, échange de poignées de main. Les nouveaux arrivés ignorent Zamanski. Il s'en fout. Le substitut prend la parole.

— Nous avons affaire à un incendie avec mort d'homme. C'est donc les services de la PJ d'Angoulême qui enquêteront.

Elle s'adresse aux deux arrivants :

— Capitaine Langlois, vous trouverez auprès de vos collègues du commissariat de Blainville et des hommes du centre de secours les premières constatations.

Tout cela énoncé d'une voix qui se veut ferme, un ton au-dessus, presque cassant, désagréable finalement. Et inutile. Qui penserait mettre en cause l'autorité de Mlle le substitut ?

Origines modestes mal assumées, peu de confiance en elle et peur des autres, pense Zamanski. Il bâille.

Le flic d'Angoulême grimace, se tourne vers son adjoint.

— Amoyelle, tu préviens l'identité judiciaire et le labo.

Amoyelle, le type même du costaud mou, regarde l'hôtel-restaurant calciné.

— Ils vont avoir du mal à trouver quoi que ce soit, dit-il, très dubitatif.

— Ils feront ce qu'ils pourront.

Zamanski sourit, Laurence Fuzier ne dit rien. Leur boulot s'arrête là. Un rapport à rédiger et ils pourront retourner à la sauvegarde des autoradios. Le flic allume une nouvelle cigarette.

— J'aimerais bien passer en brigade criminelle, murmure Laurence.

— Pourquoi ? Pour arriver trop tard ?

— Non… Pour sortir de la police de proximité, tu vois…

Il se tait, elle poursuit.

— Pour les indices, Langlois et ses potes vont devoir se dépêcher. J'entendais le maire téléphoner au préfet. Il a obtenu un arrêté. La ruine menace la sécurité publique. Dès demain, une entreprise doit commencer les travaux de démolition. C'est un peu rapide, tu trouves pas ?

Zamanski hausse les épaules.

— Que veux-tu. La saison approche. Et à Blainville, la saison…

— … C'est sacré, je sais.

3

Richard Zamanski écrase sa cigarette sur le parapet, l'envoie d'une chiquenaude dans les blocs du brise-lames, en contrebas.

Deux heures du matin.

Toujours ce même rêve, son cauchemar. Il marche dans une rue, s'arrête devant l'entrée d'un immeuble. Véra habite ici. Il hésite, il a peur. Elle l'attend, il le sait. Il pousse la porte cochère lourde, tellement lourde, pénètre cœur battant dans la cage d'escalier très sombre, pas de lumière. Il grimpe les marches trois par trois, de grandes enjambées qui l'épuisent, le démembrent et puis… juste avant le dernier palier… Il se réveille trempé d'angoisse, il ne se rendormira pas.

Zamanski s'est habillé, il est sorti à la rencontre de la nuit.

Tout est silence. L'estuaire s'étale, impassible étendue ponctuée par les balises vertes et rouges du chenal. Au loin, en pleine mer, le feu des Baleines clignote, trois brèves une longue. Plus proche, la ville est un corps déserté que veillent les lampadaires. De l'autre côté de la rue : les décombres de *La*

Capitainerie. Sur les barrières entourant la bâtisse est placardé l'arrêté signé du préfet. “Ruines dangereuses, accès interdit au public.” En bordure du trottoir, une pelleteuse stationne.

Ces ruines, le flic commence à bien les aimer. Elles et lui font tache dans le paysage. Elles et lui, pareils. Même dégringolade, même faillite. Avant d'être une brasserie, c'était une grande demeure bourgeoise. Lui, Zamanski, commandait un groupe de recherche à Paris. La villa abritait les vacances heureuses d'une famille de grands bourgeois, il était un flic craint et respecté. Soirs d'été au bord de la mer : une femme corsetée dans sa robe crémeuse se tient près d'un piano. Partition en mains, elle interprète une mélodie de Fauré : *Vaisseaux, nous vous aurons aimés en pure perte*..., ou peut-être la villanelle de Berlioz : *Quand viendra la saison nouvelle*..., pour un auditoire regroupé autour d'un bon-papa et d'une mère-grand confits de valeurs. Canotiers et robes en mousseline... villégiature sans fin de propriétaires cognaçais. Deux guerres mondiales et quelques dévaluations ont tout balayé. Bon-papa, mère-grand, cousins et cousines, ils sont tous morts à présent. La grande demeure a été vendue, transformée adaptée aux congés payés. Hôtel-restaurant deux étoiles avec vue sur la mer. Formule à vingt euros tout compris.

Et lui, Zamanski, se retrouve dans un commissariat de province, affecté à la sécurité publique, fonction ingrate mais utile en ces temps d'insécurité. Désormais il traite les vols de bagnoles et les fric-frac de résidences secondaires sous les ordres de Raymond Mouson, un commissaire en fin de carrière, surnommé Ronron pour son amour de la routine et de la sieste. Un seul mot d'ordre : pas de vagues ! Sauf sur la plage. Ne rien faire qui pourrait troubler la réputation de la station balnéaire. Surtout ne pas mettre en péril la SAISON en allant remuer… Remuer quoi ?

Pour le reste, respect de la procédure et des règlements.

Une voiture passe. Au loin, les feux d'un carrefour clignotent pour rien.

Zamanski abandonne le parapet en même temps que ses pensées. Il longe la plage d'un pas de promeneur, prend une rue adjacente qui s'en va parmi les villas fermées. Pas même l'aboiement d'un chien. Le flic allonge le pas. Ses semelles de crêpe ne font aucun bruit. Au premier croisement, il prend une rue sur sa gauche qui le ramène vers les ruines de l'hôtel-restaurant.

Arrivé à l'arrière du bâtiment, Zamanski enjambe la clôture d'un mouvement souple et silencieux qui lui donne toute satisfaction.

Il pénètre dans le bâtiment. Le chef cuisinier a trop forcé sur les grillades, on dirait. Attention à ne pas se prendre une poutre calcinée sur le crâne ! Le flic avance, léger, prudent. Pas un bruit, rien. Pourtant il n'a pas rêvé. Il traverse les vestiges de la salle à manger. Quelle idée de flamber le homard ! Ses semelles pataugent dans une gadoue de cendre mouillée. Ça pue le brûlé détrempé, c'est à vomir.

Zamanski entre dans ce qui était les cuisines. Il s'arrête. Non, il n'a pas rêvé. Un objet qu'on déplace, raclement sur les gravats. Son arme de service est restée chez lui, dans un tiroir fermé à clé. Zamanski avance, talons plantes pointes. Un type, en s'éclairant d'une torche, ramasse des débris avec précaution. Il les glisse dans des sachets en plastique.

— Qu'est-ce que vous foutez là ? Vous n'avez pas lu que c'est interdit au public ?

Surpris, le gus ! Tellement qu'il laisse tomber sa torche. Zamanski la ramasse, éclaire la scène.

— Tiens ! Péribès !

Le commandant des pompiers essaie de récupérer un peu de contenance.

— Vous êtes con ! Vous m'avez fait une de ces peurs !

La scène réjouit le flic. Enfin quelque chose de pas banal à Blainville !

— ... Bon... qu'est-ce qu'on fait ? demande Péribès. Un verre chez moi, ça vous dit ?

Péribès arrête sa Renault Laguna devant un pavillon coquet situé en sortie de ville.

— On évite de réveiller les gosses et madame !

Zamanski le suit à travers un living où patientent une table à repasser avec du linge en tas, des jouets, deux cartables. Ils entrent dans la cuisine, les néons d'une lampe bafouillent, Péribès referme la porte avec précaution.

— Asseyez-vous.

Zamanski prend place à une table ronde en bois plastifié. Une cuisine intégrée en contreplaqué rustique vieux chêne, carreaux de grès au mur avec, reproduits de-ci, de-là un moulin à café, une salière, une poivrière. Sur le plan de travail, une assiette avec de la viande froide, un morceau de pain, un couvert…

— Un café ? demande Péribès.

— Plutôt de l'alcool si vous avez…

— Cognac ?

— Parfait.

Face à face, verre en main, c'est la fraternité des veilleurs. Zamanski observe Péribès. Un visage fort, peau grêlée, le nez épais surplombé par des cils charbonneux. Fatigué, le chef pompier. Lui et ses hommes se sont battus plus de douze heures pour venir à bout de l'incendie de *La Capitainerie*.

— Qu'est-ce que vous faisiez dans ces ruines ?

— Vous allez vous foutre de moi.

— Dites toujours.

— Je cherchais, je ne sais même pas quoi.

Zamanski fait la moue.

— Vous n'êtes pas du genre à chercher sans savoir. Alors ?

— Je voudrais comprendre.

— Quoi ?

— Comprendre pourquoi ça a pris si vite ! Alors je cherchais des explications, des indices, des preuves… Demain, la baraque sera mise à bas et les gravats emmenés à la décharge. Il ne restera plus rien du sinistre.

— Vous rêvez mon vieux. Ça ne se passe pas comme ça, vous le savez bien. Il faut un procès-verbal, des scellés… Avec vos petits sachets, vous n'iriez pas loin !

— C'est sans doute vrai, n'empêche ! J'en ai marre, Zamanski. Ils commencent à nous emmerder avec leurs incendies ! C'est le sixième établissement dans la région qui crame en moins de deux ans. Sans compter les boîtes de nuit ! Avec mes gars, on risque notre peau pour les éteindre et quelques semaines plus tard ça reconstruit, ça repeint et hop réouverture de la boutique comme si rien ne s'était passé. A la longue, les gars et moi, nous passons pour les bons cons de service, vous voyez ?

Zamanski voit très bien : les sapeurs-pompiers au service de la rénovation du commerce blainvillais, en somme ! A croire qu'il y a quelque chose de pourri au royaume des vacances.

— Sauf que cette fois, c'est différent, poursuit l'autre. Cette fois, il y a eu une victime et nous sommes passés à deux doigts d'une catastrophe ! Un hôtel avec des clients en plein sommeil ! Vous imaginez ? On ne peut pas laisser passer ça… A ce propos, la police a découvert qui était la victime ?

— Découvert est un bien grand mot, sa bagnole attendait sur le parking. René Mertens, un Belge domicilié à Ostende.

— Et qu'est-ce qu'il foutait là ?

— Voyage d'affaires. Il cherchait des locations pour l'été. Il prospectait les agences immobilières de la côte pour divers comités d'entreprise belges et français. Il s'est trouvé au mauvais endroit, au mauvais moment.

Péribès sort de sa poche les sachets de plastique.

— Alors ? Vous avez une idée pour les faire analyser ?

— Une enquête est ouverte. Les gars et le laboratoire technique d'Angoulême connaissent leur boulot, on peut leur faire confiance, non ?

— Vous êtes dans la région depuis à peine un an, Zamanski. Moi, j'y suis né. Alors, je vous repose ma question : connaissez-vous un type sérieux, et fiable ?

Zamanski remue les épaules.

— Ça ne va pas être coton et je vous l'ai dit : quoi qu'on trouve, ça n'aura aucune valeur juridique parce que en dehors de la procédure.

— D'accord, d'accord, mais je veux savoir. Je veux savoir pourquoi et comment le feu s'est propagé aussi vite.

— Plusieurs foyers ?

— Non, un seul, au-dessus des cuisines, dans une chambre du premier étage, celle de la victime.

Zamanski soupire.

— C'était peut-être un fumeur. Il s'est endormi la cigarette aux lèvres, le matelas s'est enflammé et de là, le reste de la bicoque.

— Le feu s'est répandu beaucoup trop vite ! Alors ?

— Alors, votre cognac n'est pas mal du tout ! Donnez-moi vos prélèvements, je vais voir ce que je peux faire.

4

Jean-Claude Bertin est en train d'affecter quelques poignées d'euros à l'animation culturelle des quartiers dits sensibles.

C'est fou le nombre de gens que la "sensibilité" des quartiers fait vivre ! De l'écrivain peu lu à l'actrice peu vue en passant par les assistantes sociales, les animateurs culturels, les éducateurs de rues et d'impasses, tous vivant sur le dos des défavorisés. Sans compter les flics, les matons et les employés des sociétés de sécurité. Jean-Claude Bertin, lui, est fonctionnaire. Un fonctionnaire de catégorie A détaché à la politique de la ville. A l'aide d'un tableur Excel, il s'emploie à rafraîchir les étés et réchauffer les hivers en distribuant des miettes pour faire patienter les pauvres, pour les détourner de la seule vraie question qui compte : le partage du gâteau.

Mais pour l'instant Jean-Claude Bertin ne travaille pas. Pour l'instant, il roule dans la Scenic familiale en direction de Limoges. En début d'après-midi, sa mère l'a appelé au bureau. Inquiète, la maman. Bertin père n'a pas rejoint le domicile conjugal depuis plusieurs jours. Il a beau être un retraité indépendant et occupé, quand même, plus de deux semaines sans donner la moindre nouvelle, ça ne lui ressemble pas. Elle a demandé à son fils de venir.

Il a râlé, elle exagérait, il n'avait pas que ça à faire : du boulot au bureau et à la maison, Brigitte et leurs deux enfants…

Le budget de l'action socioculturelle du second semestre était moyennement urgent et puis la soirée devant la télé dans le pavillon de Montgeron… Jean-Claude a choisi le dévouement filial. Un peu d'imprévu, c'est toujours bon à prendre.

Un entretien rapide avec son chef de service, un coup de fil à l'école où Brigitte moyenne-sectionne vingt bambins et le voilà sur l'A10, tapant un gentil cent vingt de moyenne, résultat de raisonnables dépassements de vitesse autorisée. Il s'est arrêté aux alentours d'Etampes, a fait le plein, s'est pris un café. Il a lutté contre une envie d'alcool, sur un parking une fille attendait, il est reparti. L'autoroute est dégagée. Dans moins de trois heures, il sera à Limoges, une jolie ville où ses parents vivent leur retraite. Depuis le général Boulanger, la réputation des cimetières limougeauds n'est plus à faire. La préfecture de la Haute-Vienne est donc un endroit recommandé pour finir ses jours.

Passé Etampes, c'est la Beauce et ses platitudes. Les céréales sont en herbe, il ne pleut pas. Vers l'océan, l'horizon rougeoie sous de longues écharpes d'un bleu de plomb. C'est beau, c'est triste aussi. Bertin écoute *Kind of Blue*, un grand classique du grand Miles. Le ciel, la musique, le paysage entretiennent des pensées crépusculaires, une mélancolie douce, pas désagréable.

Bertin n'en est pas sûr mais il le pressent : il roule vers les emmerdements.

Ce qui se profile au bout de sa route, c'est la fin d'une période un peu monotone, certes, mais sans soucis majeurs. C'est aussi pour cette raison qu'il a cédé à l'appel de sa mère. Plutôt que de les attendre, autant aller au-devant des ennuis qui ne vont pas manquer de s'abattre sur lui, c'est la vie. Autant gagner du temps.

C'est à l'entrée de Limoges, une maison prétentieuse. Sur deux étages, dix pièces : trois salles de bains, des chambres pour les amis, d'autres pour les enfants mais les Bertin n'ont pas d'amis et Jean-Claude est fils unique. A cette heure, tous les volets sont fermés et le système d'alarme enclenché. L'ouverture et la fermeture des volets sont des occupations majeures dans la journée de Mme Bertin.

Assis à table, Jean-Claude regarde sans les voir les bibelots qui occupent les étagères et les dessus de meubles, ces nids à poussière quotidiennement époussetés. Il y a aussi des photos dans des cadres posés sur le buffet, accrochés aux murs : ses parents, lui avec ou sans Brigitte, les petits-enfants en vacances à la mer ou à la montagne, au pied d'un sapin de Noël. Sur certaines, les couleurs ont passé, ça ne rajeunit personne.

Entre affection et agacement, Jean-Claude observe sa mère, cette provinciale montée à Paris au début des années 1960 et qui fait semblant de n'avoir pas vieilli. Sous ses allures de sexagénaire petite-bourge, Marinette Bertin est restée une midinette yéyé. Au plus profond d'elle-même, c'est toujours *SLC Salut les copains*, *Mademoiselle Age tendre*, les amours de Johnny et de Sylvie, Franck Alamo et Richard Antony. Ça fait plus de quarante ans qu'en bikini rose vichy Marinette écoute siffler le train.

Arrivée à Paris en 1963, en même temps qu'un emploi chez Grandin, un fabricant de téléviseurs, elle a trouvé l'amour. Elle s'était fait arracher son sac à main, il était agent de police. Ils devaient se rencontrer. Dans la mythologie maternelle, le coup de foudre a la forme d'un dépôt de plainte et le commissariat de Montreuil est le lieu du destin.

Sur les photos de mariage, l'élu est un beau jeune mec, moustache à la Clark Gable un peu voyouse, corps sec et musclé par trois ans d'Algérie. Malgré le voile vaporeux posé sur les cheveux décolorés relevés en chignon elle est plus petite. Elle a la taille menue. La robe mi-longue bouffante laisse voir de très jolies jambes. Son visage est souriant et son petit nez à la retrousse charmant.

Le temps a passé. Philippe Bertin est resté un bel homme. Pas un poil de graisse sur ce corps qu'il a toujours entretenu sans grands efforts. De concours internes en promotions, Bertin père a quitté la circulation et intégré la PJ. Il finira commissaire, carrière exemplaire d'un flic courageux. Mais au fil des photo, ses traits se sont durcis, le sourire s'est effacé.

Difficile d'être à sa hauteur. Bertin junior y a vite renoncé.

Sa mère s'est accrochée. Très tôt, elle a su qu'il lui faudrait faire des efforts si elle voulait garder son mari. Et Dieu sait qu'elle en a fait, des efforts !

Experte-comptable en calories, soldate d'élite dans la lutte anti-âge, elle a connu tous les trucs pour perdre trois kilos avant l'été, paraître quinze ans de moins… Tout ça pour enfiler des robes moulantes limite indécentes qui faisaient d'elle une poupée Barbie mûrissante aux seins encore pommés, aux fesses toujours fermes. Toute son énergie y est passée.

Jean-Claude est devant une aile de poulet froid et des haricots verts réchauffés, un morceau de fromage sans matière grasse et du pain au son à cause du transit intestinal. Il avait envie de boire, elle lui a trouvé une canette de bière sans alcool. Il a demandé si elle n'avait pas autre chose, du vin par exemple.

— Mimi, tu sais, le vin, c'est ton père qui s'en occupe. Je ne sais pas quelle bouteille on peut prendre dans la cave, tu comprends.

Eh oui, il comprend ! Il sait l'attention jalouse de son père pour sa cave, ses bouteilles de grands crus. Tout cela l'ennuie, il déteste la pinardologie.

Il hausse les épaules. Tant pis. Il poursuit son repas seul. Sa mère ne l'a pas attendu pour prendre son sachet de protéines. Pendant qu'il mange, il l'écoute déverser son inquiétude. Pour ça aussi elle est forte, sa mère. Epouse de flic, ça ne facilite pas la sérénité. Soixante ans qu'elle vit dans l'attente de catastrophes imminentes. Un cancer du colon ou du sein est toujours possible, un accident de voiture, une interpellation qui tourne mal, un infarctus, sans compter les tremblements de terre, les menaces terroristes et la guerre nucléaire.

Jean-Claude Bertin commence à s'impatienter. Il étouffe, sa mère le fatigue. Mais c'est un grand garçon. S'il est là, c'est qu'il l'a bien voulu. Personne ne l'obligeait. Alors, il reste calme. Pour ne pas laisser libre cours à son agacement et ses rancunes anciennes, il se blottit dans un ennui douillet, se love dans la somnolence. Il dit peu, pense encore moins.

Dans sa poche de pantalon, sa main gauche joue avec la commande électrique de sa voiture. Un geste machinal. Le pouce presse le contacteur : Trois brèves une longue, comme dans la Résistance. Pom pom pom pooooom ! Ici Londres…

— Tu te rends compte, Mimi, papa est parti depuis près de deux semaines.

Un jour, lui dira-t-il combien il déteste qu'elle l'appelle “Mimi” ? Plus encore, qu'elle appelle son mari “papa” ?

— Il est sans doute à l'agence, dit-il.

L'agence… Une dizaine d'années plus tôt, Philippe Bertin, jeune retraité, a ouvert avec un ancien collègue une officine de détectives privés à La Rochelle. Depuis, l'ancien commissaire prospère grâce à l'adultère, cachetonne pour des compagnies d'assurances qui ont pour nom *La Prévoyante*,

L'Abeille, et autre *Le Labeur*. Entre deux apéritifs rêveurs pris sur le port, c'est un passe-temps rémunérateur qui lui permet de garder la forme et la main. C'est ce que croit savoir Bertin fils. En réalité, il ne sait rien. Ces histoires de privé ne l'ont jamais intéressé. Il a gardé de son adolescence gauchiste de la méfiance envers la police et du mépris pour les privés qui fliquent leurs contemporains.

A ce moment, Jean-Claude repense à Vautier, l'associé de son père, flic en retraite lui aussi.

— Bien sûr ! Je l'ai appelé.

— Et alors ?

— Rien. Il ne l'a pas vu depuis près d'un mois. Mais ça, ce n'est pas anormal. Ton père ne fait pas tout le temps appel à lui pour ses enquêtes. M. Vautier n'a pas plus d'informations que moi !

— Mais c'est déjà arrivé qu'il soit absent plusieurs jours, non ?

— Sans m'appeler ? Jamais !

Le fils hausse les épaules. Il n'est pas sûr qu'il n'y ait pas lieu de s'inquiéter mais s'inquiéter imposerait de reprendre le dossier parental et de faire le point sur ses sentiments. Ses parents, Jean-Claude les aime bien mais de loin, sans trop y penser. Il souhaite qu'il en soit ainsi le plus longtemps possible.

Ils ont leur vie, il a la sienne, en parallèle, à bonne distance. Plusieurs fois par an, leurs trajectoires se rejoignent à l'occasion de fêtes instituées : Noël, la fête des Mères, les anniversaires. En dehors de ça, basta !

— Bon, qu'est-ce que tu veux que je fasse ?

— Je voudrais que tu passes à l'agence.

— C'est pour ça que tu m'as demandé de venir ! Tu ne pouvais pas y aller, toi ?

— Mon pauvre petit. Tu sais bien que depuis mon accident je ne peux plus conduire !

L'accident, le fameux accident ! Rencontre fracassante entre la 205 maternelle et la Rover d'un colonel de gendarmerie bourré comme un légionnaire slave. Fractures aux jambes, cicatrices pas belles à voir. Adieu les jupettes. Surtout, incapacité à s'asseoir derrière un volant : vertiges, mains moites, larmes et tremblements.

— Mais je n'ai pas les clés de La Rochelle, renaude Jean-Claude.

— Mais moi je les ai ! Ton père en a laissé un double, ici.

Et elle sort d'un tiroir du buffet un trousseau.

— Tu veux bien y passer ? chattemine Mme Bertin. C'est un service que je te demande, mon Claudet.

Chantage affectif, hurle dans son for intérieur le pauvre Jean-Claude. En vain, son forum perso est désert. Personne n'entend son cri, nul ne conforte sa rage.

— D'accord, soupire-t-il.

*

Loyal fonctionnaire, Jean-Claude a laissé un message sur le répondeur du service. Il a prévenu son chef que son absence serait un peu plus longue que prévue, il ne manquerait pas de le tenir au courant, de régulariser sa situation dès son retour et de rattraper au plus vite le retard pris dans l'accomplissement de ses tâches. Ensuite il a téléphoné à Brigitte. Elle préparait une série de fiches pédagogiques concernant un ensemble d'activités langagières centrées sur le printemps. En l'écoutant, Bertin a ressenti l'habituel agacement en même temps que de la tendresse. Il aime Brigitte mais il compisse la pédagogie. C'est pourtant l'institutrice qui l'a séduit. Avoir une maîtresse d'école pour maîtresse l'excitait. Au début, quand ils faisaient l'amour, il l'imaginait faisant la classe aux enfants, sérieuse, un peu sévère mais bienveillante et ça le faisait jouir. Etreindre et pénétrer une femme qui gagne sa vie en expliquant l'accord du participe passé a très vite suscité des fantasmes tordus mais foutrement bons. Dès leur première nuit elle s'est montrée une amante entreprenante. Elle l'a bientôt suivi dans ses désirs. Qui s'en douterait, à la voir comme ça, avec ses lunettes rondes, son cartable, ses jupes sérieuses et ses chemisiers plissés ? Jean-Claude est-il le seul homme à connaître la lubricité de sa femme ? L'affirmer serait présomptueux. Il s'en fout, il n'est pas jaloux.

Il a décrit la situation, ici, à Limoges. Brigitte s'est énervée. Elle trouve que sa belle-mère exagère, quant au père Bertin, elle n'a aucune inquiétude. Ce vieux macho doit être en train de…

Bertin fils n'a pas répondu. Comme les enfants étaient au lit (dès huit heures et après un sérieux brossage de dents) il a demandé à son épouse de les embrasser pour lui. Elle n'y manquerait pas. Il a raccroché en oubliant de lui dire qu'il l'aimait.

A présent qu'il est dans son lit et qu'il essaie de s'endormir, il pense à elle.

Bien sûr, ce n'est pas sa chambre d'enfant. Ses parents se sont installés ici bien après qu'il les a quittés. C'est la pièce qui leur est attribuée chaque fois que Brigitte et lui viennent à Limoges. Chaque fois, ils y font l'amour, en toute discrétion. Alors qu'en face son père ronfle et que sa mère sommeille, alors qu'à côté Hélène et Fabien roupillent d'un sommeil encore innocent, il trombone son épouse. Une façon de marquer son territoire de mâle en défiant les pénates.

A ces souvenirs bravaches, Bertin ressent une érection. Il fait ce qu'il a à faire puis s'endort.

5

Le lendemain matin, en route pour La Rochelle, le fils Bertin se sent aussi léger qu'un nuage de printemps. Au bout de la 2 x 2 voies, il y a la mer. Le devoir filial prend des allures d'escapade. Il a mis dans le lecteur CD *The Montreal Tapes*. Charlie Haden, Don Cherry et Ed Blackwel à la batterie. Parfait.

Arrivé à La Rochelle, il quitte la rocade, longe un faubourg ouvrier : petites maisons proprettes et troquets modestes pour le petit jus d'avant le boulot. Tout autour, Alstom étend ses ateliers. Vient ensuite un quartier résidentiel avec ses maisons patriciennes à plaques de cuivre, puis c'est le centre-ville groupé autour du port. Comme tous les centres-villes, c'est piétonnier et commerçant. De la bouffe, de la fringue, de l'accessoire.

Entre cathédrale et palais de Justice, Bertin enfile la rue des Célestins, trouve à se garer. Soudain, il se sent plus contraint. Il est dans le fief paternel.

Il est déjà venu, il y a sept ou huit ans. C'était avec Brigitte, un lendemain de réveillon. Son père voulait leur montrer le trois-pièces qu'il avait acheté pour y installer son bureau. Comme le temps passe ! se dit Jean-Claude en pénétrant dans le hall de l'immeuble. Il se sent mal, oppressé. Jusqu'à présent, il a refusé d'y penser mais l'éventualité existe : seul dans son bureau, son père, mort, victime d'une attaque. Jean-Claude fait jouer la serrure cinq points. Il entend son cœur battre de plus en plus fort. "Il y a quelqu'un ?..."

Prêt à tout, prêt au pire, il pénètre dans les locaux de l'agence Bertin, locaux qui sont à l'image du flic : ordonnés, spartiates. Une pièce sert de salle d'attente, trois fauteuils en rotin, un canapé sans doute convertible, une table basse avec, empilées au cordeau, des revues spécialisées dans la paranoïa domestique. "Patrimoine : comment le protéger ?" "L'été : Les cambrioleurs passent à l'offensive." "Sachez vous défendre."

Une seconde pièce fait tout à la fois chambre à coucher, salle à manger et salon. Une table, deux chaises, un lit. Un fauteuil Voltaire est posé en face d'une chaîne hi-fi installée sur une étagère. Jean-Claude reconnaît la platine tourne-disque Thorens, l'ampli Rotel et les enceintes Ditton Celestion. Il retrouve la collection de vinyles, objet de la maniaquerie paternelle. Marinette n'a jamais supporté le bruit. Bertin père a donc installé sa discothèque et sa hi-fi dans les locaux de son agence. Là, il peut écouter Maria Callas, Fischer-Dieskau, Victoria de Los Angeles à fond les amplis. Personne ne vient l'emmerder.

Son père et l'art lyrique : toute une histoire.

Le soir de l'Indépendance, on était dans une villa, à Alger. Quinze mois de bled pour en arriver là. Dehors, c'était la folie. Des dizaines de milliers de Fels avec les drapeaux du FLN, les femmes qui poussaient des youyous et nous, dans la villa, enfermés, vaincus. Il y avait une radio. On a installé le poste dans le patio, on l'a allumé. On est tombés sur la radiodiffusion d'un opéra : L'Enlèvement au sérail *! Pour moi, ça a été une révélation. Tu imagines ? La nuit étoilée d'Alger, la foule, le youyou des femmes et nous dans ce patio, nous écoutions Mozart. C'est depuis ce soir-là que j'aime l'opéra...*

Dans la cuisine il y a de quoi se faire un repas, deux plaques chauffantes, des ustensiles, quelques conserves dans les placards, des bouteilles. On doit pouvoir se faire un œuf en cas de besoin mais de toute évidence ce n'est pas dans les habitudes du privé. Les deux casseroles et la poêle sont aussi propres que dans un décor de série TV.

Le bureau est équipé de meubles tout droit sortis des pages "espace professionnel" d'un catalogue de VPC. Moderne et fonctionnel, rapport qualité-prix imbattable.

Dans la bibliothèque, outre les Dalloz, il y a quelques coupes. Ce sont les trophées remportés par Philippe Bertin lors de championnats de tir sportif. Ils assoient l'autorité du privé auprès du client. De même les photos sur les murs, rétrospective des moments forts de la carrière du flic retraité. Remise de décoration, promotion... Jean-Claude reconnaît la plupart des participants. Il fut un temps où il les admirait.

D'autres photos encore : Philippe Bertin au stand de tir, Beretta au poing, casque sur les oreilles, au milieu d'un groupe sur un terrain de paint-ball. Junior s'attarde sur l'une d'elles qui représente un gamin concentré, visant une cible. Finale du championnat junior de tir au pistolet à vingt mètres. C'était en 1978, il avait quatorze ans. Cette photo, bien en évidence sur le mur, l'agace. Elle l'émeut aussi comme un remords refroidi, presque oublié. "Champion junior." De ce jour, son père ne l'a plus appelé que comme ça. "Junior, fais ci ! Junior, viens là ! Où tu vas, Junior ? Qu'est-ce que tu fais, qu'est-ce que tu deviens ?..." Peut-être l'une des plus grandes fiertés du père que cette finale remportée par le fils.

Sur le bureau, il y a un agenda. Jean-Claude le feuillette. Le père Bertin et son associé sont loin d'être surbookés mais un Dr Cohen, plusieurs fois mentionné, ainsi que des rendez-vous au CHU de La Rochelle l'intriguent.

Le premier rendez-vous était en septembre. En novembre, il y a eu une consultation à l'hôpital, puis deux autres, début janvier. Le téléphone le tire de ses réflexions.

— Mimi ? Tu es déjà arrivé ! Tu as roulé vite mon grand. Alors ?

Alors il ment.

— Je n'ai rien vu d'anormal, rien trouvé de particulier.

Et il énumère :

— Chemise et caleçon dans le panier à linge sale, quelques vêtements de rechange dans l'armoire de la chambre. Rien dans le frigo à part quelques bouteilles : whisky, bière, Perrier.

— A La Rochelle, ton père préfère manger au restaurant. Et sur son bureau, sur le répondeur ? Tu n'as rien vu ?

— J'ai pas encore eu le temps de regarder et puis ça me gêne de fouiller dans ses affaires. Sur le répondeur, il y a seulement tes messages.

Silence.

— Mais où peut-il bien être ? Et qu'est-ce qu'il fait ?

— Je ne sais pas, moi. Il est peut-être en train d'enquêter. Un détective privé, c'est fait pour ça, non ? Renifler les draps sales…

— Mimi, arrête !

Ta gueule ! hurle-t-il. Mais en silence.

— Ne t'inquiète pas ! Papa est en forme, il ne souffre d'aucune maladie, non ?

— Malade, ton père ? Tu plaisantes ! Il a une santé de jeune premier !

Phrase dite à toute vitesse qui conjure plus qu'elle n'informe.

— … Pourquoi tu me demandes ça ?

— Pour rien… A propos, tu te souviens où est son parking ? Je voudrais y jeter un œil et aussi l'utiliser pour garer la Renault.

— C'est un box, à côté de l'agence.

— La clé est sur le trousseau que tu m'as passé ?

— Non. C'est une télécommande. Tu en trouveras un double dans le bureau, je pense…

L'échange se poursuit. Encore une fois elle s'excuse pour le dérangement, le remercie. Elle va adresser des fleurs à Brigitte sa belle-fille. Ça la soulage tellement qu'il ait pu venir ! Il n'aura pas d'ennuis à son travail au moins ?

Il la rassure, elle l'embrasse, il raccroche.

… Et poursuit sa petite perquise. Une fouille légère, bien élevée. On ne sait jamais, le père ou son associé peuvent débarquer sans prévenir.

C'est dans un tiroir du bureau qu'il trouve un double de la télécommande du parking. Le petit boîtier tient compagnie à une paire de menottes Smith & Wesson. A ce moment-là, il est l'heure de mettre de la monnaie dans le parcmètre et de déjeuner. Jean-Claude s'occupera du Dr Cohen et de l'hôpital de La Rochelle plus tard.

Le parking se trouve dans une cour dont les extrémités donnent sur deux rues parallèles ce qui évite les manœuvres. Deux dizaines de box sont alignés de part et d'autre d'une allée en mâchefer. Un coup de télécommande et la porte du numéro 2 se lève sur un garage vide. Une tache d'huile ancienne sur le sol cimenté, une roue de secours oubliée. La 406 paternelle n'est pas là. C'est plutôt rassurant. Le vieux n'a pas disparu, il est parti. Reste à savoir où. En attendant, Jean-Claude va pouvoir oublier les horodateurs municipaux. Il n'y a pas de petites économies.

Sa Scenic Renault garée, il part à la recherche d'un restaurant. Il finit par se poser dans une brasserie qui lui propose six huîtres moyennes, un bar grillé et une bouteille d'entre-deux-mers contre une trentaine d'euros.

Avant, il a fait une pizzeria, un chinois-charentais, un fast-food, et un bar à tapas. Les villes portuaires, c'est cosmopolite, point de vue culinaire. Jean-Claude en a profité pour interroger les patrons et leurs employés. Il a pu ainsi vérifier que la renommée de son père ne dépassait pas trois cents mètres autour de son bureau. Ça ne l'a pas surpris. Philippe Bertin est un type réservé, pas du genre à sympathiser avec les gens du quartier. Pourtant, il a été vu ces jours-ci. Quand ? Difficile à dire… Ici, ça va, ça vient, vous voyez. J'sais pas moi, je dirais la semaine dernière…

En citronnant sa première fine de claire, Junior se dit que l'enquête piétine et ce n'est pas bon signe.

*

Pour le moment le commandant Zamanski écoute une dame qui lui raconte que son compte courant a subi des prélèvements sauvages dans divers DAB de France.

— … Et vous savez, inspecteur, je ne suis pas plus allée à Toulouse qu'à Lens, du moins pas ces derniers mois.

Zamanski sourit.

— Je comprends… Bien sûr, vous pouvez le prouver ? poursuit-il d'une voix on ne peut plus aimable.

Accorder au plaignant toute l'attention qu'il mérite, c'est l'objectif de la police de proximité. Offrir un Kleenex, écouter, consigner. Pour les suites à donner, on verra plus tard, si jamais on voit.

— Bien évidemment ! Au moment où j'étais supposée retirer de l'argent à ce distributeur de Toulouse, je participais à une animation dans un collège de Blainville pour aider les élèves qui ont des difficultés en lecture.

— Ça fait beaucoup de témoins ! approuve le policier. Je vais prendre votre plainte.

Et comme il lance le logiciel, son téléphone l'appelle.

C'est Péribès qui demande s'il a des informations concernant ce qu'il lui a confié, l'autre nuit.

Zamanski soupire. Souvenir désagréable de démarches humiliantes. Fini pour lui le temps où les portes des services s'ouvraient sans frapper.

— J'ai envoyé vos prélèvements à un collègue de Paris, quelqu'un de compétent. S'il y a quelque chose à trouver, il trouvera.

Tricard parmi les tricards, il lui a fallu passer de nombreux coups de fil. Les anciens potes étaient en réunion ou sortis déjeuner, ils avaient changé de service, de numéro de poste. Aucun n'a rappelé. Il a fini par obtenir Samuel Bauman, un chimiste avec qui il avait travaillé sur une histoire marrante. En pleine série d'attentats, un type s'était débarrassé de son épouse en magouillant un pseudo-attentat islamiste. Vive le djihad domestique ! Bauman avait découvert que la bombe utilisée n'était pas de celles employées par les terroristes. Il s'agissait d'un engin artisanal, obtenu à partir de produits en vente chez tous les bons droguistes et présents dans le garage de l'époux éploré.

— J'ai un service à te demander, Samuel.

— Dis toujours.

— Des matériaux à analyser… Un départ d'incendie.

— Il n'y a pas de labo dans ton bled ?

— Sans doute, mais je fais appel à toi… C'est personnel et officieux.

— Tu ne crois pas que pour toi ce genre de plan n'est plus d'actualité ?

L'envoyer chier ? Raccrocher ? Le flic a dégluti la boule de rage coincée dans sa gorge.

— Que veux-tu Sam, on ne se refait pas… Les flambeurs flambent, les filles tapinent et les flics enquêtent. *Born under a bad sign.* Alors ? Je peux te les envoyer ?

Temps de réflexion, bref.

— OK. Mais pas au labo. Tu les envoies chez moi. Tu as de quoi écrire ? Note mon adresse. Le temps de les recevoir et de faire le boulot, tu comptes une semaine !

De l'autre côté du bureau, la retraitée à la Carte bleue s'impatientait.

— Je suis occupé, Péribès. Ce soir, à *La Criée*, la brasserie sur le port, je vous en dirai davantage. D'accord ?

Et il retourne à la dame et ses ennuis bancaires.

*

Une sonnerie sort Jean-Claude Bertin de sa torpeur : 14 heures, La Rochelle, les bureaux de l'agence Bertin-enquêtes-privées-sécurité. Deuxième coup, rapide, discret. Il se lève, va ouvrir. Sur le palier, une femme, la trentaine, le regard caché par de grosses lunettes noires, un manteau camel ouvert sur un pull décolleté et un jean ajusté. Aussi surprise que Jean-Claude.

— Euh… Je voudrais voir Bertin.

Jean-Claude manque de répondre “c'est moi”, se reprend, explique :

— Philippe Bertin, je suppose ? Il est absent… Je suis son fils.

Elle retire ses lunettes. Joli visage, lèvres un peu trop minces peut-être.

— Je peux vous parler ?

Et elle entre, file directement dans le bureau, s'assoit sans qu'il le lui dise et sort un paquet de Marlboro.

— Ça ne vous dérange pas ?

Il lui tend un cendrier, prend place dans le fauteuil de son père. Voilà comment on assume une succession ! Elle allume sa clope, ses mains tremblent.

— Comme ça, vous êtes le fils de ce salaud ? Vous savez où il est en ce moment ?

— Mon père ? Il est en mission…

Elle écrase la cigarette, se mord la lèvre inférieure, pioche une nouvelle clope, l'allume.

— Vraiment ? En mission ?

— Dans la région de Bordeaux, invente Jean-Claude.

Elle le regarde, yeux très sombres. Un regard qui vrille, interroge, mesure. Visage décidé, beauté un brin vacharde. Sous le manteau débraillé, dans le jean étroit, les jambes fuselées aux cuisses pleines. Il y mettrait volontiers la main, la paume bien ouverte, les doigts en liberté. Le pull noir, souple, et qui s'échancre sur une poitrine ronde qui n'a pas trop besoin de soutien. Là aussi la main, les doigts.

— Et vous travaillez avec lui ? Vous êtes son associé je parie !

— Non… Pas vraiment. Mais si je peux faire quelque chose.

Cigarette entre index et majeur, elle mordille la pulpe jaunie de son pouce. Il poursuit :

— En tout cas, je ne sais pas ce que mon père vous a fait mais vous ne semblez pas l'apprécier.

Elle remue les épaules :

— Il m'a niqué de plusieurs briques, voilà ce qu'il m'a fait.

— Et comment ça ?

— Qu'est-ce que ça peut vous foutre ?

Le *f* de "foutre" projeté comme un crachat. Junior tempère :

— A moi, rien. Mais peut-être que je peux vous aider ?

Elle pèse le pour, le contre, passe une main dans ses cheveux, elle se lance.

Soit Joëlle Fiony, technico-commerciale dans une entreprise agroalimentaire du Sud-Ouest. Elle a une histoire avec un collègue marié, un type craquant et qui baise super bien. Mais c'est son problème aussi. Elle tombe trop facilement amoureuse ! Enfin bon, régulièrement, tous les deux se retrouvent dans un Formule 1 pour faire ce qu'ils ont à faire, entre deux rendez-vous chez les clients, sur le temps de travail, évidemment. Pas de quoi fouetter un chat mais leur patron l'apprend. Ce salaud réalise que c'est le prétexte rêvé pour se débarrasser d'elle sans que ça lui coûte un centime.

Jean-Claude ne comprend pas très bien. Elle explique en soupirant.

— A cause de mon ancienneté ! J'avais près de dix ans de boîte. Avec les primes, je commençais à coûter cher. Monclet, c'est le nom de mon patron, s'est dit qu'une gamine ferait mon boulot presque aussi bien mais à moitié prix. Avec une faute professionnelle, il pouvait me virer sans avoir à me verser la moindre indemnité. Alors, il m'a mis un détective au cul. Comme je ne prenais pas spécialement de précautions, ça a été bien facile ! Un matin, Monclet me convoque dans son bureau.

A peine assise, il me tend un dossier. Il y avait tout dedans. Les dates, les lieux, tout ! L'ordure de flic privé nous avait épiés, Gérard et moi. Il nous avait pris en photo à l'entrée de l'hôtel, à la sortie aussi. Monclet a exigé que je rédige ma lettre de démission sur-le-champ.

— Et votre amant ?

— Lui ? Il a dû se coucher à plat ventre devant le patron. Il a dû lui cirer les pompes, le lécher, je ne sais pas, mais il est toujours dans la boîte. Alors que moi… A croire que c'était un coup monté par ce salaud de Monclet, et que Gérard m'a séduite sur ordre. Mais aussi, pourquoi je tombe amoureuse d'enfoirés ? D'ailleurs pourquoi je vous raconte ça ? Je suppose que vous n'en avez rien à ffffoutre ?

— Et dans tout ça qu'est-ce que vous attendez de mon père ?

— Je veux qu'il me rende tous les documents qui me concernent, les photos, les rapports, tout !

Elle s'illusionne. Le père Bertin n'est pas du genre à griller ses clients. Junior ne dit rien. Cette fille lui fait de l'effet. La fille ou le vin blanc du déjeuner. Ses tempes battent le tambour. Boum boum ! Rythme lourd des hommes sur le sentier de la guerre, le sentier de la baise. La fille a chaud. Sur le haut du front, à la racine des cheveux, un peu de sueur perle.

— Vous voulez boire ?

Il se lève, va dans la cuisine, attrape une bouteille de Johnnie Walker, deux verres. Retour dans le bureau. Il sert deux bonnes doses, elle ne proteste pas.

— Il me faut mon dossier, vous comprenez ? reprend-elle. Ça ne me plaît pas de savoir que tout ça traîne chez un détective privé. J'ai rien fait de mal, non ?Avoir un amant, c'est pas un crime ! N'empêche ! Cette histoire risque de plomber mon avenir professionnel dans toute la région et même plus loin. Et si je récupère les photos, les documents, je pourrais me retourner contre Monclet. Il faudrait que je voie avec un avocat si c'est jouable.

Dans cette histoire Bertin junior se sent plutôt du côté de la fille. Elle s'en rend compte, se détend, lui sourit.

— Et vous ? Vous faites quoi dans la vie ? Vous êtes flic aussi ?

— Pas du tout ! Je suis fonctionnaire… Aux affaires sociales. Je m'occupe d'animations socioculturelles à destination des publics défavorisés.

— Vous permettez ?

Elle se défait de son manteau, le laisse choir sur le parquet, geste désinvolte et prometteur.

— Les affaires sociales ? C'est bien, ça… Moi aussi j'aurais dû être fonctionnaire. J'en serais pas là, actuellement… Vous accepteriez de m'aider ?

— En faisant quoi ?

— Vous pourriez me passer tout ce que vous trouvez sur moi… Allez, soyez sympa !

En retour que peut-il attendre, que veut-il ? Quelques pensées fugaces, salaces…

— Il faudrait que je cherche dans les archives de l'entreprise. Je vais voir ce que je peux faire. Vous avez un numéro où je peux vous joindre ?

Une feuille A4, un stylo. Elle griffonne un numéro.

— C'est mon portable.

6

Zamanski est installé à la terrasse de *La Criée*, un café crêperie situé sur le port de plaisance. Il a laissé son adjointe aux prises avec un dangereux malfaiteur, un freluquet vieilli pris les mains dans la dentelle. Trois pleins sacs-poubelle de slips, soutiens-gorges, porte-jarretelles et guêpières provenant d'un magasin fric-fraqué à Corzes. Emoi des collègues présents dans les locaux de la police. "Que des marques de luxe !" a précisé le lieutenant Fuzier, très fière de son interpellation.

— C'est ma collection ! J'adore la soie et le nylon, se défendait le prévenu, un pauvre type de l'épaisseur d'un jockey au chômage avec un visage de rongeur famélique, une moustache clairsemée, le teint grisâtre malgré la couperose.

Plaisanteries et rires gras de la flicaille.

— Le contenant est veuf du contenu ! a fait Zamanski et il est sorti. La sottise est contagieuse, la médiocrité aussi.

Un Martini gin et une soucoupe de cacahuètes lui tiennent compagnie. Il a de la sympathie pour ce mélange passé de mode. Il trompe le temps en observant la vedette des douanes qui manœuvre pour s'amarrer au ponton. Le port est une distraction. Le flic passe de nombreuses heures à rêvasser dans la paix des mâts qui lentement se balancent. Il pourrait lier relation avec les bistrotiers avoisinants, il le faudrait. Le port, c'est le cœur de Blainville. Tout le monde s'y rencontre à un moment ou à un autre de la journée. C'est là que tout se dit et se répète. Et c'est la base du métier de flic de secteur : accoudé au zinc, écouter radio-comptoir. Mais Zamanski n'est pas de la région. Flic parisien, c'est rédhibitoire. Sa présence fait taire les discussions. Pour le moment, il doit se contenter de relations distantes avec les limonadiers. Echanges anodins sur la délinquance qui ne cesse de grimper et le temps qu'il fait.

Sur le parking de l'école de voile, il aperçoit Péribès qui gare sa Laguna. Quelques instants et le chef du centre de secours le rejoint.

Le serveur vient prendre la commande. Il appelle le pompier par son prénom, le tutoie.

— Combien de temps pour bénéficier de cette familiarité ? demande Zamanski en souriant.

— Disons une quinzaine d'années… Si vous êtes un type vraiment bien.

— Je serai en retraite avant !

— C'est un milieu difficile, ici, mon vieux. Les locaux vivent de l'exploitation des touristes qu'ils s'ingénient à voler de façon honnête ! Ils ne tiennent pas à devenir leurs amis ! Bon, vous savez ce qu'on dit : c'est dur d'être adopté mais quand on l'est, on l'est bien ! Alors, commandant. Et les analyses des matériaux ?

— Il faut attendre. J'ai un collègue à Paris qui s'en charge à titre officieux, évidemment. Cette histoire vous tient tellement à cœur ?

— Je vous l'ai dit, Zamanski. Mes gus et moi, nous passons pour des cons avec ces incendies bidon. Il faudrait que ça s'arrête, que quelqu'un y mette le holà… Et les types du SRPJ, ils en sont où ?

— Pour ce que j'en sais, leur enquête avance. Langlois et son adjoint ont l'air très affairés. Les couloirs racontent qu'ils s'intéressent à Ravaud, le propriétaire de l'établissement : comptabilité, relations, police d'assurance… Vous le connaissez, ce Ravaud ?

— Sans plus. Son père est chirurgien dentiste, un homme brillant, très apprécié de ses concitoyens. Il aurait certainement aimé que son fils lui succède dans son cabinet dentaire, qu'il fasse mieux, médecine, chirurgie ! Malheureusement le fils n'avait pas les moyens intellectuels de son père. Il a d'abord traîné quelques années dans l'immobilier, l'importation de voitures américaines, jusqu'au jour où le père en a eu marre. Son cabinet est installé dans une villa, sur la promenade. Il a fait aménager le rez-de-chaussée en restaurant qu'il a confié à Franck. Ça a été une révélation. Son gamin n'était pas fait pour la médecine mais pour la restauration ! Aujourd'hui, Franck Ravaud est à la tête de quatre établissements et il appartient à la bonne bourgeoisie blainvilloise : Rotary, golf, yacht-club… Très proche de Floss, le député-maire.

— Comme quoi, avec les enfants, il ne faut jamais désespérer.

— Surtout quand on a les reins assez solides pour leur soulever le pied jusqu'à l'étrier.

— Quel genre, ces restaurants ?

— Des genres très différents. Ça a été son coup de génie au fils Ravaud : taper dans toutes les clientèles possibles. Il a toujours le restau, au pied du cabinet de son père, ça s'appelle *Le Chalet* et c'est une des meilleures tables de la région. Il faudra vous offrir ça un de ces jours, Zamanski. Ensuite, il a fait un gros investissement en achetant la brasserie self-service sur la plage, *La Goélette*, un genre fast-food amélioré.

— Je connais…

— Alors vous savez que c'est ouvert trois cent soixante-cinq jours sur trois cent soixante-cinq, de 11 heures à minuit et que ça ne désemplit pas. Ensuite, il s'est offert *La Capitainerie*…

— C'est lui qui a aménagé la villa ?

— Oh non ! Ça date de bien avant, dans les années 1960, je pense. *La Capitainerie*, c'est un établissement moyen de gamme, vous voyez, deux étoiles. Enfin, il possède aussi une autre brasserie, du côté du marché.

— Brillante réussite.

— N'est-ce pas ?

Le serveur apporte les consommations. Un demi pour Péribès, un second Martini gin pour Zamanski. Celui-ci veut régler mais le pompier l'en empêche.

— Laissez ! C'est pour moi.

— J'ai regardé dans les archives de la maison, poursuit Zamanski en picorant les cacahuètes. Les entreprises de Ravaud ont souvent brûlé.

— Je suis bien placé pour le savoir ! Et que racontent encore vos dossiers ?

— Peu de chose sinon que chacune de ses boîtes a été incendiée au moins une fois. Un acte criminel dans le cas de *La Goélette*, le self sur la plage. C'était en 1994, un cocktail Molotov balancé dans les cuisines à deux heures du matin. Affaire classée en vaine recherche. Pour les autres, d'après les experts, ce sont des accidents. A la lecture de tout ça, on a l'impression que chaque fois les investigations n'ont pas été poussées très loin.

— Vous en connaissez la raison, je suppose ?

— Dites toujours.

— Tout le monde sait ou prétend savoir que le commerce sur toute la côte est contrôlé par le milieu bordelais. Un racket tranquille, sans risque. Une activité de rentiers menée par des gangsters en préretraite. En particulier on parle d'un certain Francis Moret, un ancien cador de la pègre bordelaise.

— Et les Blainvillois acceptent sans rien dire ?

— Mettez-vous à leur place. Les commerçants paient un pourcentage et sont peinards. Que voulez-vous qu'ils fassent d'autre ? Porter plainte au commissariat pour racket ? Vous autres, les flics, vous ne pourrez jamais les protéger contre les représailles. Et puis personne n'a intérêt à ce que cette réalité s'ébruite, surtout pas le maire. Vous imaginez si les touristes apprenaient qu'une partie de leur addition va directement dans les caisses du crime organisé ?

— Tout est donc pour le mieux dans la meilleure station balnéaire possible. Pavillon bleu et flamme verte. Tout le monde à la plage !

Zamanski vide son verre et garde en bouche le glaçon qu'il suçote avec plaisir.

— Sauf que, cette fois, il y a eu un mort, reprend Péribès. D'habitude, les accidents ont lieu au milieu de la nuit, lorsque les établissements sont fermés, vides de tout client, de tout personnel. Ceux qui commettent ça ne sont pas assez tarés pour risquer un homicide. Un sinistre, c'est emmerdant pour le propriétaire, mais pas dramatique. Violent mais pas trop méchant. Les incendiaires ne veulent pas attirer l'attention sur leurs combines. Là, ils ont pris des risques, des risques énormes. Il aurait pu y avoir plusieurs morts, Zamanski. On a frôlé une catastrophe majeure, je vous l'ai déjà dit. A propos, l'autopsie de la victime ? Elle a donné des résultats ?

— D'après ce que j'ai entendu, peu de chose.

— Pas étonnant, vu l'état du corps. Non seulement il était carbonisé mais en plus le cadavre ou ce qu'il en restait s'est ramassé un étage et la toiture. C'est dingue ! Quand j'y repense, c'est dingue ce que ça a pris vite !

*

Allongé sur le canapé de l'agence, un verre à la main, la bouteille posée à son chevet, Jean-Claude Bertin digère l'information. Elle tient en une phrase on ne peut plus simple : "Mon père va mourir."

Après le départ de Joëlle Fiony, il s'est souvenu des rendez-vous chez le médecin et à l'hôpital portés sur l'agenda paternel. Dans les pages jaunes de l'annuaire, il n'y avait qu'un Dr Cohen à La Rochelle. Il a obtenu une secrétaire. Il s'est expliqué, elle lui a passé le praticien. Le Dr Cohen avait une voix grave et un ton peu aimable. Il était surpris.

— Votre père ne vous a pas parlé ?

J.-C. a bafouillé quelques explications confuses.

— … Ma mère et moi, nous nous inquiétons, surtout ma mère. Je voudrais pouvoir la rassurer… ou la préparer. Le médecin comprenait.

— … Bon. Pour ne rien vous cacher, ça ne se présente pas très bien. Votre père est venu consulter au début de l'automne pour des troubles digestifs. A l'auscultation, j'ai senti une grosseur à l'abdomen qui m'a inquiété. Je l'ai donc dirigé vers le centre hospitalier pour une série d'examens. C'est ainsi qu'on a lui trouvé une tumeur très mal placée sur le pancréas avec des adhérences sur le rein.

— C'est grave ?

— C'est évidemment plus ennuyeux qu'une grippe intestinale. Mais ça pourrait se soigner, en tentant d'opérer… L'embêtant, ce sont les métastases.

Jean-Claude écoutait. Il en avait mal au ventre.

— Il en a beaucoup ? Quel est votre diagnostic ?

Est-ce qu'on pouvait demander ça et de cette façon : il en a encore pour longtemps, mon père ? Longtemps à vivre, longtemps à souffrir, à mourir ?

Cohen soupirait, impatience, gêne :

— Difficile à dire, monsieur Bertin, surtout au téléphone ! Mais enfin, la forme que développe votre père… en général… deux ans.

Jean-Claude s'attendait à une catastrophe. A présent, elle était là, il en était presque soulagé. Deux ans ! Ce n'était pas rien deux ans et en même temps tellement peu !

— Et… il le sait ?

— Vous pensez bien que sinon je ne me serais pas permis de vous le dire. Oui, votre père est informé. Dès le début, il a tout voulu savoir sur son état et je ne lui ai rien caché. Je l'ai fait en tout état de cause. C'est un homme suffisamment fort pour affronter sa maladie.

Jean-Claude Bertin pense au temps passé, à son enfance. Dans ses souvenirs, il cherche son père. Il ne trouve que des images floues, des impressions heurtées, une silhouette, celle d'un géant. Adieu les mesquineries et les rancœurs ! Il est temps de redevenir un petit enfant et de donner la main à ce géant. Encore faudrait-il le retrouver. Le temps passe, le temps compté de toute vie, le temps du compte à rebours et Jean-Claude boit.

L'alcool et lui, c'est une vieille histoire, un flirt de plus de vingt ans. Il n'a jamais totalement cédé, n'est jamais devenu vraiment dépendant mais le danger existe. Boire est une envie qu'il doit sans cesse affronter. Brigitte l'aide, les enfants aussi. Ne pas se laisser aller, se surveiller, rester maître de ses faiblesses sauf quand la situation autorise le laisser-aller. Et Dieu sait qu'aujourd'hui c'est le cas ! Il remplit son verre, scotch whisky 40 % d'alcool. Il est seul. Son ivresse ne gênera personne.

Petit à petit Jean-Claude se détend. Ses pensées se font plus fluides, plus légères aussi. Ça circule à nouveau, il respire mieux, l'angoisse cède du terrain. C'est alors qu'il sent poindre un mal de crâne tenace, radical.

Outre son penchant pour l'alcool, Bertin fils a des migraines. Terribles, les migraines ! Il doit bien reconnaître que vivre à proximité d'une boîte de Lamaline l'a aidé à contrôler son alcoolisme latent. Chaque cuite est généralement suivie d'une crise abominable.

Bon ! Se calmer. Il doit se calmer ! C'est déjà la fin de l'après-midi et il est seul. Il repense à Joëlle Fiony. Il y a peut-être un coup à tenter, histoire de faire reculer, le temps d'une nuit, la camarde et ses chagrins. Il se dit alors trois choses.

– Un : vu le niveau de la bouteille de whisky, il va devoir renouveler les réserves.

– Deux : il peut essayer de vérifier si la môme Fiony tombe amoureuse aussi facilement qu'elle le dit. Pour ce faire, son dossier serait une excellente entrée en matière.

– Trois : à propos de dossiers, il est temps de chercher les archives de l'agence Bertin.

Deux comprimés de Lamaline et Junior entre en action. Il commence par fouiller les tiroirs et les placards, en vain. Il pense alors à une planque, par exemple un coffriot discret. Il le trouve assez vite derrière une photo sous verre, celle où le préfet remet au commissaire Bertin la Légion d'honneur.

C'est un coffre-fort modeste. Pas de quoi décourager un prince de la cambriole mais suffisamment costaud pour emmerder le petit délinquant égaré dans le bureau d'un privé de province. La clé est dans le trousseau confié par sa mère. Reste la combinaison. Jean-Claude, un rien vacillant, tente les dates d'anniversaire, se lance dans des combinaisons vicieuses, divise l'année de naissance paternelle par son ancienneté dans les services, additionne l'âge de ses parents, soustrait celui de Mozart à sa mort, imagine des possibilités abracadabrantes à base de mensurations de filles de rêve, de dates historiques, la mort de Louis XIV, le début de la Cinquième, l'indépendance de l'Algérie… Il s'énerve, Jean-Claude Bertin. Le sang bat dans ses tempes. Il s'exaspère et s'épuise. La porte reste close. Il ne va pas tarder à laisser choir lorsque la photo lui suggère une solution. La remise de décoration, événement mémorable s'il en fut ! Pour l'occasion, le fils avait enterré la hache de guerre générationnelle, enfilé un costume, noué une cravate et s'était rendu dans les salons de la préfecture pour assister au jour de gloire paternelle. C'était un 26 mars, en 1984.

2-6-0-3-8-4 et la porte du coffre s'ouvre sur une pile de classeurs cartonnés, un trousseau de clés, des clés de bagnole, et une liasse de billets de cinq cents euros, les gros mauves, ceux dont personne ne veut. Jean-Claude prend les dossiers et les emporte sur le canapé.

En début de soirée, Junior s'est fait une idée sur les activités de son père. La cinquantaine d'affaires traitées par l'agence peut être regroupée en trois séries.

Une première concerne les enquêtes et expertises commandées par des cabinets d'assurances : incendies douteux, vols à répétition de berlines haut de gamme, cambriolages opportuns. L'essentiel du travail consiste à se renseigner auprès des banques et des chambres de commerce sur la situation financière et économique des victimes. La découverte de difficultés de trésorerie suscite des investigations plus poussées : analyses auprès de laboratoires spécialisés, filatures. Ces recherches suffisent la plupart du temps à éventer l'arnaque.

Une deuxième série concerne des employés indélicats : un jeune type qui arrondit son SMIC en refourguant de l'électroménager soutiré du stock, une gamine qui s'offre quelques fantaisies en piochant dans la caisse, l'avoué d'un notaire qui vole son patron en revendant des informations confidentielles sur les clients de l'étude… Le dossier de Joëlle Fiony fait partie de cette série. Jean-Claude s'est attardé sur son cas. Evidemment, les photos prises au 200 mm et convenablement agrandies sont des plus explicites. Elles sentent le lit défait, la transpiration et le sperme. De quoi vous dégoûter de l'adultère. Junior découvre ainsi le Gérard de la dame. Gérard Bertollini, né à Bondy, c'était en février 1969. Une gueule de con. Le cadre suffisant dans toute sa splendeur : bouche à bouffer les parts de marché, sourire d'entubeur, cheveux coupés court, cravate Kenzo et costume prêt-à-porter haut de gamme. Evidemment, il roule en BMW. La petite mérite mieux, se dit Jean-Claude.

La troisième série, ce sont les instances de divorce. Les conjoints mauvais perdants sont une mine d'or pour les officines de flics privés. Exemple : Béatrice Maurois, épouse Durieu. Elle a fait suivre son mari pendant près de six mois. Malgré des précautions proches de la maniaquerie, celui-ci n'a pu dissimuler au professionnalisme de Bertin père l'existence d'une liaison avec une jeune agrégée d'allemand. Gageons que ses leçons de germain rapproché lui auront coûté bonbon au pauvre Durieu.

Cet étalage de linge sale écœure Junior. Il est déçu par son père. Quel exploit ! Arrondir sa pension en fliquant de pauvres types !

Certains, à l'heure qu'il est, sont en prison. D'autres, au chômage. Les derniers se serrent la ceinture pour casquer une pension alimentaire pénalisante. Bertin éprouve de la compassion pour ces baiseurs baisés, ces coupables de lèse-capital, tous ces naïfs qui ont cru pouvoir tordre le cours de leur existence et qui se sont retrouvés la tête dans le seau.

Malade ou pas, son père le révolte. Qu'on veuille rester en activité plutôt que de crever d'ennui, d'accord. Mais de là à pourrir la vie de ses semblables !

Jean-Claude retrouve la feuille griffonnée par Joëlle Fiony, il prend le téléphone.

"Bonjour ! Je ne suis pas disponible pour le moment mais vous pouvez laisser un message après le bip !"

C'est ce qu'il fait en signalant qu'il y a du nouveau. Il propose qu'elle le contacte à l'agence Bertin, agence dont il rappelle le numéro.

Il donne une demi-heure à la commerciale pour le rappeler, sinon il se fera un restau et un ciné, en solitaire.

L'attente dure moins de dix minutes.

— Vous l'avez trouvé ?

— Quoi ?

— Mon dossier, bien sûr !

— Qu'est-ce que vous faites ce soir ?

— Répondez-moi. Vous l'avez, oui ou non ?

— Je vous invite à dîner. Vous connaissez un bon restaurant, dans la région ? Je veux dire quelque chose de bien. J'en profiterai pour vous donner ce que vous recherchez.

Elle réfléchit. J.-C. compte jusqu'à trois

— D'accord. A neuf heures aux *Tonnelles*, c'est un restau, près des remparts.

Prompte à analyser la situation, efficace dans l'approche des options possibles, rapide dans la prise de décision. Décidément, un excellent élément cette petite Fiony. Son patron a été bien con de la lourder comme une malpropre. Et sur ce, à titre de frais de déplacement, Bertin junior soustrait quelques billets à la liasse paternelle, billets qu'il empoche sans le moindre remords.

7

Dans la journée de Zamanski, l'heure la plus difficile c'est le dîner. Un moment, il a essayé de préparer ses repas. Acheter le minimum d'ustensiles, imaginer un menu, répondre au bavardage d'un commerçant, c'était faisable. Mais ensuite, ça n'allait plus du tout. Souvenirs. Les fruits, les légumes, les mains de Véra sur eux, sa façon de les caresser, comme si elle les dessinait, eux deux penchés sur les casseroles observant la transformation des formes et des couleurs, et puis dîner ensemble, et puis… Il surfe désormais sur la crête du temps, dévalant la soirée jusqu'à la porte d'un restaurant.

Il fréquente ceux du port et du front de mer qui déclinent les mêmes formules pour des prix allant de dix à trente euros.

Il dîne seul. Le flic de province a une femme, des enfants et un pavillon avec jardin qui réclament sa présence et ses soins. En fin de service, pas de temps à perdre en tournées et bouffes à rallonges.

Lolo, elle, n'est pas mariée. Pas de mec, enfin pas que l'on sache. A la fin de la journée, elle se tire on ne sait où. Elle a sa vie, on ne sait laquelle. Parfois, rarement, elle accepte de suivre Zamanski. Donnant, donnant ; elle lui prête sa présence, il lui file ses souvenirs, ça complète sa formation, dit-elle.

Sinon, Zamanski dîne en compagnie d'une bouteille de côtes-de-blaye et des exemplaires froissés de la presse locale. Les bribes de conversation venues des tables voisines le distraient.

Ce soir, il y a du monde à *La Goélette*. C'est d'ailleurs un des charmes de ce restau ouvert tard le soir. Zamanski se méfiant des inévitables fruits de mer a préféré une escalope de volaille milanaise et insipide.

Il s'intéresse aux deux femmes installées à la table voisine. L'une, petite, brune et vive, l'autre un peu plus âgée, la proche quarantaine, châtain clair, plus posée. Toutes deux, le teint hâlé, de l'or au cou et au poignet, coupe de cheveux à cent cinquante euros, robes courtes et griffées : la Blainvilloise dans toute sa superbe. Il y a pire voisinage.

Elles parlent de *La Capitainerie*. Depuis deux semaines, tout Blainville ne parle que de ça. Sont évoqués le racket, les combines fiscales et des règlements de comptes entre Bordelais et Niçois. Nice est à l'origine de beaucoup de fantasmes dans la région. Chassés par la pègre de Gênes, elle-même chassée par les Russes, les Tchétchènes, les Mongols ou les Chinois, les Niçois chercheraient à s'implanter sur la côte atlantique. C'est ce qu'assure un beau-frère bien placé à l'Intérieur à moins que ce ne soit un copain en poste à la mairie. Clapotent les rumeurs le long de la plage.

Concernant *La Capitainerie*, Zamanski n'est pas mieux informé. Les shérifs d'Angoulême évitent soigneusement de lui parler. Au plus, lui reconnaissent-ils assez de compétence pour leur indiquer le fonctionnement de la machine à café, l'emplacement des toilettes, un troquet pas cher et sympa.

Le patron et les autres flics de la maison supportent tant bien que mal la présence de ces collègues prétentieux. Quelques éléments de l'enquête ont filtré. La brigade financière s'occuperait des comptes de Ravaud et les enquêteurs s'intéresseraient aux relations du restaurateur.

Les deux femmes ont fini leur poisson. Oubliant les desserts, elles commandent deux décas. En cette sortie d'hiver, l'une a du mal à rentrer dans ses jupes, l'autre regrette l'attachement excessif des deux kilos pris durant les fêtes.

Le menu à quinze euros donne droit au dessert du jour : Zamanski négocie en plus de la tarte aux pommes maison une boule de glace à la vanille. Par solidarité avec ses deux voisines, il s'abstient de chantilly.

— … Celui qui est mort… Je le connaissais… La veille, il était passé à l'agence pour des locations…

La jeune serveuse qui lui demande s'il désire un café l'empêche d'entendre la suite. Un groupe de types bruyants entre, ce qui fait réagir la jeune femme brune. Il est neuf heures et demie déjà !

— Tu m'excuses ma chérie, mais j'ai dit à Hervé que j'irais le chercher à la fin de son entraînement. La BM est en révision chez Levroux.

Un rapide baiser, la promesse de rappeler et elle laisse son amie en compagnie d'une Craven A et d'un déca.

Zamanski se lève.

— Vous permettez que je m'assoie à votre table pour boire mon café ?

Elle le regarde, agacée amusée, elle consent.

— Richard Zamanski, commandant Richard Zamanski de la police nationale, dit-il en s'asseyant. Et vous ? A qui ai-je l'honneur ?

Elle fronce les sourcils.

— Moi ? Jacqueline Bissel. Je m'occupe d'immobilier, répond-elle un peu bousculée. Qu'est-ce que vous me voulez ?

— Peu de chose rassurez-vous ! Mais je vous ai entendue parler avec votre amie… Vous lui disiez que vous connaissiez la victime de *La Capitainerie*.

— C'est très indiscret d'écouter les conversations.

— C'est vrai, mais j'ai des circonstances atténuantes. C'est très ennuyeux de dîner seul.

Il prend l'air boudeur d'un petit garçon fautif. Elle a la gentillesse de sourire.

— Je ne le connaissais pas vraiment. Il est juste passé à mon agence, la veille de l'accident…

— Vous voulez bien me raconter ?

Elle imaginait un plan drague, c'est une séquence policière.

*

A La Rochelle, Jean-Claude Bertin est arrivé en avance aux *Tonnelles*, un établissement un peu prétentieux aux allures de guinguette.

Et puis la technico-commerciale a fait son entrée : body noir stretché avec un voile transparent sur le décolleté, jupe droite juste assez courte pour révéler les dentelles des bas. Féminité un peu tapageuse, un rien vulgaire, pas désagréable.

Joëlle Fiony a commandé une darne de saumon, il a préféré un magret de canard. Il a envie de sancerre.

Moins énervée que dans l'après-midi, elle se montre aimable, se veut séduisante. Elle doit être ainsi lorsqu'elle discute affaires avec un client. Il y a du cul dans l'air mais là n'est pas la question. Fondamentalement, on est là pour le fric, l'artiche, le saint flouze. Le reste, la jupe qui dévoile par inadvertance le haut d'une jambe, les lèvres qu'un bref passage de langue humecte, le sourire complice, tout ça c'est du bonus à prendre comme tel.

Jean-Claude Bertin est venu pour ça, alors il joue. Il s'est épargné le ridicule d'ôter son alliance. L'eût-il voulu qu'il ne l'aurait pu. Le doigt a forci depuis les "oui" échangés. C'était il y a près de dix ans, dans la salle des mariages de la mairie du 13e.

"Trompe-moi si tu veux mais ne me trahis pas", lui a dit Brigitte un jour, citant Colette. Les instits ont des lettres. Ça les aide à vivre.

Brigitte mérite mieux qu'une alliance à coulisse, la petite pleine de tempérament aussi.

— C'est le dossier ? demande-t-elle en désignant l'enveloppe posée sur le bord de la table.

Elle a attendu près de vingt minutes avant d'aborder le sujet. Elle aurait pu se montrer plus pressée.

Junior confirme.

— Vous permettez ?

Coup d'œil rapide sur les documents.

— Rien d'autre ?

— Pourquoi ? Il y aurait dû ?

Elle réfléchit.

— On ne sait jamais avec les flics.

Un ange est passé, ou un diable. Le repas se poursuit, mais en silence. Elle boude, il s'ennuie. Le sancerre lui monte à la tête. Il redevient brumeux, envasé comme ces douves au pied de la terrasse.

Qu'est-ce qu'il est venu foutre ici ? Les fantasmes qui lui ont servi de prétexte lui paraissent soudain dérisoires. Ses doigts tapotent *In the Sunshine of Our Love*, Cream 1967, Eric Clapton, Ginger Baker à la batterie.

— Vous m'excusez ?

Elle se lève, sac à l'épaule, direction les toilettes. Jolie fille, les regards masculins confirment, J.-C. se secoue.

Pimpante souriante, la voici de retour. Elle s'est refait une beauté.

— Je ne vous ai pas remercié pour le dossier, dit-elle avec un beau sourire engageant.

— Disons que c'est fait, répond Jean-Claude.

— C'est vraiment gentil de votre part. Vous n'étiez pas obligé. Après tout, mes histoires, celles de votre père ne vous regardent pas. Comment vous allez faire avec lui ?

Il sourit :

— Disons que c'est mon problème.

En réalité, ce n'est pas un problème. Le père et le fils savent à quoi s'en tenir.

Junior lève son verre en un toast silencieux à la santé d'Astride. Elle et lui, ça n'a duré qu'une nuit mais quelle nuit ! Il avait dix-sept ans, était au lycée. En quelques heures, sa jeune prof d'économie lui a ouvert les yeux sur lui-même et sur le monde. Rév' Cul' en terminale B d'un lycée de banlieue. Elle les avait rejoints, lui et ses copains, pour fêter la fin du trimestre. Il y avait à boire, un peu de hasch aussi… Il s'était retrouvé assis à côté d'elle sur un lit qui tenait lieu de canapé. "Tu es mignon, dommage que tu sois un peu de droite !" Elle avait passé sa main dans ses cheveux qu'il était le seul à avoir courts. Elle l'avait ébouriffé, lui avait tendu ses lèvres, il n'avait pu faire autrement que se jeter à l'eau, à l'amour, malgré la trouille, malgré les autres qui n'en revenaient pas. Bertin était en train de sortir avec la prof d'éco !

A la rentrée, de janvier, à la reprise de son cours, elle avait eu un sourire, tendre et ironique à la fois, façon de dire c'était sympa mais n'en parlons plus. Il n'avait pas insisté. Mais le pas était franchi. Pour Jean-Claude plus rien n'était comme avant. Tout lui semblait neuf, plus cruel aussi et surtout son père lui était apparu tel qu'il était : un type violent qu'un pouvoir de droite autoritaire instrumentalisait.

Conflits et bagarres, cris et paires de baffes. Finis les entraînements de tir sportif, les dimanches à jouer à la chasse à l'homme, à la guéguerre sur le terrain de paint-ball avec son père et ses potes. Il avait laissé poussé ses cheveux, avait économisé pour acheter une batterie, une Gretsch d'occasion !

Ces souvenirs d'adolescence recadrent les enjeux présents. Il est attablé en compagnie d'une fille désirable et qui le sait. Autant faire ce qu'il faut pour ne pas la détromper. Elle poursuit :

— Et si je me sers de son dossier pour me retourner contre lui ?

— Ça le regarde. Les risques du métier, en quelque sorte. Il n'y a pas de fumée sans feu, d'omelette sans œufs cassés, etc.

— Vous êtes un drôle de type !

— Pourquoi ?

— Vous n'êtes pas très solidaire de votre père.

— Qu'est-ce que vous en savez ?

— En me donnant ces photos, le contrat signé par mon connard de patron et les rapports d'enquête, vous le trahissez. Vous avez l'air de le détester.

— Non, au contraire. J'ai beaucoup d'admiration pour lui. Moins que j'en ai eu, mais encore beaucoup. Ça ne m'empêche pas d'être critique sur son boulot. Il le sait. Pour ce qui est de la paire de taloches distribuée au gamin frondeur, ce n'est plus de nos âges. Et puis…

— Oui ?

— J'imagine qu'il ne désapprouverait pas le terme de cet échange. Quelques photos contre un dîner avec vous, c'est un bon deal.

Elle lui prend la main.

— On s'en va ? murmure-t-elle. On s'ennuie ici. La cuisine est mauvaise et les clients sont tristes. Vous pouvez me ramener chez moi ? Je suis sans voiture.

Jean-Claude appelle la serveuse, règle l'addition. Il a les dés en main, autant les jeter.

— Des enfants ? demande-t-elle en montant dans la Renault on ne peut plus familiale.

— Deux. Et une femme. Je n'ai pas l'intention de divorcer.

Il pose sa main sur son genou. Elle la laisse, il démarre.

Ils doublent le centre-ville, dépassent les bassins du port, longent d'anciens hangars transformés en musée puis s'enfoncent dans une ville nouvelle, immeubles à la Portzamparc, anecdotiques et prétentieux, posés sur des terrains en friche. Une marre de flotte stagnante promet de devenir un lac. Il y a des bureaux, un ciné multiplex, un McDo et quelques commerces fermés à cette heure. Un jour prochain ce sera un quartier vivant, une zone pleine d'activités. Promis juré ! Des panneaux publicitaires l'annoncent. En attendant, c'est aussi animé qu'une ville située près d'une centrale nucléaire qui fuit.

— Nous sommes arrivés.

C'est une longue barre immaculée, une sorte de rempart à toit en vague dressé face à la mer. Difficile de savoir si c'est destiné à des vacanciers ou à des petits-bourgeois dynamiques prêts à jouer les citoyens novateurs.

— Pas grand monde.

— Comme ça on ne risque pas d'être dérangés, fait-elle d'un ton badin.

— Vous m'offrez le dernier verre ?

— Ou l'avant-dernier ? *Why not ?*

Il la suit dans un escalier qui sent le ciment frais et la peinture. L'ascenseur n'est pas fini d'installer. A quoi ça peut bien ressembler chez elle ? Quelle musique dans le lecteur CD ? Delerme ? Benabar ? NIIIRVAAANAAAA ?

Elle s'arrête au troisième étage.

— On est arrivés.

Terminus nulle part. L'appartement est tellement vide qu'il ressemble à un coup fourré. Un mec est là et qui attend. Junior reconnaît Bertollini, le partenaire de la môme Joëlle sur les photos. Bertin junior n'est pas vraiment surpris.

Un camping-gaz éclaire la scène d'une lumière crue d'abattoir.

— Il t'a refilé les documents ?

— La moitié seulement, la moins intéressante.

— Le con ! Qu'est-ce qu'il a fait des autres ?

Veste et pantalon en jean, chaussures de sport, la trentaine très entraînée, le type est moins anodin que sur les photos. Bertin fils l'avait pris pour un cadrounet queutard, il découvre un nuisible.

C'est fou ce que la photographie est un art trompeur.

Jean-Claude Bertin avale sa salive.

— Je ne comprends pas de quoi vous parlez. Je vous ai donné tout ce que j'ai trouvé.

Gégé hausse les épaules.

— C'est pas ça qu'on veut et tu le sais bien. Alors ? Où ils sont ?

Bertin s'énerve.

— Ça suffit, les conneries. On en reste là et je me tire, d'accord ?

— Pas avant qu'on ait discuté, sérieusement.

— Si c'est pour une partouze, j'aime pas les nombres impairs, lance le fils Bertin, pour détendre l'atmosphère. En réalité il a une trouille à se pisser dessus.

Joëlle se poste devant la porte, les bras enserrant sa poitrine, elle se caresse l'épaule avec un geste frileux. C'est vrai, l'atmosphère s'est soudain refroidie.

— Pour ce qui est des partouses, si tu connais pas le SM, tu vas découvrir, grince le type.

Et il sort de sa poche de jean un poing américain. Bien clouté, bien chromé. Il l'enfile sur sa main droite lentement. On est dans une série Z. Junior a envie d'être n'importe où mais ailleurs.

Sûr de l'effet provoqué, Gégé avance, sans se presser. A tort. Quand il est à portée, la peur, l'immonde trouille, a quitté J.-C. Seule demeure la nécessité de réagir et vite. Junior opte pour un coup de boule. D'une violence qui le surprend. Juste comme il faut : sur l'arête du nez.

Bertollini beugle un cri gargouillant de goret qu'on égorge. Un coup de coude dans les côtes de Fiony et Bertin s'arrache à toute vitesse, dévale les trois étages, atteint la Renault à court de souffle et sans encombre. Il démarre dans le couinement du moteur poussé à six mille tours. Repli immédiat sur la tanière du père.

Comme ça on ne dérangera pas, qu'elle disait. Tu parles. La salope !

Bagnole à l'écurie, Jean-Claude Bertin s'adosse au mur du parking. Il a les jambes qui flageolent, son front lui fait mal, un marteau-pilon lui travaille le crâne. Il espérait une nuit d'amour, il a failli se faire casser la gueule. Finalement, la vie conjugale a du bon. Et l'action socioculturelle aussi.

Son pouce se défoule sur la télécommande du box en un rythme venu des manifs pour le Chili. Deux fois trois longues, deux brèves, trois longues. *El pue – blo ! uni-do !*... Parvenu à *Jamas*, une porte s'ouvre en grinçant. Pas celle du box paternel, une autre, située à droite dans la rangée d'en face. A cet instant, Junior n'a plus assez de jus pour s'étonner. Juste le constat épuisé que les emmerdes se poursuivent. Il suffirait que le propriétaire du box en question se pointe. "Qu'est-ce que vous foutez ? Vous gênez pas !" La suite est facile à deviner.

Et puis l'étrangeté de la situation perfore sa migraine. Une même télécommande ouvrant deux box ? Junior s'approche de cette anomalie. A l'intérieur, il trouve un cabriolet Audi d'un joli rouge guilleret, quasiment neuf et immatriculé dans le 17.

Deux box dans un parking disposant d'un double accès, ça laisse imaginer des choses. Un mélange de lassitude et d'étonnement pousse Junior. Le coffre n'est pas fermé. C'est bien ce qu'il craignait : une trousse à outils et des pinces crocodiles. Junior a toujours vu une trousse de dépannage et des pinces crocodiles dans le coffre des voitures de son père, une habitude qui remonte à l'époque pas si lointaine où les bagnoles tombaient en panne. Dans l'habitacle, quelques CD sont abandonnés sur le plancher, côté passager : *Le Chevalier à la rose*, version Karajan, Schwarzkopf, *Così fan tutte*, *Le Barbier de Séville*.

Songeur, Bertin fils prend la place du conducteur. Ça sent le sexagénaire sportif et friqué. Ses mains empoignent le volant, caressent le pommeau du levier de vitesse. Son cœur bat. Il a de plus en plus mal au crâne. Un coup d'œil qu'il devine inutile dans la boîte à gants : son père n'y laisse jamais les papiers du véhicule. Il préfère les glisser derrière le pare-soleil du passager. C'est bien ça : une habitude plus qu'une cachette. Un porte-cartes pur cuir. Carte grise, attestation d'assurance, le tout au nom de Philippe Berthier, domicilié 12, avenue de l'Atlantique à Blainville-sur-Mer.

Bertin, Berthier. Les dates de naissance sont les mêmes. Bertin Berthier, des jumeaux en quelque sorte. Tu parles ! Le salaud ! se répète Junior, rage et admiration confondues.

*

— … Il cherchait des appartements ou des villas à louer pour l'été. A l'agence, nous avons des offres qui correspondaient. Je lui ai proposé plusieurs locations et je l'ai emmené en visiter quelques-unes. Voilà, c'est aussi simple que ça.

— Il ressemblait à quoi ?

Elle fronce les sourcils.

— Je dirais dans les soixante ans, bel homme, assez grand, un mètre quatre-vingts, large d'épaules, un peu de ventre, chevelure grise encore abondante, coiffée avec une grande mèche et une raie sur le côté.

— Tennis, golf ?

— Peut-être… Oui, ce genre de type, il y en a beaucoup comme lui.

— Il travaillait pour quelle société ?

— Il m'a expliqué qu'il travaillait en free-lance pour de grandes entreprises. Il les aidait à loger leurs employés. Par exemple, un cadre est nommé à un poste, il doit déménager et comme il n'a pas le temps de chercher un logement, quelqu'un démarche les agences et visite les appartements pour lui. Mertens cherchait des locations estivales pour des boîtes situées en Belgique, en Hollande aussi.

— Je comprends…

Zamanski la regarde, yeux gris clair, le nez un peu fort, des lèvres pleines, sensuelles, une jolie femme. Elle réfléchit, une pensée la chiffonne.

— Vous voulez prendre un verre ? demande-t-il. Un cognac ?

Elle sourit, feint d'être choquée :

— Un cognac ? Vous voulez m'enivrer ?

Elle accepte :

— Tant pis pour les calories !

Il intercepte la serveuse, commande deux fines champagnes. La femme allume une Craven.

— Et vous avez fait affaire avec lui ?

— Non !... Non, on n'en a pas eu le temps.

— Oui, c'est vrai.

La mort s'est invitée, le silence s'installe. Fin de la transaction, il n'y a plus rien à dire. Zamanski le regrette. Il réchauffe le verre d'alcool dans la paume de sa main, il en respire les arômes. Jacqueline Bissel fume en silence, elle ne porte pas d'alliance. Soudain, elle écrase sa cigarette, se lance :

— ... De toute façon, je ne suis pas sûre qu'il aurait donné suite.

— Pourquoi ?

Elle hésite encore. Ne pas la brusquer.

— ... Je ne sais pas trop comment dire, une impression. Vous savez dans le métier on sait très vite à qui on a affaire. Chaque année, je vois des dizaines de gens qui prétendent vouloir acheter un appartement, une résidence secondaire. Surtout en saison. Dans la profession, on les appelle des promeneurs. Ils passent leurs vacances à visiter des villas, des appartements pour voir comment c'est chez les autres, piquer des idées de décoration. Ils font les agences immobilières comme d'autres font les musées.

— Et Mertens ? C'était un promeneur ?

— Non, je ne dirais pas ça. Il avait l'air sérieux, très pro. Sa demande était importante, ce n'est pas tous les jours que je reçois quelqu'un qui recherche une dizaine de locations. Je l'ai emmené visiter quelques villas, un appartement. Mais en même temps… j'avais l'impression qu'il ne s'intéressait pas vraiment à ce que je lui montrais, comme s'il avait quelque chose en tête.

— Peut-être que c'est vous qui l'intéressiez ?

Elle hausse les épaules, sourire vague et chagrin, fugace.

— Ça aussi je connais, soupire-t-elle. Les visites de biens c'est un moyen comme un autre de draguer mais pas dans le cas de ce type. Mertens était distant. Froid même. Avec juste ce qu'il faut d'amabilité…

Elle se reprend.

— … Je vous dis des bêtises ! En fait, il devait avoir des ennuis. C'est ça : des ennuis dans sa vie privée, un enfant malade ou sa femme qui le quitte. Peu importe, rien que de très banal. Et il est mort bêtement dans un accident. Inutile d'aller chercher plus loin, je crois.

Zamanski la regarde. Le pour le contre, la fatigue, les paroles. A quoi bon ? Il aime la courbe de ses épaules, son visage un peu triste.

— Je peux vous demander un service ? fait-il.

Elle allume une nouvelle Craven.

— Je ne sais pas.

— Il n'a pas dû se contenter de votre agence, je suppose. Est-ce que vous pourriez demander à vos confrères s'ils ont reçu la visite de Mertens et ce qu'ils en ont pensé ?

8

Ce n'est pas une Ferrari ni une Porsche mais, point de vue conduite, le cabriolet Audi change de la Renault familiale. Sous le capot, un V6 et cent soixante-dix bourrins ne demandent qu'à griller toutes les limitations de vitesse. Le tableau de bord est truffé de commandes et de diodes qui donnent envie de jouer à la voiture. Le ciel léger le permettait, Jean-Claude Bertin a cédé à la tentation. Malgré la fraîcheur, il a abaissé la capote.

La nuit durant, son cerveau a mouliné des rêves oppressants. Joëlle et Gérard, le couple maudit, passaient à l'attaque. Ils défonçaient la porte, lui sautaient dessus, le tabassaient à mort. Ils voulaient récupérer… Il s'est réveillé plusieurs fois angoissé, en sueur. Mais qu'est-ce qu'ils voulaient ces deux-là ?

Au matin, le miroir de la salle de bains lui a conseillé de se calmer. Sur son front une bosse bleuissait, la fatigue et l'incertitude creusaient ses traits. Ce qu'il voyait, c'était le visage d'un petit-bourgeois qui s'épuise à lutter contre ses penchants et qui ne tient pas vraiment la distance.

Sa mère a téléphoné. Jean-Claude l'a laissée saturer le répondeur de questions auxquelles il ne voulait pas répondre. Il a déposé un message sur la boîte vocale du portable de Brigitte, un laconique "Tout va bien, je vous embrasse toi et les enfants", puis il a quitté l'agence Bertin dans l'état où il l'avait trouvée : nickel. Il a emporté le trousseau de clés et le fric trouvés dans le coffre. Dans le parking, il a hésité. Scenic ou Audi ? Il a choisi le cabriolet, à cause du fun, un désir vague de profiter d'une opportunité, de satisfaire une curiosité. Les clés étaient celles de la voiture. Tant qu'à chercher le pseudo-Berthier, autant le faire avec sa bagnole.

A la sortie de La Rochelle, la vue des immeubles de la future technopole lui a rappelé un mauvais souvenir. La garce ne perdait rien pour attendre, il reviendrait.

C'est une route facile, deux petites centaines de kilomètres, la plupart en 2 x 2 voies. Bertin roule, détendu, cheveux au vent. Il a glissé *Le Chevalier à la rose* dans le lecteur. Soit une femme de trente-deux ans au plus, *Marschallin* de son état et qui déjà se sent une vieille chose. Pendant que son mari est à la chasse aux ours dans les Carpates, elle s'abandonne à l'amour d'un tout jeune homme : Octavian. Une dernière fois, aimer et être aimée avant que le froid de l'âge ne lui interdise à jamais les transports amoureux. L'histoire se termine bien, si on veut. Retour à l'ordre : le gamin épouse une gamine et Mme la maréchale se résigne avec grâce et dignité à la réalité de son âge.

En écoutant l'opéra de Strauss, Jean-Claude se demande si le cabriolet rouge n'est pas pour son père ce qu'Octavian est à la maréchale, une joyeuse manière de niquer la vieillesse, une façon sportive d'allonger les délais.

La route traverse un paysage mélancolique de prairies rases et jaunes que quadrillent des canaux envasés. Ici et là, un pan de mur, un arbre chétif, quelques vaches.

Arrivant à Blainville, il découvre une sous-préfecture balnéaire à l'architecture des années 1950. Les quelques personnes auxquelles il demande l'avenue de l'Atlantique ne connaissent pas. Il use du carburant et sa patience à rechercher un plan offert par Decaux. Les panneaux publicitaires ne manquent pas mais pour en trouver un qui offre le service gratuit d'un plan, bon courage ! Junior finit par dénicher la bête rare à la sortie de la ville, le long d'une rocade où personne ne s'arrête. Chance ! L'avenue de l'Atlantique se situe à l'exact opposé.

Bertin fils, de très mauvaise humeur, redémarre, traverse la ville, longe une plage sur laquelle des retraités prennent l'air en compagnie de leurs chiens. Une classe de collégiens fait de la gym sur le sable. D'imposantes villas hibernent face au large. Une pelleteuse est en train d'en démolir une. Le godet hydraulique mord un pan de mur noirci. La maçonnerie brûlée cède et s'effondre dans un nuage de poussière et de cendres. Plus loin, une pinède ombrage un quartier résidentiel. L'avenue de l'Atlantique démarre en oblique, serpente entre dunes et villas pour aboutir à un immeuble rutilant d'une dizaine d'étages ceints de terrasses.

Junior n'a aucune difficulté pour garer le cabriolet. Le parking agrémenté de parterres de fleurs est vide.

Dans le hall, faux marbre, vrai acier et miroirs partout, une femme âgée mais vaillante passe la serpillière. Junior repère le nom de Berthier sur l'interphone. Dixième étage.

L'ascenseur le dépose dans un couloir moquetté aux murs revêtus de shantung. C'est classeux en diable et silencieux comme pas permis. Il n'y a pas de nom sur la porte blindée dotée d'une serrure de coffre-fort suisse, mais Junior a bon espoir que ce soit l'appartement du nommé Berthier. Il sonne trois fois pour donner à qui s'y trouverait le temps de réagir.

Le silence vient à bout du dernier écho. Junior entend battre son cœur. Ce qu'il va trouver ne va pas lui plaire. Ce ne peut être que désagréable. Désagréable mais surprenant. Alors il utilise le trousseau de clés.

Tout d'abord, une vaste salle de séjour éclairée par une baie vitrée donnant sur l'océan, le ciel. Image à la David Hockney, adoucie par la lumière de l'Atlantique.

L'appartement de son père ? Junior reconnaît le goût spartiate. Peu de meubles, un ordre et une propreté maniaques. Mais le canapé de cuir fauve, les deux fauteuils, la soie du tapis, la chaîne hi-fi scandinave appartiennent à un monde qui n'est pas celui d'un flic à la retraite. Le monde du fric cultivé.

La chambre n'est meublée que d'un lit *king size* posé sur un caillebotis encadré par deux tables de chevet très simples en teck. De quoi les miroirs de la penderie ont-ils été témoins ?

Rapide perquise.

Tiroirs de la table de chevet. Une boîte de préservatifs, un tube de lubrifiant. Trivial et prudent.

Dans la penderie, des chemises, trois costumes pure laine anthracite, un imper, des jeans, des pulls en cachemire, un blouson en buffle. De la qualité, de la marque. Plusieurs mois de pension d'un fonctionnaire.

Dans un décrochement de la salle de séjour, il y a un bureau. Les pieds galbés, la marqueterie rappellent la maison de Limoges dans laquelle s'enterre sa mère. Mais ce n'est pas une copie. Rien à voir avec les meubles ringards du pavillon familial.

Un produit de la téléphonie la plus avancée, un sous-main, un bloc de feuilles vierges et un stylo massif agrémenté d'une petite étoile blanche. Rien à moins de cinq cents euros. Cette collection d'objets de valeur est d'un goût douteux, ça fait nouveau riche. On se console comme on peut.

Une diode rouge et qui clignote affirme qu'il y a un message sur le répondeur.

"Vous êtes au 05 46 06 50 17. Laissez un message après le bip sonore. Merci", annonce la voix de synthèse par définition impersonnelle.

“Philippe. Je suis retournée chez Cluzel, l’antiquaire. Pour le petit secrétaire, il aimerait qu’on lui donne une réponse assez vite. Si nous pouvions y passer… Tu me rappelles ?”

La voix est jeune, avec une pointe d’agacement.

Adossé à la baie vitrée, Junior regarde l’appartement. Curieux endroit. Tout ce qu’il faut pour vivre, mais justement, personne ne semble y vivre. On dirait un décor de film français : un bel appartement dans lequel une jolie fille en petite tenue fait de jolies choses. A ce propos, Jean-Claude ne doute pas que celle du répondeur soit adaptée au scénario.

Bertin junior est accablé. La voiture, cet appartement, les meubles, les objets, tout lui est inaccessible. Trop cher ! Il n’est pas sûr qu’il aimerait mais il doit bien reconnaître que ça ne le laisse pas indifférent. Il se sent envieux, il est amer.

Il s’assoit derrière le bureau, inspecte les tiroirs. Des factures d’électricité et de téléphone au nom de Berthier Philippe. Consommations réduites. A peine quarante-cinq euros tous les deux mois. Au fond du tiroir de droite, dans son holster, un flingue. Un Beretta. Jean-Claude sort le gun. Il l’empoigne, aussi ému qu’un alcoolique sevré tenant un verre de pur malt.

Beretta 92FS inox calibré en 9 mm. S’il ne fallait qu’une preuve pour confondre Philippe Berthier et Philippe Bertin, celle-ci suffirait. Le Beretta, c’est le feu de prédilection de l’ancien flic.

Junior vérifie que la chambre est vide, il sort le chargeur. Bien sûr, le propriétaire de l’arme n’a mis que treize balles dans le magasin pour ménager le ressort. Junior démonte le percuteur, le ressort de recul et la tige puis remet le tout en place. Il fut un temps où il rêvait d'être capable de faire ces gestes les yeux bandés. Gamineries.

Jean-Claude saisit le flingue. Une belle arme, le Beretta. Un bel outil à tuer. Il s'étonne d'éprouver un tel plaisir à le tenir en main.

Manurhin, Colt, Beretta. Junior a grandi parmi des gens d'armes. Des hommes particuliers et qui se voulaient tels parce que sans illusions sur l'humanité. Rien ne leur était épargné : meurtres, suicides, agressions. Un quotidien fait de femmes battues, d'enfants martyrs, de désespérés ; défoncés parvenus à l'ultime injection, alcooliques du verre de trop, déprimés du cachet final. Corps plus ou moins froids, sanglants, émaciés, plus ou moins rigides, décomposés. Existences interrompues de façon brutale. Une vie passée à constater des fins de parcours sur fond de misère noire, de bêtise crasse, de folie furieuse.

Oui, des hommes très particuliers, son père et ses copains. Pas vraiment là, plutôt à côté, en marge de la société en même temps que plongés dedans. Des suprasociaux comme on parle de supraconducteurs. Des êtres dopés à la vacherie humaine. Fiers d'en "être", d'en faire "partie", de "savoir". Recrutés, formés et maintenus dans la violence et le mépris pour tout ce qui n'était pas flic, mâle, blanc, et de droite. Encouragés en cela par une hiérarchie paranoïaque qui traquait le coco et le gauchiste comme elle avait traqué l'Arabe après avoir traqué le juif. Philippe Bertin et ses potes des différentes brigades, le jour, la nuit, avaient baigné là-dedans. Sans compter les "à-côtés", les petits boulots pour les SAC et autres CDR, ces organisations parallèles au service du gaullisme finissant et d'intérêts florissants.

Junior les avait admirés, ces bras de la justice et de l'Etat, ces types qui mettaient leur vie au service de l'ordre public et du citoyen. Du moins c'est ce qu'ils disaient !

Et puis un jour, il avait accompagné son père chez un collègue, un type d'une trentaine d'années qui vivait seul dans un deux-pièces de la porte de Montreuil. L'idée, c'était d'aller voir un match de foot ensemble.

Sur le palier du collègue, il y avait du monde. On se serait cru à une surprise-partie pour flicards et pompiers sauf qu'il était dix heures du matin et que ce n'était pas la fête. Jean-Claude avait suivi son père à l'intérieur de l'appart. Le pote était bien chez lui mais tout à fait mort. Les collègues du 20e venaient de le décrocher de la suspension. Consternation. Rien ne laissait prévoir un suicide. Le "copain" n'avait même pas laissé une lettre qui aurait expliqué son geste. Rien sinon la décoration du deux-pièces cuisine. Aux murs, des affiches à dix balles associant le sexe et la force, gonzesses à poil rampant aux pieds de mecs virils et musclés, en slip et en rangers. Dans la chambre, un OPJ inventoriait le contenu d'un placard : nunchakus, matraque, poing américain, menottes et même un fusil à pompe.

Ce jour-là, Junior avait compris que son père et ses potes étaient aussi rassurants qu'un dépôt de munition enterré dans la cour d'une maternelle. Sa jeune prof d'éco, les copains du bahut et *La Police hors la loi** avaient fait le reste.

Junior remonte le Beretta sans hésitation. Les feux, c'est comme la bicyclette, ça ne s'oublie pas. Il remet le chargeur en place, le flingue dans son holster et le tout dans le tiroir qu'il referme.

Trop d'événements depuis moins de vingt-quatre heures : la disparition de son vieux, sa maladie, Fiony et les dossiers, l'agression, la découverte d'une double identité, cet appartement aussi vivant qu'une photo de magazine. Bertin fils n'arrive pas à penser. Il se sent incapable de trier, d'ordonner. Il lui faudrait son tableur. Il pourrait alors coller des fonctions, faire parler les chiffres et les données, analyser, interpréter, décider. Mais là, il ne comprend pas, il ne voit pas où tout ça mène. Ou il le voit trop bien, ce qui revient au même. La lumière vive est aussi aveuglante que l'obscurité. Alors…

Alors, dans ce cas, il n'y a qu'une chose à faire : y aller franco. Continuer jusqu'à la catastrophe. Le fils Bertin connecte le Minitel.

* De Maurice Rajsfus, Le Cherche-Midi éditeur.

Il existe bien dans la région un antiquaire nommé Cluzel. Il est établi à Morgniac, une petite ville située à une quinzaine de kilomètres de Blainville, sur l'estuaire.

La route est bordée de campings plus ou moins étoilés, de magasins aux enseignes hideuses destinés à une clientèle bas de gamme. Il y a aussi des lotissements de résidences secondaires qui offrent des boîtes d'allumettes régionalisées à quelques kilomètres de la plage. Dans ce paysage à jamais gâché, on aperçoit au loin des champs bordés de bosquets et de haies décimés par le passage d'une mémorable tempête fin de siècle.

Morgniac est un bourg grisâtre regroupé au pied d'une église romane curieusement coiffée d'une coupole en fer rouillé.

La boutique de Cluzel occupe les bâtiments d'une ancienne ferme retapée avec soin. Les volets sont d'un bleu pervenche passé, les murs ont été débarrassés de leur enduit. En été, il y a sûrement des roses trémières.

Le magasin sent la térébenthine, l'encaustique. Des meubles sont exposés. Junior s'y connaît peu. Les meubles rustiques, ce n'est pas leur truc à Brigitte et à lui. Ils sont plutôt du genre IKEA. Pratique, pas cher, plutôt solide et pas trop moche, le faux suédois en kit leur convient parfaitement ! Néanmoins, il voit bien que les meubles en vente sont de qualité.

Son arrivée déclenche un discret carillon. Il attend quelques minutes que quelqu'un vienne. Le quelqu'un, c'est un grand type dans les quarante ans. Epaisse chevelure déjà grisonnante appariée à la moustache qui surplombe un sourire commercial.

— Je peux vous renseigner ?

Bertin junior va d'un pas lent parmi les armoires et bonnetières louis-philippardes, les tables à rallonges, les fauteuils Voltaire. Des meubles solides comme leur prix. Mais, n'est-ce pas, le prix s'oublie alors que la qualité…

Il se retourne vers l'antiquaire.

— Voilà, c'est bientôt notre dixième anniversaire de mariage, à ma femme et moi… Je voudrais lui offrir quelque chose qui marque le coup. J'avais pensé à un petit meuble, je ne sais pas… une coiffeuse, une desserte.

L'antiquaire regarde Junior, évalue son assise financière, un probable budget. Il a repéré la bagnole garée devant la vitrine. Il sourit.

— Elle aime les vieux meubles, lâche Bertin du ton de celui qui n'en a rien à poncer.

— Un semainier par exemple ? Pour mettre des foulards, son linge. C'est très féminin, un semainier. J'en ai un très beau, milieu XIXe, en noyer.

L'antiquaire le conduit dans le fond du magasin.

— On appelle ça un semainier parce qu'il y a sept tiroirs.

— Ah oui ! Un par jour !

— C'est une très belle restauration. Je l'ai effectuée moi-même.

Deux cents euros du tiroir, ça fait cher la semaine !

— Vous livrez ?

— Dans la région ? Sans problème !

Junior caresse le bois patiné d'un air réfléchi.

— Oui… pourquoi pas… Elle m'a aussi parlé d'un secrétaire. Elle a une amie qui en a vu un très beau chez vous. Je crois bien qu'elle veut l'acheter…

Le visage de l'antiquaire s'illumine.

— Ah ! vous voulez parler de Mlle Dunan ! Je vois très bien ! Une charmante jeune femme et une bonne cliente.

— Cliente je ne sais pas, mais jolie femme très certainement, concède Bertin. Je peux le voir ?

Et il se retrouve devant une chose raffinée très petit marquis.

— Une pièce authentique, en bois de rose. Elle faisait partie de la vente de Charles Bérouville, l'ancien ministre.

Junior approuve. Le secrétaire ferait un très beau cadeau d'anniversaire de mariage. Il en est sûr, sa femme serait ravie, elle adore écrire. Et puis, il irait très bien dans leur chambre.

Cluzel modère son enthousiasme. Le secrétaire n'est pratiquement plus à vendre. Mlle Dunan l'a réservé depuis quelques jours. Elle doit sous peu confirmer son achat…

— C'est dommage, vraiment dommage ! regrette très sincèrement Jean-Claude. Mais peut-être que vous avez son adresse ? fait-il avec candeur. Je ne peux pas la demander à ma femme, elle risquerait de se douter de quelque chose mais si vous la connaissez et si vous me la donnez, je pourrais toujours voir avec cette demoiselle Dunan, lui demander si elle veut bien me laisser le secrétaire ?

L'antiquaire manque d'enthousiasme, c'est évident.

— Je ne la connais pas très bien et c'est délicat, vous comprenez. Tout ce que je peux vous dire, c'est qu'elle habite près de Blainville, à Val-sur-Mer, je crois.

Mlle Dunan, Jessica Dunan.

N'est pas sur liste rouge, habite bien la résidence Les Yeuses, avenue des Tamaris, au numéro 15 à Val-sur-Mer, une petite ville de la côte, au nord de Blainville.

C'est tellement facile d'enquêter qu'on se demande pourquoi on paie les flics, pense Junior au volant de ce cabriolet un peu garçon coiffeur mais enfin, il s'y fait. Bel après-midi dans un bled qui sommeille en attendant que remonte la marée, à moins qu'elle ne descende. Comment savoir ?

Dans la région, il y a dix fois plus de baraques que d'habitants. Blainville était endormie, Val-sur-Mer est abandonné, totalement abandonné. Les rues sont envahies par le sable de la plage charrié par les tempêtes d'hiver. Il n'y a pas même un chien vagabond pour donner un semblant de vie. L'avenue des Tamaris longe la côte. D'un côté la plage, de l'autre les habitations.

Les Yeuses est une imposante villa néo-Trianon transformée par un promoteur judicieux en résidence très grand standing. Tous les volets sont clos sauf ceux d'un appartement au troisième et dernier étage.

Junior range sa voiture sur le parking. Au moment où il se demande s'il supporterait de vivre dans un immeuble vide, une fille sort du hall. Pas la peine de chercher davantage, la vingtaine d'années svelte et nerveuse, ce ne peut être que Jessica Dunan. Vêtue d'un jean moulant et d'un pull court sous un blouson de cuir souple, elle a de l'allure la nénette, du kick ! Baskets aux pieds, cheveux décolorés maintenus en une queue de cheval qui balance gaiement au rythme décidé de la marche, grand cabas Chanel à l'épaule, la ponelle s'engouffre dans une Golf.

Jean-Claude Bertin a juste le temps de relancer le V6 de l'Audi. Il suit la VW en direction de Blainville.

Elle s'arrête devant une parfumerie de la rue principale. Un petit quart d'heure et elle redémarre pour quelques centaines de mètres. Cette fois c'est devant une pharmacie qu'elle stoppe.

Charme de la filature : s'inviter discrètement dans l'existence d'un autre, partager son quotidien, effleurer son intimité. C'est ce que lui expliquait son père, à l'époque où ses histoires l'intéressaient encore. Tu parles ! Le charme de la filoche dépend surtout de la proie. Et là, Junior doit reconnaître qu'il est verni : Jessica Dunan est des plus excitantes.

Toujours aussi tonique, la revoici qui sort de l'officine avec, à la main, un pochon qui recèle quelque secret de femme.

Par un demi-tour sans gêne, la Volkswagen repart en direction de Val-sur-Mer. Mais à la sortie de Blainville elle prend une avenue qui descend vers une crique entourée d'un complexe hôtelier, de courts de tennis, d'un centre de thalassothérapie. Sur le parking, des 4X4, quelques cabriolets et des berlines fabriquées outre-Rhin sont au repos. Sur la falaise, s'étend le green d'un golf. Le vert acrylique des gazons ressort sous le gris plombé des cumulus au liseré d'argent. Le pays sent bon le loisir friqué. La jeune femme stoppe à la diable devant la porte vitrée d'un club de gym-sauna-remise-en-forme. Junior se gare cent mètres plus loin.

A l'entrée du club, derrière un comptoir en bois, un type de taille moyenne, cheveux gominés, T-shirt avec écrit "Sois fort" sur des pectoraux gonflés sans excès, feuillette un exemplaire vieilli de *Fitness*.

Dans la salle, une vingtaine de membres féminins de la classe moyenne supérieure s'échauffent à proximité immédiate de bouteilles de flotte. Jessica Dunan dans un caleçon en lycra vert fluorescent les rejoint. Elle va d'une femme à l'autre, échangeant sourires et plaisanteries. Sur une mezzanine, des mecs bodybuildés luttent contre la vacuité d'être en soulevant de la fonte.

— Je peux vous aider ? demande le monsieur muscles qui sent bon l'eau de toilette virile.

Junior explique qu'il désirerait venir s'entraîner.

— No problemo, répond finement le mec en tendant à Bertin les horaires et les tarifs sur photocopie A4.

Dans la salle, la blonde glisse un CD dans la sono et soudain la musique techno dans une coulée de watts sature l'espace. Elle claque des mains : "On y va, les filles, échauffement des membres !"

Aussitôt la section de poupées Barbie lève jambes et bras en rythme. Les fessiers se contractent, les ventres se rentrent, les seins s'agitent et "Demi-tour sur le step ! Jambes alternées ! Pied gauche ! Pied droit… Pied gauche…"

Junior prend le papier, il sort. Dehors, le ciel s'est obscurci. Sous les nuages devenus menaçants, on entend le paisible métronome d'un échange de balle.

J.-C. rejoint son véhicule. Le document est formel, il s'agit bien de Jessica Dunan qui assure le cours de step. Elle assure aussi quelques séances de stretching et d'abdos-fessiers.

Son cours se termine dans un peu plus d'une heure. Une heure, ce n'est pas de trop pour comprendre pourquoi un flic en retraite utilise une fausse identité pour offrir à une prof de gym un secrétaire XVIIIe. Les premières gouttes de l'averse s'écrasent sur le pare-brise.

9

Jacqueline Bissel repose son téléphone. La pluie isole l'agence immobilière d'un écran opaque et mouvant à travers lequel on aperçoit les grands platanes mouillés. La femme referme les pans de son gilet dans un geste frileux. Elle se blottit, elle songe. Avec ce temps, personne ne viendra la déranger. Dans le bureau d'à côté, le jeune Gautier passe au scanner des photos de propriétés. Il en sortira des fiches en format A4 destinées à la vitrine. "Charmante villa 1930, à 500 mètres de la plage, proche de tout commerce. Salle de séjour, 3 chambres. A saisir."

Il a l'air d'un gamin qui joue avec sa Play Station, un gamin de vingt-quatre ans embauché sur la demande d'une copine. Cheveux bouclés, sourire et corps juvéniles. Jacqueline aurait pu imaginer cette jolie côte d'agneau dans son lit. Beaucoup trop jeune, ça suffit les conneries. Ce qu'il lui faut, c'est un homme, un vrai. Un qui puisse la protéger.

A quarante-deux ans, Jacqueline Bissel est une femme séduisante, financièrement indépendante et faisant un métier qu'elle aime. Un bel exemple de femme épanouie pour les pages "socio" d'un magazine féminin chic. Mais sous la belle image, la jolie photo, Jacqueline Bissel est une femme seule, délaissée. Thierry, son mari, l'a quittée après dix-huit ans de vie commune pour une attachée bancaire de quinze ans sa cadette. Jacqueline n'a pas d'enfants. Thierry n'en voulait pas. Ils avaient tellement mieux à faire que changer des couches et élever un moutard, c'est ce qu'il disait. Il a dû changer d'avis. Sa "copine" est enceinte de six mois.

Après plusieurs boîtes de Lexomil, Jacqueline a admis que son histoire était d'une banalité accablante rubrique "vie de couple" de ces mêmes magazines. Elle a fait quelques conneries, s'est calmée, a classé son passé comme on classe le dossier d'une affaire ratée. Elle aimerait ne plus avoir à y penser.

Jacqueline allume une Craven, elle repense au flic de la veille. Mâle, années 1950, confortable et bien bâti. Des travaux à prévoir, sans doute. Est-ce pour autant une affaire à saisir ? Un flic ? Un investissement sans doute risqué. Mais elle en a assez. Et puis un flic peut s'avérer utile.

Alors, elle fait ce qu'il lui a demandé. Advienne que pourra. Elle se renseigne sur les déplacements de Mertens. Elle vient de téléphoner à trois agences, trois coups de fil en vain. Les confrères interrogés n'ont pas reçu l'homme d'affaires belge.

Jacqueline Bissel continue d'enquêter. Dehors, il pleut toujours aussi fort. Elle élargit les recherches aux villes environnantes. Elle appelle Marianne Dutilleux, de chez Immo-Océan, à Oléron. Un flic, commandant de surcroît, ça la change des mecs ringards rencontrés en boîte ou dans les soirées douteuses.

Marianne est une bonne copine. Ce que Jacqueline vient de vivre, cette humiliation douloureuse de se retrouver délaissée pour une mieux placée sur le marché du désir, elle l'a vécue il y a quelques années. Du coup, elle joue les aguerries et elle promulgue conseils et encouragements à son amie. Face aux mecs, son mot d'ordre est désormais des plus simples : “Fais-moi jouir et fais pas chier.” Jacqueline a payé pour savoir que ce n'est pas si simple.

Elle est à l'agence. Quelques échanges sont consacrés au temps désagréable, à la santé plutôt bonne et aux amours encore à venir, puis Jacqueline aborde le sujet Mertens. Elle résume en quelques phrases la soirée de la veille.

Sa consœur et néanmoins copine s'enthousiasme.

— Comment c'est au lit, un représentant de la loi ?

— Je n'en sais rien et je ne suis pas encore sûre d'avoir envie de le savoir.

Suivent quelques réflexions rieuses et grinçantes sur le charme d'un homme, d'un vrai, macho comme pas permis, qui vous demande un café en vous claquant le cul et qui éjacule trois minutes quarante-deux secondes après vous avoir déshabillée.

Jacqueline s'impatiente.

— Et tu téléphones à toutes les agences pour plaire à ton poulet ! reprend sa copine. D'ailleurs, j'espère pour toi que c'est plus un coq qu'un poulet !

Jacqueline lève les yeux au plafond.

— … Tu es mal partie, ma chérie, poursuit Marianne.

— Pourquoi ? Tu trouves que je devrais laisser tomber ?

— Non, je ne parle pas de ton copain. Mais en faisant les concurrents au petit bonheur, un par un, tu risques d'épuiser ton forfait pour des nèfles. Tu me déçois, Jacqueline. Je t'ai connue plus organisée. Ecoute, voilà ce que je te propose, voilà comment nous allons nous y prendre.

*

— Vous prendrez bien une tasse de thé ? *A nice cup of tea ?*

Mme Guerbrand couve d'un regard bienveillant Zamanski et le lieutenant Fuzier. Encore un peu et les deux policiers seront les enfants de la maison.

Depuis trois jours, ils planquent dans sa villa située en face de l'institution Saint-Joseph, une école privée qui accueille de la maternelle à la terminale les jeunes Blainvillois effrayés par la massification de l'enseignement.

Ça fait deux ou trois semaines qu'une bande venue de la cité du Pouceau confond la boîte privée avec un libre-service gratuit : téléphones portables, vêtements griffés, trois scooters, du fric aussi. Plusieurs plaintes ont été déposées. Zamanski a décidé de mettre le holà. Laurence et lui surveillent donc la sortie des classes, à l'affût derrière les rideaux de Mme Guerbrand, une sympathique retraitée qui apprécie cette présence plus distrayante qu'une rediffusion d'un épisode de *Derrick*.

Assis à proximité de la fenêtre, tasse de thé à la main, les deux flics écoutent leur hôtesse développer ses conceptions de l'existence.

La main de Laurence Fuzier caresse d'un geste rêveur le matou de la maison. Mal lui en prend. Un coup de griffes nerveux informe que le greffier est tout sauf un gentil minou à sa mémère !

— Pas sympa, votre chat ! fait Laurence vexée.

— Que voulez-vous, il a eu une jeunesse difficile, répond en souriant la vieille dame. Venez avec moi, je vais vous soigner.

En plus des brûlures du désinfectant, Laurence doit subir le point de vue de la vieille dame. Manque de structures d'accueil, syndrome d'abandon précoce, c'est la société qui est malade pas le chat et puis la nature est ce qu'elle est, les instincts sont puissants chez les félins ! Des instincts de tueurs !

Zamanski ramène son adjointe à sa mission.

— Laurence ! C'est bientôt la demie. Les jeunes vont sortir…

Il saisit ses jumelles, de petites Zeiss, se poste dans l'embrasure des rideaux.

De l'autre côté de l'avenue, les premiers collégiens sortent, jeunes gens vêtus de pantalons informes, pulls-extra larges. Il y a aussi quelques vestes Harris tweed empruntées aux parents.

Certains chaussent des rollers, d'autres font démarrer leur scooter. Joyeuse effervescence de l'après-cours. Pour les filles : pantalons noirs et pulls ajustés ou alors vêtements vagues de veuves siciliennes ayant subi une cure d'amaigrissement des plus drastiques. Certaines portent des jupes plissées très sages sous des cabans bleu marine. Le bahut les libère par paquets de dix, quinze. La grille franchie, ils forment des groupes bruyants excités par la liberté retrouvée et tant pis si elle est conditionnelle, cette liberté bourrée d'énergie à ne savoir qu'en faire.

Le lieutenant Fuzier a l'œil collé au viseur du Nikon, un solide engin doté d'un zoom 80/200 qui surplombe les rondeurs de sa poitrine. Zamanski s'égare, les jeunes s'égaillent. Démarrage pétaradant et fumeux des scooters. De son temps, c'étaient des Solex, le 3800 de couleur bleue ou rouge, pneus à flancs blancs et garde-boue chromés. Objet de tous les désirs, de tous les bricolages aussi : culasse limée, pot d'échappement extractible à volonté afin de gagner un kilomètre-heure de vitesse supplémentaire. Et tant pis pour la fumée et le bruit. Autre temps autres engins, autres revenus aussi. Quelques jolies mamans patientent au volant de petits cabriolets ou de 4X4 surdimensionnés.

Le temps s'égrène au rythme des rassemblements qui se font et se défont. Pic d'affluence autour de 16 h 40 et puis ça va décroissant. L'ombre du parc s'allonge, l'air devient bleuté, l'ado se fait rare. A la porte, les emplois jeunes voient défiler les retardataires, les préposés à la pertinente question d'après cours, les chargés du cahier de textes, du registre d'appel. Ceux qui ont été retenus parce que le prof d'anglais ou de maths voulait comprendre avant d'envisager de possibles sanctions.

— OK Richard ! Rien à signaler… On rentre ?

— Mouais… Attends encore un peu !

Un solitaire est sorti du garage à vélo sur son scooter Yamaha. Il attend au feu rouge. Trois mômes, deux à l'air bonasse et un troisième nettement plus vachard, approchent, l'accostent. Le plus grand s'est mis devant la roue du scooter.

Zamanski rengaine ses jumelles.

— Laurence ! Amène-toi ! On les saute en flag.

Bras dessus bras dessous, les deux flics sortent de la villa, parcourent quelques mètres sur le trottoir en discutant des courses à faire ou du film à voir. Tout à leurs affaires, ils traversent, se dirigent vers le groupe qui ne se doute de rien. La fille et son mec plus âgé ont l'air tellement inoffensifs. Le propriétaire du scooter veut défendre son bien, les trois autres le bousculent. Un coup de poing part, un cri, des insultes. Fuzier et Zamanski courent, l'un des agresseurs les repère :

— Les schmitts, les mecs !

Envol de piafs.

— On s'en chope au moins un ! Fonce Lolo, fonce !

Zamanski avec son souffle *made in* SEITA a choisi le plus grand du trio, en nette surcharge pondérale.

Balèze, peut-être hargneux, mais le flic redoute moins le combat rapproché que la course à pied.

Ils courent sur plusieurs centaines de mètres. Arme de service évidemment inutile. Ne convient pas aux voleurs de scooters ! C'est juré, demain il arrête les clopes. L'autre, devant, ne vaut guère mieux. Lourd le môme, très lourd. Et puis on a beau être un sauvageon, être coursé par un flic vous trouble et réduit vos moyens. Au moment de traverser la bretelle d'accès au centre commercial, le gamin hésite un poil de seconde, hésitation qui galvanise le flic. Il ne sera pas dit qu'un merdeux de quinze ans l'a semé ! Placage dans la grande tradition du rugby universitaire. "Tu ne bouges pas, tu ne fais pas le con, garçon !" Genou planté dans les lombaires, il passe les bracelets au môme.

Le lieutenant Fuzier et sa brinquebalante poitrine les rejoignent. Mentalement Zamanski menace le môme d'un coup de pied dans les couilles à la moindre réflexion désobligeante. La télépathie ça existe. La preuve : le jeune mec ne s'autorise pas la moindre remarque.

— Lieutenant, tu vas chercher la voiture, tu dis à la victime de nous suivre au commissariat et on embarque notre client… Lève-toi, garçon !

Le môme se lève, il se déplie. Un grand et beau mec. Trop épais, mais beau mec quand même. Seize, dix-sept ans tout au plus…

— Comment tu t'appelles ?

— J't'emmerde.

— Eh bien, j't'emmerde, je te souhaite la bienvenue au royaume des ennuis !

10

Lorsque les premières femmes quittent le club de remise en forme, Bertin n'a toujours pas trouvé de réponses à sa question. Il doit se rendre à l'évidence : son père se tape une jeunette pendant que son épouse l'attend derrière ses volets clos.

Jessica Dunan est l'une des dernières à sortir. Elle s'attarde quelques instants sur le parking avec un groupe de femmes. Rires, connivences, bises finales. La monitrice rejoint sa Golf, Junior lance le moteur de l'Audi.

L'un à la suite de l'autre, ils rejoignent le front de mer de Blainville, égrènent la suite de magasins de fringues et articles de plages, de restaurants et cafés de la galerie marchande.

C'est l'heure où le touriste s'adonne à la lecture apéritive des cartes, menus et formules. Mais en cette saison il n'y a que des habitués qui savent où ils vont et ce qu'ils y trouveront. La jeune monitrice de gym s'arrête devant une brasserie fort à propos nommée *Brasserie de la Mer*. Junior reste dans sa voiture. La fille prend place à une table pour deux. Elle jette un œil à son bracelet-montre, passe commande à un des garçons, sort de son cabas un magazine qu'elle feuillette.

Cœur battant, Junior imagine que c'est avec son père qu'elle a rendez-vous, son père à lui. Dans ce cas, comment réagir ? Interrompre leur tête-à-tête en faisant un scandale ? Le traiter de vieux salaud, invoquer sa mère bafouée, la famille trompée ? Ou alors faire comme si de rien n'était. Tiens papa ! Quelle surprise ! Comment tu vas ? Mademoiselle est une amie ? Enchanté, mademoiselle…

Mieux vaudrait l'aborder pendant qu'elle est encore seule. L'interroger sur le soi-disant Philippe Berthier, lui demander quand elle l'a vu pour la dernière fois. Et pour finir, lui retourner une paire de baffes pour venger l'honneur maternel.

Idées confuses que stoppe l'arrivée d'une camionnette Renault 4L, rouillée et rafistolée, recouverte d'autocollants publicitaires. C'est marqué "Ecole de voile" sur les portes.

Un jeune type en sort. Blond aux cheveux allongés par des dreadlocks, teint hâlé, allure sportive. Il se dirige vers la fille qui l'accueille d'une bise amicale.

Dans son siège baquet, Junior se marre. Un rire consterné.

Là-bas, le type a quitté les lèvres de la môme Dunan. Il échange une bourrade virile avec le serveur. On est entre jeunes sympas, quoi, c'est cool, c'est super !

*

Sept heures du soir, la sale heure. Zamanski traîne sur le front de mer, passe en revue les restaurants. Il n'a pas faim. Il pense à son adjointe. Qu'est-ce qu'elle fait en ce moment ? Il leur est arrivé plusieurs fois de prendre un verre ensemble, puis de dîner. Elle l'interrogeait sur le boulot en DPJ, il racontait, elle l'écoutait, ils picolaient comme des potes. Ils auraient pu finir chez elle ou chez lui, ça ne s'est pas fait, il ne sait pas pourquoi, manque d'envie sans doute, de part et d'autre. De toute façon, Lolo n'est plus disponible. Depuis quelque temps la jeune flic se sauve dès la fin du service, elle disparaît on ne sait où, ni avec qui. Au commissariat, des bruits courent. On prétend qu'elle a un mec, on l'interroge, elle reste évasive.

Entre le port et la plage, Zamanski tourne autour de son ennui. Il a l'impression d'être dans un HP balnéaire en cure de désintoxication ! Désintoxication de la ville, désintoxication de lui-même.

La fin de l'après-midi a été bien remplie. Interrogatoire du jeune "j't'emmerde", dépôt de plainte de la mère de la victime, une certaine Marie-Ange Moret, ravissante décolorée en pleine trentaine et possession de ses moyens. Zamanski n'est pas allé chercher plus loin. Il aurait dû.

Ensuite, escortés par la cavalerie au complet, Laurence et Zamanski ont fait une descente dans les caves de la cité du Pouceau. Une vraie caverne d'Ali Baba, les caves du Pouceau. Il y en a pour plusieurs jours à inventorier les objets saisis et retrouver leurs propriétaires.

Lolo était tout excitée. Une grosse prise ! Zamanski a surtout remarqué la haine dans le regard de certains habitants. Une haine aux mains nues. Pas encore de flingues au Pouceau ou si peu ! La station balnéaire n'est pas le 93 ou la banlieue lyonnaise. Mais le flic ne se fait pas d'illusion. C'est juste une question de temps. Les guns, les bagnoles en feu et le caillassage des agents de l'Etat, cette intifada des cités finira bien par se produire ici comme ailleurs.

Zamanski arrive à hauteur d'une Rover 75. Un type sort de la voiture et lui barre le chemin. Taille un mètre quatre-vingts, origine européenne, corpulence moyenne, costume de bonne coupe, bottines de cuir souple. Le flic ouvre son blouson pour aérer son holster. L'inconnu l'apaise d'un signe de la main.

— Du calme, commandant. Je suis juste chargé de vous transmettre une invitation. M. Francis Moret désirerait vous parler.

Poids également réparti sur les appuis à peine fléchis, coudes légèrement écartés du corps, poings prêts à se fermer. Ce n'est pas une menace mais une façon d'être au monde : se tenir prêt à contrer toutes les enculades. Une garde aussi souple, ça représente des années de close-combat. Zamanski apprécie.

— Moret ? Le…

— … Oui, le père du jeune à qui vous êtes venu en aide, vous et votre adjointe, cet après-midi.

Francis Moret… Comment a-t-il pu ne pas faire le rapprochement entre le môme, la jolie blonde et Francis Moret ? Décidément, l'ambiance balnéaire ne lui vaut rien. Comme il n'a rien de mieux à faire, Zamanski prend place dans la berline.

Les Rover ne sont plus ce qu'elles étaient.

Devant la moue du flic, le type explique :

— C'est la voiture de service. Il y a mieux dans le garage.

Sa conduite est souple et appliquée. Il respecte le code jusqu'à s'arrêter aux feux orange.

— Commandos ? demande le flic.

— Dix ans dans l'armée. Dans les RIMA. J'en suis sorti sous-lieutenant.

— Et depuis ?

— Disons que j'ai découvert les charmes du privé.

— Nettement plus rémunérateur, je suppose.

— Les gens prêts à payer cher pour du personnel qualifié ne manquent pas. J'ai trouvé facilement à me recycler. C'est un des avantages de ma formation.

— Je n'en doute pas… Où me conduisez-vous ?

— A Breuillet. C'est là que se trouve la villa de M. Moret.

Sur une des falaises qui dominent l'estuaire, c'est une villa très moderne et très protégée. Il a fallu longer un mur hérissé de tessons de bouteilles, franchir un portail équipé de cellules électriques et de caméras, suivre une allée en compagnie de deux bas-rouges écumants qui ne désespéraient pas de déchiqueter la bagnole. Dans un garage paressaient une Ferrari et une Jaguar.

Le garde du corps a laissé le flic dans un bureau lumineux décoré de superbes tapis et d'objets exotiques de grande valeur sans doute, mais Zamanski n'aime pas les bibelots exotiques. En revanche, l'encre de Zao Wou-ki sur le mur le frappe de plein fouet. Pincement dans la poitrine. Dans l'atelier de Véra, une encre très semblable. Un catalogue aussi, qu'ils avaient feuilleté ensemble.

— Vous aimez ? Je sais que vous appréciez la peinture…

Avant de se retourner, Zamanski se recompose un visage. Le type qui vient d'entrer n'est plus très loin de ses soixante-dix ans. Il est grand, il a été baraqué. La chevelure grise est drue et coupée très court sur un visage d'ancien baroudeur. Sans doute les traits étaient-ils durs, ils deviennent indécis, empâtés. Surtout, la bouche à la commissure gauche s'affaisse très légèrement, peut-être les séquelles d'un accident cérébral léger.

— Je m'y suis intéressé, mais c'est du passé.

— Je me présente : Francis Moret. Je vous remercie d'être venu. Asseyez-vous. Vous prendrez quelque chose ? Je vous recommande mon whisky.

Les yeux sont étonnamment clairs. Son regard en est presque translucide. On ne peut rien deviner et c'est inquiétant.

— Va pour le whisky. Sans eau ni glace.

Verres et carafon en cristal. L'homme verse des doses raisonnables. Il s'agit d'un produit de qualité qui se consomme avec un minimum d'attention, n'est-ce pas.

A le voir comme ça, pantalon de velours, pull Lacoste, chaussures *made in England*, le vieux truand incarne la réussite rêvée par tout malfrat. Il est installé, ce qui est rare ; il est vieux, ce qui l'est encore plus. Jolie femme de trente ans sa cadette, un gamin bien élevé, le tout dans une propriété d'un bon million d'euros. Francis Moret est la preuve vivante que le crime peut payer. Mais qui sait. Peut-être que la balle qui fera voler tout ça en éclats est dans le chargeur.

— Que savez-vous de moi, commandant ?

— Vous ne m'avez pas laissé le temps de consulter le fichier central. Je vous répéterai donc ce qui se dit ici ou là. En votre temps, qui n'est pas le mien, fiché au grand banditisme, plusieurs condamnations pour vol à main armée. Depuis une bonne dizaine d'années, vous vous êtes rangé des voitures banalisées. Une figure du milieu bordelais qui a pris sa retraite. Pour le reste, on prétend que vous contrôlez les machines à sous, le proxénétisme balnéaire et que vous profitez d'un racket efficace et suffisamment bien pensé pour ne pas vous attirer d'emmerdements inutiles. Je me trompe ?

Moret sourit.

— Vous savez… ce que disent les gens ! La réalité est bien moins romantique. Je ne suis qu'un retraité qui jouit de ses biens. Le monde et ses combats me fatiguent, ce n'est plus de mon âge, je me suis mis à l'écart. Un peu comme vous, commandant. Chef d'un groupe de recherche dans une DPJ, flic efficace, réputé. Jusqu'au jour où une sale affaire a fourni à votre hiérarchie des prétextes pour vous mettre au placard. Coup de chance ! Vous deveniez dérangeant, on dit même incontrôlable. Résultat : vous êtes dans notre belle région à jouir du climat. Exact ?

— Je fais les sorties de collèges. Vous n'allez pas vous en plaindre.

Moret lève une main magnanime, geste de prélat fatigué.

— Certes non. A ce propos, reconnaissez que c'est marrant. Mon propre fils se fait braquer à la sortie de l'école par des voyous ! On n'est vraiment en sécurité nulle part ! Quelle tristesse aussi ! A son âge, on ne se serait pas avisé de me menacer !

— Les temps changent, Moret. De génération en génération, le sang perd de sa vigueur.

— Les enfants… Beaucoup de soucis, les enfants. Du bonheur aussi et puis des déceptions, parfois. Vous n'en avez pas ?

— Des déceptions ?

L'autre prend la peine de sourire.

— Je parlais d'enfants.

— J'ai une fille, mais elle est grande.

— Vous n'en avez pas eu avec Véra Trahner. Vous n'avez pas eu le temps. On ne peut pas tout faire. Créer et procréer, une vie n'y suffirait pas.

C'est une technique éprouvée : montrer que l'on connaît les points sensibles en les effleurant. Le flic ne bronche pas, l'autre continue :

— ... Elle avait beaucoup de classe, à ce qu'on m'a dit. Beaucoup de talent aussi. Les connaisseurs prétendent qu'elle avait du génie mais dans ce milieu tout le monde a du génie, alors... Elle avait du talent et une forte personnalité pas toujours facile à vivre, avec des hauts, des bas... une artiste quoi. Ah ! D'après les photos, elle était très belle.

Zamanski ne s'attendait pas à ça. Il faut réagir, il faut absolument faire taire ce vieux salaud.

— Qu'est-ce que vous voulez, Moret ? Que je vous casse la gueule ?

— Pas si facile et ça ne vous servirait à rien.

— Vous vouliez me remercier pour votre fils ? C'est fait. Votre chauffeur va pouvoir me raccompagner dans mes quartiers.

— Je ne vous ai pas fait venir uniquement pour ça. J'ai quelque chose à vous proposer, Zamanski.

— Commandant Zamanski.

Le vieil homme hausse les épaules.

— Si vous y tenez, commandant Zamanski, si vous y tenez. Voilà... Vos collègues m'ennuient, je veux parler du SRPJ d'Angoulême.

— Vous pouvez le leur dire. Vous ne devez pas manquer de relations auprès d'eux.

— C'est vrai, mais c'est vous que j'ai choisi. Vous êtes étranger à nos petites affaires et votre passé me garantit un minimum d'efficacité. Voilà donc en quelques mots de quoi il retourne. Vos collègues ennuient, disons, un associé, Franck Ravaud, vous savez, le propriétaire de l'hôtel-restaurant *La Capitainerie*. Les flics lui cherchent des poux dans la tête, ils veulent à tout prix que ce soit lui le responsable de l'incendie qui a détruit son bouiboui.

— Et alors ?

— Alors ils se trompent.

— Qu'est-ce que vous en savez ?

— C'est mon boulot d'être au courant de ce genre d'histoire.

— J'imagine. Mais peut-être que la situation vous échappe. L'âge est sans pitié.

— Deux fois que vous faites allusion à mon âge ! Je vous rassure. Je suis encore en état de casser les dents à qui me manque de respect et, avec les femmes, je peux remettre le couvert trois fois de suite s'il le faut, quand il le faut.

— Vous m'impressionnez ! Je voulais juste dire que la concurrence est rude et les jeunes sont sans scrupules et mal élevés. Aucun respect pour les aînés. Votre situation doit susciter des envies.

— De ça aussi, je suis informé. Mon business est sous contrôle.

— Alors ?

— Alors, je vous demande de vous intéresser à un de vos anciens collègues. Un flic en retraite nommé Philippe Bertin. Il aurait sans doute beaucoup de choses à apprendre à qui voudrait le questionner.

— Peut-être, mais je ne suis pas chargé de l'enquête.

Moret balaie l'objection d'une main légère.

— On n'apprend pas à un vieux singe à faire la grimace, commandant Zamanski. Vous êtes au placard avec au cul un dossier le pire qui soit et pas vraiment refermé. Cette affaire vous ronge aussi sûrement qu'un cancer. Vous exploiterez donc la première occasion qui se présentera pour remettre les pendules à l'heure. A votre place, c'est ce que je ferais. Vous allez donc jouer la carte que je vous tends. Bertin, Philippe Bertin, vous vous souviendrez ? Je n'en demande pas plus : m'aider en vous rendant service. En attendant, Jean-Yves va vous raccompagner…

*

Une dizaine de joyeux gaillards en survêtements déboulent dans la pizzeria. Apercevant le blond à dreadlocks, ils se dirigent vers la table de Jessica Dunan et de son copain. Le type s'est levé, échanges de poignées de main, plutôt des percussions palmaires, tope là partenaire ! Jessica Dunan reste en dehors de cette camaraderie bruyante. Pendant que les gars s'exclament, Junior la voit dessiner avec la pointe de son couteau les arabesques de l'ennui. Il sent venir la fâcherie. Le blondinet ne se doute de rien, qui continue son chahut avec ses copains. Bertin fils retrouve son mépris pour ces mecs en réunion, sûrs d'eux et du droit qu'ils ont à faire du tapage, expression d'un trop-plein d'être, de craintes obscures maquillées en sûreté de soi. Avec son père et ses collègues, c'était comme ça. Même fragilité enfouie sous le machisme le plus épais. On est des hommes des vrais, pas des gonzesses ni des pédés !

Une femme qui s'ennuie est au bord du mépris. Heureusement pour le mec à dreadlocks, ses copains ont faim. Ils délaissent le couple et vont s'installer en remuant chaises et tables, ce qui agace le serveur.

Le jeune type s'occupe à nouveau de Jessica Dunan. Il lui parle, elle ne réagit pas. Il lui prend la main, la presse en un geste plus amical que tendre. Elle sourit enfin. L'orage n'éclatera pas, pas maintenant.

Junior a du mal à comprendre l'exacte nature de leur relation. Amants, simples copains ? La vue des dîneurs lui donne faim. Il sort de sa voiture.

Une dizaine de minutes plus tard, il est de retour avec un hamburger, un cornet de frites, un gobelet de bière. Derrière son volant il absorbe cette nourriture riche en graisse et en sucre. Là-bas, le couple en est au café. Le jeune type réclame l'addition.

Il veut payer, la fille l'en empêche en souriant. Il l'embrasse sur les joues. Deux vrais mômes. Ils se lèvent, font un détour par la table des sportifs. Distribution de bourrades et ils sortent enfin.

Elle rejoint sa Golf, il grimpe dans son tas de tôle. Junior abandonne ses frites, la filature reprend.

La Volkswagen et la Renault prennent la route de Val-sur-Mer. Encore quelques minutes et les deux voitures s'arrêtent au pied de la résidence de Jessica Dunan. Junior va se garer plus loin devant un café. Il y a des scooters, quelques bagnoles de petite cylindrée et d'occasion. On entend de la musique, des éclats de rire. C'est le bistrot des jeunes du coin. Junior revient à pied vers l'immeuble de Jessica. Au troisième étage, une fenêtre est éclairée. La jeune femme apparaît derrière les rideaux. Le type aux dreadlocks la rejoint, l'embrasse, elle se dégage, le volet se baisse. Fondu au noir sur scène intime. Junior récupère sa voiture et retourne dormir chez Philippe Berthier.

A peine le seuil franchi, c'est la même sensation, mélange désagréable de l'étrange et du familier. Cet appartement est celui de son père et n'est pas celui de son père. A nouveau il essaie de séparer le connu de l'inconnu. C'est en quelque sorte le jeu des sept erreurs.

Jean-Claude s'assoit sur le canapé. Comme en avance à un rendez-vous, il attend. Qui ? Quoi ? Pas son père. A cet instant, il le sait, son père ne rentrera pas, ne rentrera plus jamais. Ni ici, ni à La Rochelle, ni même à Limoges. Reste à savoir ce qui lui est arrivé, quelle ligne de fuite il a prise, pour quelle destination, à la poursuite de quel rêve méconnu de tous et qui aurait ressurgi comme un oued sous l'orage de la maladie.

Le vent s'est levé. Il agite les grands pins, fait vibrer les volets en PVC. Et ce tintamarre révèle le silence de l'immeuble. Un silence effrayant. Dans ces dix étages de béton, personne ne vit. Pour chasser cette oppression, Junior glisse un disque dans la platine : *La Flûte enchantée*. Un enregistrement ancien : Karl Böhm et la philharmonie de Berlin avec Lisa Otto, Roberta Peters, Fischer-Dieskau.

La puissance et les qualités de l'ampli sont impressionnantes. 2 x 80 watts sans la moindre distorsion ! Mozart le divin habite l'espace et chasse l'angoisse.

Puis vient le temps d'aller se coucher, de tirer un trait sur l'inquiétude. Ouvrant le lit, J.-C. libère un souvenir de parfum mêlé à l'odeur légère très légère laissée par le corps d'un homme endormi. Cette odeur, Jean-Claude Bertin la retrouve comme un mauvais souvenir. Le dimanche matin, tout gamin, il entrait dans la chambre de ses parents. Il y avait cette odeur.

Il prend une couverture et va se coucher sur le canapé du living.

11

Au commissariat, Richard Zamanski trouve le lieutenant Fuzier en pleine activité. Téléphone à la main et documents sous les yeux, Lolo essaie de faire correspondre la liste des objets saisis dans les caves du Pouceau à celle des victimes de récents cambriolages.

Elle est en forme la jeune OPJ : T-shirt fuchsia flashant sur poitrine pigeonnante, rose à lèvres apparié. Fraîche et pulpeuse, on en mangerait.

— Tiens Richard. Tu vas bien ce matin ?

Un brin de malice dans le regard, le sourire moqueur, il commence à bien la connaître. Elle a une nouvelle à annoncer, un bruit de couloir à répandre.

— Tu sais quoi ? Je viens de prendre un café avec les collègues d'Angoulême.

Zamanski prend un air impressionné.

— Félicitations lieutenant. Tu sais te faire apprécier de nos prestigieux collègues !

Elle hausse les épaules.

— Tu parles ! Toujours aussi fiers d'eux, les mecs. Ils nous prennent vraiment pour des minus.

A les entendre, ils ont presque bouclé l'enquête sur l'incendie de *La Capitainerie*.

— Alors ?

— Ils s'intéressent à Ravaud, le patron de l'hôtel-restaurant. Comptabilité douteuse, relations compromettantes avec le milieu local.

— Ils ne sont pas allés chercher très loin, fait-il d'un air maussade.

Richard repense à Moret. Le vieux truand suggérait une autre piste. Mais pourquoi se fatiguer ? Pourquoi s'occuper de ce qui ne le regarde pas, pas son affaire, pas sa mission. A moins que… A moins qu'il n'y ait une possibilité de s'asseoir à la table de jeu, de finir la partie et d'empocher la mise.

— Laurence ? Je peux te confier un travail ?

Elle le regarde, étonnée.

— Dis toujours.

— … Je voudrais que tu te renseignes sur un certain Bertin, Philippe Bertin.

— Qu'est-ce qu'il a fait ? Vol à main armée ? Meurtre en série de jeunes filles innocentes ?

— Au moins, Lolo. Tu ne le sais pas encore, mais tu es au seuil de l'affaire criminelle du siècle, une enquête qui va te propulser illico devant la porte entrouverte de la Crim. A toi le Quai des Orfèvres. Plus sérieusement, le bonhomme en question est un fonctionnaire du ministère de l'Intérieur. En retraite, le fonctionnaire. Un ancien collègue.

— Et pourquoi on s'intéresserait à lui ?

— Pour baiser les guignols d'Angoulême dans la dernière ligne droite, ça vaut le coup d'essayer, non ? Et puis ça nous changera des cambriolages de villas…

— … Des autoradios et des sorties d'écoles, je sais ! Tu as raison, Richard. Une leçon de modestie ne ferait pas de mal à ces prétentieux. Par quoi on commence ?

— Par Bertin, je te l'ai dit. Administration centrale, caisse de retraite, associations de retraités… Tu vas bien trouver. Mais surtout, tu y vas légère, anodine. Pas la peine d'ameuter toute la maison. Tu inventes une histoire, un truc émouvant et sympathique, tu te débrouilles, Laurence. Je voudrais savoir qui est ce type, où on peut le loger. Et, s'il fait encore quelque chose, qu'est-ce qu'il fait. Tu vois ?

— Affirmatif ! Tu peux compter sur moi, commandant.

Un tel dévouement mérite bien un sourire.

*

Jean-Claude Bertin a trouvé du Nescafé, un pot de marmelade, du sucre, quelques biscottes. Dans le frigidaire, il y avait de la margarine, une brique de lait non entamée.

Il s'est confectionné un petit-déjeuner qu'il prend dans la cuisine. Coudes sur la table, menton dans les mains, il rêvasse, imagine son père entrant, à l'improviste.

“Qu'est-ce que tu fais là ?

— Et toi ?

— Comment tu vas ?”

Accepterait-il de s’expliquer sur sa fausse identité, sa double vie, son histoire avec Jessica Dunan ? Il n’a jamais été du genre à se justifier. Il en avait trop vu, trop fait.

Philippe Bertin disait de lui qu’il était un éboueur, un égoutier du corps social, un pauvre con payé pour effectuer le sale boulot, se coltiner les réalités que la société ne voulait pas voir : la misère, la noirceur des passions et de la bêtise.

Les morts ne cachent rien : chaussettes trouées, slip taché, col de chemise douteux, sales petits secrets sous les réputations les mieux établies, pulsions honteuses derrière les existences les plus banales. Rien n’échappe aux enquêteurs, rien ne leur est épargné de la réalité des hommes, de leur propre réalité. Et cette connaissance en fait des êtres à part, des flics.

Junior comprend. Pour son père, la vie ordinaire des gens banals devait sembler une mauvaise comédie sans auteur.

La réalité vraie était ailleurs, dans les procès-verbaux d’interrogatoires, les relevés effectués sur les scènes de crimes, les découvertes gênantes, les aveux douloureux. C’était ça, la vie dans sa vérité : une odeur de sang et de sphincters relâchés.

Souvenirs et pensées tournent dans la tête du fils. Pour contrer sa fascination pour son père, il a choisi le social, il voulait aider les défavorisés. Ricanement du père tout de même pas trop mécontent de voir que son gauchiste de fils choisissait la fonction publique. Petit con, mais raisonnable ! Junior sent en lui s'effectuer comme un étrange quart de tour. En fin de compte, malgré les apparences, le travail qu'il s'est choisi est du même ordre que celui du père. Chien de garde comme le vieux, mais dans son cas chien de garde aux crocs limés. Alors ? Tel père, tel fils ? Migraine. Repousser ces idées dérangeantes, poursuivre les recherches pour comprendre.

Les filles ? Philippe Bertin a toujours été un homme à femmes. Il les aimait jeunes, un peu sottes, un brin vulgaires. Avec pour toute qualité un beau petit cul, de jolis seins, fleurant bon le parfum capiteux et le con, cette odeur à la fois excitante et nauséeuse que Jean-Claude a retrouvée en ouvrant le lit. Des filles faciles à séduire et qu'on possède pour pas cher. Pas cher ? Junior repense au secrétaire XVIIIe réservé par Jessica Dunan. Trois mois de salaire. Où son père trouvait-il le fric ? Junior réalise soudain qu'il pense à lui à l'imparfait. C'est une constatation qu'il voudrait douloureuse.

Puisqu'il est dans la cuisine, il commence par fouiller les placards. Il doit bien y avoir des documents concernant cet appartement loué ou acheté, un bail, des actes notariés, des papiers, des factures, des reçus, bref des indices.

Après la cuisine, le salon. Dans la bibliothèque, sous la chaîne hi-fi, rien. Comment dissimuler quoi que ce soit dans cette garçonnière décorée de meubles coûteux mais rares ?

Dans la penderie, les poches des vestes et des pantalons sont vides, il y a une paire de draps propres, quatre serviettes, autant de gants de toilette. Dans la salle de bains, Junior trouve un paquet de rasoirs jetables, un flacon d'after-shave, un shampooing antipelliculaire. Il inspecte l'habillage de la baignoire, le coffrage des canalisations, le réservoir de la chasse d'eau.

Il déplace les sous-verres, sonde les cloisons, soulève les tapis. Dans le couloir, il y a un placard qui abrite le cumulus d'eau chaude. Et c'est à côté du cumulus qu'il trouve le coffre renforcé. Le même modèle que celui de La Rochelle et la même combinaison pour l'ouvrir : 26 mars 1984.

*

Un type à la voix très jeune lui répond :

— M. Bauman est absent pour le moment. C'est à quel sujet ?

— Personnel, répond Zamanski. Vous pourrez lui demander de me rappeler ?

Et la journée s'écoule en tâches administratives inutiles mais indispensables. Le flic aligne des colonnes de chiffres qui prouveront que les objectifs des contrats locaux de sécurité sont atteints et même dépassés. Grâce à la synergie des services, la mobilisation dynamique des divers partenaires engagés dans les actions de prévention et répression et cela dans le respect des spécificités, on conclura que la délinquance est sous contrôle et que le taux de résolution des affaires augmente. La police urbaine de proximité est donc une réussite et tout est pour le mieux dans la plus belle des républiques.

Zamanski est trop vieux pour s'indigner de cette logorrhée qui maquille l'impuissance et l'indifférence. Tout cela l'ennuie. Et l'on peut mourir d'ennui. Dans l'après-midi, Samuel Bauman rappelle. Le flic lui demande s'il a pu analyser les matériaux qu'il lui a envoyés.

— Oui. Entre deux boulots. Ça a pris du temps. Tes prélèvements n'étaient pas terribles et puis c'est du genre sac de nœuds. Mais j'ai fini par trouver. Tu retiendras que pour ça je me suis vraiment donné du mal. Dans un premier temps, il n'y avait aucune présence des produits qui signalent un incendie volontaire, hydrocarbures et dérivés, mais en cherchant bien je suis tombé sur des traces pas banales, tu vois...

Suit une description des recherches effectuées par l'ingénieur chimiste, description de précipités et réactions diverses que les connaissances scientifiques du flic ne lui permettent pas de comprendre.

— Ça veut dire quoi ? s'impatiente Zamanski.

— Ça veut dire que ton sinistre n'est pas d'origine accidentelle.

— Je m'en doutais un peu.

— Eh bien tu peux en être sûr ! Mais ce n'est pas le plus important. Le plus important, c'est que tes incendiaires sont très au courant des procédures habituelles suivies dans les labos... Pas le genre du petit commerçant aux abois qui incendie son fonds de commerce pour récupérer l'assurance. En l'occurrence, tu as affaire à quelqu'un de très subtil !

— Et tu as une idée ?

— Sincèrement non, Richard. Je ne me souviens pas d'avoir rencontré un truc pareil, désolé. Je n'ai rien en mémoire… Tu veux que je te mette tout ça sur papier ? Ce sera un "blanc", évidemment.

— S'il te plaît, Samuel. Mais tu l'envoies à mon domicile.

Encore quelques paroles aimables et Zamanski raccroche.

"Comme je vous le disais, monsieur le ministre, l'efficacité de la PUP n'est plus à démontrer."

*

Le salaud ! Le vieux salaud !

Page après page, la statue du père s'effrite, son portrait se craquelle. L'image d'un flic dur et cynique fait place à celle d'un pourri.

Le cabriolet, l'appartement grand standing, les meubles de style, Junior se demandait d'où venait le fric. La réponse est inscrite sur les feuilles d'un petit carnet à spirale. Tout y est : les montants et les dates des versements effectués par "Plumes d'Ange", "Double Vue", "Cuisses Agiles", "Chair Fraîche", "Tire qu'un coup", surnoms graveleux qui rappellent l'humour de commissariat et qui cachent l'identité d'individus salement compromis.

Le fric ? Il provient de ces rapports d'enquête dans lesquels Junior retrouve le style procédurier de son flic de père. Précis, concis, imparable avec renvois aux pièces jointes. Ça sent la cupidité, la veulerie, le déshonneur. Ce sont des photos de partouses de sous-préfecture prises par des caméras cachées, des scènes d'orgies de province impliquant de très jeunes gens, des preuves de fréquentations compromettantes, accolades, poignées de main, collusion d'intérêts, délits d'initiés ; échanges d'informations et de mallettes, baisers échangés, étreintes honteuses et furtives… Aucun doute : ces documents sont les partitions d'innombrables leçons de chant en fric majeur. Junior vient de mettre la main sur les archives d'un maître chanteur.

Un business bien pensé. Les sommes soutirées à "Langue Véloce" et autre "Petite Main" ne sont pas énormes en regard des assises financières des intéressés. Le vieux prend soin de ne pas étrangler le client. Ne jamais acculer la victime au désespoir ou à la réaction inconsidérée, mais au contraire lui présenter la situation comme un moindre mal, et les paiements comme une assurance "spéciale sérénité" aux primes un peu élevées, certes, mais, n'est-ce pas, la tranquillité n'a pas de prix.

Junior imagine très bien son père en agent comptable des culpabilités honteuses : "Mon cher, vous vous êtes livré à des actes délictueux, vous avez fait le con. Qu'est-ce qui coûte le moins ? Notre arrangement ou une mise en examen ? Imaginez le scandale, les frais de justice. Et votre famille, vos proches ? Vous y avez pensé ? Que diront-ils lorsque vous serez en première page de la presse à scandale ?"

Junior réalise comment le vieux a organisé sa retraite. Il dispose de trois lieux qui correspondent à trois activités qui se complètent et s'alimentent l'une l'autre.

A Limoges, avec Marinette, c'est la façade officielle, un flic réputé en retraite qui s'ennuie, les charentaises aux pieds, le regard perdu dans la télé. A La Rochelle, le retraité associé à Vautier se transforme en privé. Il faut bien arrondir sa pension de fonctionnaire, garder la main, s'occuper. Mais à Blainville, en compagnie de Jessica Dunan, le détective privé Bertin devient Berthier, un maître chanteur froid et raisonné.

Junior sent la migraine monter, cet embarras cervical qu'accompagnent les aigreurs d'estomac. Besoin de vomir, d'effacer les événements, de rajeunir de quelques jours, quelques années, envie de régresser. Il aimerait redevenir un enfant, glisser sa main dans celle de son père, aller à son côté dans un monde simple et monolithique. Mon papa est policier et il m'emmène tirer au pistolet dans un stand, le dimanche.

Hélas, il faut boire le vinaigre jusqu'au dépôt. Son vieux est une crapule qui profite des crapouilleries de ses contemporains. Comment a-t-il pu verser dans cette malfaisance de bas étage ? Bien loin de l'escroquerie et ses mensonges flamboyants, très loin du braquage qui nécessite courage et maîtrise de soi : le chantage. Un délit minable, presque sans risque.

En poursuivant ses lectures, Junior retrouve Joëlle Fiony et son copain Gérard. Ces deux salauds étaient prêts à tout pour récupérer des documents les concernant. Lui se demandait de quoi il s'agissait. Maintenant, il comprend. Dans un dossier intitulé fort joliment "Levrette", il découvre que la charmante Fiony et son amant ont organisé un trafic de viande venue d'Europe centrale au mépris de tous les règlements et contrôles sanitaires. Leur combine n'a pas échappé au privé lors de son enquête. Les deux cadres importaient à bas prix des bovins qu'ils faisaient transiter par de petits exploitants complices. Ils les injectaient ensuite dans le circuit par le biais de la société d'agroalimentaire qui les employait et cela sans que les responsables de ladite société soient au courant. Un business lucratif puisque le couple d'avariés versait en moyenne cinq mille euros par mois au maître chanteur.

Le dossier est remarquablement étayé : photos de camions déchargeant du bétail dans des fermes bien de chez nous, ah le terroir ! Ces mêmes bestioles conduites à l'abattoir, transformées en pures charolaises dont les frigorifiques de la SOBOVIA chargent les carcasses. Des colonnes de chiffres décrivent l'ampleur du trafic, désignent les compromis, datent les délits. Une belle arnaque, il faut bien le reconnaître, arnaque dont Gérard et sa copine Joëlle tiraient les ficelles. Pour arrondir ses revenus, Philippe Bertin n'a eu qu'à poser une bretelle sur la combine, une ligne de dérivation branchée sur le flux financier et qui aboutissait directement dans ses poches.

Chapeau le père ! ironise Junior qui oscille entre colère, dégoût et admiration, il ne sait plus très bien.

Et Jessica Dunan ? Quel est son rôle ? Bertin fils a grande envie de lui dire deux mots, mais pas avant d'avoir pris deux comprimés de Lamaline.

A Val-sur-Mer, le parking au pied de l'immeuble est vide. Pas plus de Golf que de 4L pourrie. Junior prend quand même la peine de sonner à l'interphone, une fois, plein de fois. Personne ne répond. Déçu, il réintègre le cabriolet Audi. Sur le volant, il pianote le rythme syncopé du thème de *Nicky Freeloader*. La migraine lui martèle les tempes, il en a marre. Il se demande que faire.

Que faire ? Il reste Vautier, l'associé du détective privé Philippe Bertin.

*

Jessica Dunan sort du club de gym. Il en faut de l'énergie pour remuer une quinzaine de rombières ! Elle en a marre de ce cirque pitoyable, marre de ces femmes obnubilées par leur apparence. Séance après séance, les entendre papoter sur leurs mômes et leurs époux : Mon mari par-ci, mes enfants par-là… Pauvres connes !

Vite rentrer, se doucher, se changer. Elle refuse d'utiliser les douches et le vestiaire du club. Elle monte dans sa bagnole, démarre en trombe, traverse ce bled qui commence à lui sortir par les yeux. Quatre ans déjà qu'elle a atterri ici. C'était en juin, le "début de saison" en langage local. Elle avait trouvé un boulot de monitrice au club de voile. Deux mois à répéter "choque la grand-voile", "borde ton foc !". En septembre, alors qu'elle se demandait ce qu'elle allait faire, elle a rencontré Philippe Berthier. Très vite il a résolu le problème. En échange de quelques nuits. Rien n'est gratuit, jamais.

Grâce à lui, elle a un appartement confortable, une bagnole et suffisamment de monnaie pour son quotidien. Mais ça ne fait pas une vie. Quelques cours de gym au club de remise en forme, son histoire avec Yves, le patron de l'école de voile et sa liaison avec Philippe Berthier, c'est peu, bien peu pour son énergie bouillonnante. Elle a vingt-sept ans et elle s'emmerde, Jessica Dunan ! Elle voudrait se tirer de ce patelin qui ne voit pas plus loin que le taux d'occupation des campings, trois mois par an.

Enervée contre elle-même et le reste du monde, elle abandonne à la diable sa voiture. Sur le parking, une Alfa Romeo noire stationne. Hall de l'immeuble, ascenseur. Elle pioche au fond de son cabas ses clés, entre, referme en claquant la porte. Une basket s'envole puis l'autre. Alors qu'elle dégrafe la veste de son survêtement, elle réalise soudain qu'elle n'est pas seule. Assis sur le canapé du living, deux types qu'elle ne connaît pas la regardent.

La surprise et l'indignation l'empêchent d'avoir peur.

— Bah vous gênez pas ? Qu'est-ce que vous faites chez moi ?

— Berthier, Philippe Berthier. On le cherche. Tu sais où il est ?

— Philippe ? Mais j'en sais rien, moi !

Elle le voit, sa réponse ne les satisfait pas.

Alors, soudain, elle a peur, très peur.

12

Junior pense à sa mère. A une centaine de kilomètres de là, elle doit s'inquiéter. Junior l'imagine tuant le temps à nettoyer la propreté, lisant un *Figaro madame* qui parle de ce qu'elle n'a jamais été, faisant quelques courses, repoussant de toutes ses forces son inquiétude. Pour Junior, c'est comme un remords. Pourquoi n'a-t-il jamais pu vraiment l'aimer ? Pourquoi aime-t-on si mal ses parents, ses enfants ? Pourquoi est-ce si difficile ? Il poursuit en direction de Sainjon, la ville où habite Vautier. Sur le siège du passager, sont posés les dossiers de Berthier le maître chanteur.

Il quitte la nationale 10, prend une route secondaire à travers un paysage de collines qui paressent en bord de fleuve. Il dépasse des villages engourdis : maisons basses de pierres grises, église romane ; austérité de province nantie qui annonce Bordeaux.

Sainjon s'étend sur la rive droite de la Gironde, au pied d'une forteresse. Vauban est passé par là. Il n'a pas pu se retenir : barbacane et demi-lune, merde à Vauban !

Vautier habite à la sortie de la ville, un pavillon posé sur une butte. L'herbe aurait besoin d'être tondue, les arbres étêtés, les rosiers taillés.

Quelques documents sous le bras, Junior sonne à la porte. Du sous-sol lui parviennent des cliquetis amoindris, des roulements assourdis. Porte du garage franchie, il se retrouve devant un paysage d'une trentaine de mètres carrés. Une montagne, des collines, une plaine à l'herbe toujours verte et une petite ville aux maisons pimpantes, traversées par des routes et des voies ferrées sur lesquelles tournent des trains avec une régularité d'horloge. Ils s'arrêtent aux gares, repartent en sens inverse, disparaissent dans un tunnel pour réapparaître sur un viaduc, passent dessus, dessous, décrivent des courbes, accélèrent dans les lignes droites, ralentissent aux feux orange. La réalité, mais en mieux : une maquette ferroviaire.

Derrière le paysage, il y a un établi avec un homme costaud, figure carrée aux traits puissants, chevelure gris fer abondante, des loupes d'horloger sur le nez. Il bricole une locomotive à vapeur.

— Robert Vautier ?

Le type ne répond pas, alors Junior s'abandonne à l'émerveillement, il redevient un enfant. Quand il était gamin, dans les vitrines des grands magasins, à Noël, il y avait des trains électriques. Il passait de longues minutes à les regarder, fasciné, envieux.

— C'est superbe ! murmure-t-il.

L'homme interrompt son travail. Il regarde son visiteur par-dessus ses loupes.

— Ouais… Quinze ans de travail !

— Quand j'étais gosse, j'avais un train électrique. Il déraillait tout le temps, les rails se détachaient, le courant ne passait pas bien.

— Pour que ça tourne régulier, il faut une alimentation électrique constante. Pour ça, il n'y a qu'une solution : multiplier les prises de courant dans le convoi. C'est ce que je suis en train de faire. Je mets des capteurs dans chaque wagon, je les relie par un fil au moteur de la motrice. Et voilà, le tour est joué.

— Quel boulot !

— Ça me détend. A force de vivre dans un monde qui ne tourne pas rond, je me suis créé un petit univers où tout va bien, un coin de province dans les années 1960. Il y a encore des locomotives à vapeur, le *Capitole* roule à deux cents kilomètres-heure, des autorails Picasso vont par la campagne. Pas de violence, pas de misère, pas de chômage. Chacun vit sa vie… Tu peux prendre les loupes et observer le décor.

Junior obéit et zoome sur le village nommé Villefranche. De minuscules figurines peintes avec un réalisme maladif reproduisent une vie arrêtée. Sur le quai de la gare, des villageois attendent à jamais la micheline de 10 h 45. Sur l'esplanade, des enfants montent dans un car Chausson, le Citroën du familistère stationne dans la rue principale, des ménagères font la queue devant son étal. Sur le parvis de l'église une noce pose devant un photographe. Dans le square de la mairie, un couple d'amoureux se bécote sur un banc. Au cimetière, on enterre un défunt.

— Pas mal, hein ?

Junior est impressionné.

Par les fenêtres, derrière des illusions de rideaux, des figurines reproduisent un quotidien minuscule : une gamine joue du piano, une femme coud à la machine, un bonhomme en tricot de peau lit son journal assis dans son fauteuil.

— Tu as regardé dans l'appartement, au-dessus de la boucherie ?

Junior, qui commence à en avoir assez, s'exécute pourtant. Il a donc l'occasion de mater une femme vêtue d'une combinaison rose qui se fait prendre par un type, pantalon aux chevilles.

— C'est la femme du brigadier de gendarmerie, commente Vautier avec une amertume amusée. Pendant que son mari patrouille au carrefour de la nationale, elle s'envoie en l'air avec le boucher.

— C'est pour s'assurer les bons morceaux ?

— Va savoir... Bien. Tu es Jean-Claude, le fils de Bertin. Tu lui ressembles. Je suppose que tu n'es pas venu pour parler de trains miniature. Alors ? Qu'est-ce que tu veux ?

Surpris, Junior pose les loupes sur un coin de prairie.

— Monsieur Vautier, je cherche mon père. Vous savez où il est ?

Le balèze hausse les épaules.

— Tu veux boire quelque chose ? Bière, whisky, un café ?

— Bière, si vous voulez.

— Alors montons.

L'appartement sent le vieux solitaire ; une odeur de poussière, de désordre, de cuisine mal aérée. Le laisser-aller du chagrin.

— C'est le bordel, ici. Depuis que Jocelyne est partie, j'ai du mal à faire face. C'était sa maison.

— Partie avec le boucher ?

— Non… Avec son cancer.

— Excusez-moi.

— Laisse tomber et prends-toi une chaise. Tu m'as dit une bière ?

Les objets en ont pris à leur aise. Les journaux s'entassent, le courrier s'amoncelle, des vêtements traînent ici et là. Il y a des bûches calcinées et de la cendre froide dans la cheminée.

— Je ne m'en suis pas remis, mon gars, poursuit Vautier revenu avec deux verres rincés par principe et des canettes de Tuborg… Ton père m'a sacrément aidé en me proposant de travailler avec lui. Ça me sort de mon trou, ça me change les idées… Sinon, je me réfugie dans mon petit monde. J'ai reproduit notre histoire, à Jocelyne et à moi. Tu as vu deux amoureux qui s'embrassent dans le square ? Eh bien c'est nous, le mariage aussi, jusqu'à l'enterrement dans le cimetière.

Jean-Claude l'interrompt.

— Une vingtaine de jours qu'il a disparu. Aucune nouvelle de lui. Vous savez où il est ?

— Non. Tu le sais aussi bien que moi, ton père n'est pas bavard.

— C'est vrai. Mais dans le boulot vous devez bien parler, vous dire des trucs ?

— On parle surtout du passé. Tu sais, ton père et moi, nous nous sommes connus dans les années 1960. Tous les deux nous étions en tenue au commissariat de Malakoff. A l'époque c'était encore dans le département de la Seine. Et puis il a commencé à grimper les échelons. Un bon flic ton vieux, un vrai poulet.

— Et à l'agence qu'est-ce que vous faisiez ? demande Junior que cette évocation du temps des képis agace.

— A ton avis ? Des enquêtes… Le tout-venant d'une agence de privés. Pas vraiment Sam Spade si tu vois ce que je veux dire. Ni Marlowe. On traite surtout des affaires économiques : enquête de moralité sur les postulants à des postes de cadres. Quand tu es DRH d'une boîte qui travaille pour la Défense nationale, tu as intérêt à te renseigner avant d'embaucher un type, tu vois ? Ou alors surveillance du personnel, un patron qui s'aperçoit qu'il manque régulièrement du fric dans la caisse. Recherche dans l'intérêt des familles aussi, ou des futures belles-familles !

— Je sais, monsieur Vautier. Je suis passé à l'agence, j'ai trouvé les dossiers et je les ai parcourus rapidement. Mais ça ? Vous étiez au courant ?

Et Junior tend au retraité de l'Intérieur les documents qu'il a amenés avec lui.

Vautier les consulte, impassible.

— Vous saviez que mon père donnait des leçons de chant ?

— Tu veux savoir si je suis dans la combine ? Négatif. Je ne trempe pas là-dedans.

— Et ça ne vous révolte pas ? Vous n'avez même pas l'air surpris ?

— Pour l'indignation, tu repasseras. Quant à être surpris… Lorsque tu fais le boulot de détective privé, tu es nécessairement amené à nager en eau trouble. Tu es payé pour découvrir la vérité, révéler des secrets, dénoncer des mensonges. Des fois ce sont des infractions, tout le monde en commet, parfois des délits. Il arrive même que tu découvres un crime, mais c'est rare. De toute façon, n'oublie pas que le privé est au service de son client, pas de la justice et encore moins de la morale. Alors, ce que tu me montres ne me surprend pas.

— Et de sa maladie, il vous en a parlé ?

— Malade, Philippe ? J'ai rien remarqué.

— Une tumeur au pancréas. Maligne. J'ai appelé son toubib à La Rochelle. C'est lui qui me l'a dit.

— Je ne savais pas. C'est con pour lui !

Jean-Claude vide son verre de bière à peine fraîche. Vautier se tait.

— Quand est-ce que vous vous êtes vus, la dernière fois ?

— Deux mois à peu près… Nous avons travaillé sur une histoire de divorce, la femme d'un chirurgien qui n'avait pas envie de faire le deuil de son appartement ni de la villa à Cap-Ferret. Il nous fallait trouver un maximum de faits à charge contre le mari.

— Et il était comment à ce moment-là ?

— Philippe ? Fatigué sans doute, mais rien de plus. Ton père est un dur, mon gars. Il est joueur aussi. Il fait partie de ces hommes qui ont toujours quelque chose à se prouver, je ne t'apprends rien, tu le connais mieux que moi. Se prouver qu'il est le plus coriace, le plus malin.

— Philippe Bertin ayant bagnole décapotable, un appartement à Blainville, une maîtresse aussi, double vie avec fausse identité, vous deviez bien le savoir, c'est pas possible autrement ! s'énerve Junior.

— On ne t'a jamais dit que le propre d'une double vie, c'est d'être secrète ? Je ne vois pas pourquoi j'aurais été plus au courant que toi, ou sa femme.

Junior soupire.

— Vous n'êtes pas aidant, monsieur Vautier.

— J'ai passé ma vie à cuisiner les suspects. Excuse-moi, mais tu manques de métier pour me faire mettre à table…

— Et si votre pote se trouvait dans de graves ennuis ? Tant pis pour lui, c'est ça ?

— Dans ce cas, il n'a qu'à m'appeler et j'aviserai. Pour le reste, c'est son problème et tant qu'il ne m'en a pas parlé, ce n'est pas le mien… Tu reprends une bière ? J'ai soif.

— Si vous voulez.

Aller-retour dans la cuisine. Le vieux flic est un coriace, il ne lâchera rien. Junior déprime, dans sa tête, il tourne en rond. Le cachet de Lamaline et l'alcool l'endorment.

Vautier se rassoit, ouvre les canettes, regarde Junior qui attend.

— Bon, maintenant, c'est pas impossible que ton vieux soit effectivement dans les ennuis.

— Lesquels ?

— Il avait quelque chose en tête. Quoi, je n'en sais rien et je ne veux pas le savoir. Mais il pensait à un truc, un gros truc.

— Il vous l'a dit ?

— Si on veut. Il m'a parlé une fois d'un groupe de notables qui jouaient avec le feu, une association de bienfaisants qu'on pouvait soulager de quelques millions. Des euros, évidemment. Je l'ai immédiatement arrêté. Je ne voulais pas en entendre davantage. Il y a des plans, moins tu en sais, mieux ça vaut pour toi. Il n'a pas insisté. Depuis cette discussion, on s'est moins vus. J'ai pensé qu'il n'avait plus besoin de moi à l'agence. Tu sais, les affaires vont et viennent. Dans le cocufiage aussi il y a des hauts et des bas.

— Pourquoi vous ne l'avez pas suivi ?

— Je m'emmerde, mais pas au point de me suicider. D'après ce que j'ai compris, c'était le genre d'histoire qui te fait ricocher d'une poste restante à l'autre, une valise de fric à la main et une bande de tueurs au cul... Dans le meilleur des cas ! En général, ça se termine tout de suite par une balle dans la tête ou plusieurs années de centrale. Ce n'est plus de mon âge. D'ailleurs, ça ne l'a jamais été. Question d'envergure.

— D'envergure ? Vous pensez que mon père en a ?

— Sans aucun doute. Je te l'ai déjà dit : ton vieux, c'est un dur.

*

— Richard, j'ai fait ce que tu m'avais demandé.

Lolo agite deux feuilles griffonnées de renseignements par-dessus le bureau. Elle attend, sûre de mériter sinon des félicitations au moins des remerciements. C'est un peu le problème avec Lolo, elle aime trop la hiérarchie, le père. L'asseoir sur ses genoux et lui tapoter la tête pour la rassurer : C'est bien ma grande, tu es une bonne fifille, brave petit soldat qui ira loin. Hou ! c'est dingue comme tu iras loin ma Lolo. Ta carrière, c'est une autoroute posée sur la plaine par temps clair, pas le moindre bouchon, l'avenir est dégagé. Un mari dans la gendarmerie, deux enfants, un pavillon dans un lotissement et, tout au bout, un mauvais cancer qui t'emportera surprise et un peu déçue. Ma vie, ce n'était donc que ça ?

— C'est bien, lieutenant Fuzier. Mais c'est inutile.

D'un coup, l'enthousiasme de l'enquêtrice s'éteint.

— Inutile ? Qu'est-ce que tu veux dire ?

— Tu as bien compris. Ça ne sert plus à rien. L'affaire de *La Capitainerie* va être classée en vaine recherche.

Laurence s'assoit.

— Tu plaisantes ? Je croyais que Ravaud devait être mis en examen.

— Eh bien tu te trompais. La victime a été incinérée, et le dossier va être bouclé au moins provisoirement. En tout cas, les mecs d'Angoulême ont été fermement priés d'aller voir ailleurs. C'est un ponte de Paris qui est descendu pour faire le point avec Patois, le directeur du SR. Un conseil de guerre au complet dans les locaux de commissariat central. Il y avait même Guéda, du cabinet du préfet. Ambiance vachement détendue…

— Et alors ?

Bras croisés sur la poitrine, sourcils froncés, Lolo s'énerve.

— Alors, poursuit Zamanski, Patois a joué la grande scène du trois, a entonné l'air de la démission. Je ne sais pas comment ils s'y sont pris, mais il a fini par se calmer. Voilà comment on clôt une affaire en deux coups de cuillère à pot.

— En deux coups d'éponge, tu veux dire ! Et je peux savoir comment tu l'as appris ?

— J'étais dans le bureau du patron lorsque Langlois lui a téléphoné pour l'informer. J'ai voulu sortir mais Ronron m'a fait signe de rester. Il a même mis le haut-parleur pour que je ne perde rien de l'entretien. Il voulait que la nouvelle se sache. Les collègues du SRPJ se sont ridiculisés, il est bien content. En réalité, il s'en fout. Une vaine recherche, c'est l'assurance d'un retour à la normale. Il va pouvoir reprendre sa sieste en toute sérénité.

— C'est dingue que des flics se couchent aussi vite.

— C'est à ça qu'on voit que tu es encore jeune.

Elle remue les épaules, sa poitrine tressaute.

— L'âge n'a rien à voir là-dedans !... Remarque, c'est bon pour nous. On n'a qu'à reprendre le bébé là où Langlois et ses potes l'ont abandonné.

Zamanski soupire.

— Tu rêves, Laurence. Vaine recherche, tu piges ? L'affaire est enterrée, on n'en parle plus. Ravaud et ses amis peuvent poursuivre leurs magouilles, personne ne viendra fouiller dans leurs poubelles.

— Et nous ? On fait quoi ?

— Nous ? On retourne à nos autoradios et aux sorties d'écoles. C'est notre job, pas vrai ?

Regard inquisiteur, lèvres pincées, Laurence le regarde.

— Sauf le respect que je te dois, tu vas nous faire chier encore longtemps comme ça, commandant ?

— Tu peux préciser ta pensée, lieutenant ?

— Je ne sais pas ce qui t'est arrivé à Paris, ça ne me regarde pas et je m'en fous mais ce que je sais, c'est que tu commences sérieusement à me gonfler avec tes histoires d'autoradios et de sorties des écoles. Tu me déçois, Richard. Je croyais que les mecs comme toi étaient des durs, des pitbulls qui ne lâchent jamais prise et je découvre un type qui se morfond dans sa déprime tout en dégustant ses déconvenues à la petite cuiller. Pas terrible et même un peu minable. Enfin merde ! Un hôtel crame, un mec brûle vif et tout ce que tu trouves à faire c'est de constater que la flicaille se couche. A croire que la lâcheté ambiante te convient, je me goure ?

Zamanski sort une Camel, l'allume avec application. Sa main tremble. Et merde ! Se faire secouer par une gamine de province à gros nibards, n'importe quoi !

— Un ton en dessous Lolo ! Pas la peine de gueuler. Nos scènes d'équipe ne regardent personne. Pour ce qui est de la lâcheté, ça va. Avant tout, j'ai besoin de savoir avec qui j'avance. Les planches pourries, j'ai déjà donné. Alors ? qu'est-ce que tu proposes ?

— D'abord que tu évites de m'appeler Lolo. Ensuite, je te l'ai dit, on reprend le bébé des mains des mecs d'Angoulême et on poursuit l'enquête. Pas du côté de Ravaud, si j'ai bien compris, il est intouchable pour le moment, mais dans la direction que tu as donnée. On creuse du côté de Bertin, cet ancien flic. Un mec intéressant, note bien. Je ne sais pas qui t'a refilé le tuyau, mais ce que j'ai appris sur lui donne envie de le connaître davantage. Ancien d'Algérie, commissaire à la retraite, il a une officine de détective privé. Pas mal non ?

Zamanski consent à acquiescer.

— Un privé ? Tu t'es renseigné sur ses activités ?

— Oui. D'après les collègues de La Rochelle, Bertin travaillerait avec un associé, un nommé Vautier, un flic en retraite lui aussi…

— Comment tu as dit ? Vautier ?

— Affirmatif ! J'ai même son adresse… Donc, enquêtes pour les entreprises, surveillance de personnel, des affaires familiales aussi…

— … Adultères, recherche d'ados à problèmes…

— … Dans l'intérêt des familles. Ah ! j'oubliais. Bertin est aussi expert auprès des tribunaux. Il lui arrive d'être employé par les assureurs de la région. Expert en dommages divers, cambriolages et incendies… Evidemment, ça ouvre des perspectives. Quant à Vautier, le monde est petit.

— Tu as noté les numéros de téléphone, les adresses ?

— Bien sûr !

Parfois, il arrive que ce soit un des joueurs qui vous contraigne à entrer dans la partie. On s'assoit à la table de jeu. Advienne que pourra, on tire une carte et tant pis si c'est la mauvaise.

— OK, Laurence. On poursuit. Mais en douceur. Pas de vague surtout ! Il ne s'agit pas de réveiller Ronron. Pour l'instant, je voudrais que tu te renseignes sur les expertises du nommé Bertin. Tu vas voir dans les cabinets d'assurances, dans les différents tribunaux de la région. C'est possible ?

— Tu peux compter sur moi.

— Je crois bien que oui.

Elle sourit et sort, heureuse d'avoir marqué quelques points dans la grande partie du respect.

Resté seul Zamanski se remet de la scène. Bien obligé de reconnaître que son adjointe a raison, en partie. Sur ce constat un peu rude, il prend le téléphone, appelle l'agence de l'Océan. Une voix juvénile lui répond que Mme Bissel est en visite. C'est à quel sujet ?

— Elle m'a demandé de la rappeler, ment le flic.

— Dans ce cas, vous pouvez la joindre sur son portable.

Un numéro plus tard et Zamanski entend la gérante de biens sur fond de bruit de moteur.

— Vous savez que c'est une infraction de téléphoner en conduisant ?

— Je ne téléphone pas, je réponds au téléphone et puis pour les contraventions j'ai des relations au commissariat !

— J'espère pour vous qu'elles sont bonnes !... Est-ce que vous avez pensé à ce que je vous avais demandé ? Vous vous souvenez, les déplacements de Mertens, votre client.

— Bien sûr. Qu'est-ce que vous faites ce soir ?

— Ce soir ? Je n'en sais encore rien. Pourquoi ?

— Vous connaissez *Le Chalet* ? C'est à l'entrée du boulevard de la Plage, un restaurant paisible. Nous pourrions peut-être nous y retrouver ?

Le Chalet. Il se souvient. Sous le cabinet du chirurgien dentiste. Une des meilleures tables de la région.

Il accepte. A condition qu'elle soit son invitée.

*

Ils sont deux. Le premier s'appelle Goran. Trente ans, c'est un grand type brun au corps musclé et souple. Nez droit, lèvres sensuelles, un somptueux matou désirable, n'était l'éclat de folie dans son regard qui fait fuir toute personne sensée. Pour le moment, il n'est pas connu des services de police, pas encore. Un jour viendra où l'on saura qu'il est né dans la région de Grenoble d'une mère d'origine yougoslave, institutrice et qui l'a élevé seul. Très jeune il s'est signalé par son comportement bizarre et agressif. Il a été suivi par divers services psychopédagogiques. Les professionnels qui l'ont observé, testé, ausculté avaient en commun d'être des femmes. Il n'en faudra pas plus pour fixer ses rages et sa frustration sur les représentantes du beau sexe. Au milieu des années 1990, il est parti en Yougoslavie à la recherche de ses racines. Il y a trouvé une guerre civile et de merveilleuses opportunités pour assouvir ses fantasmes violents.

Le second, plus jeune, est blondasse et filiforme. Il se prénomme Kevin. Ses origines anglo-saxonnes remontent aux séries TV que sa mère regardait avec passion. Son ambition ? Devenir ennemi public n° 1. Pour le moment ce n'est qu'un type malfaisant dont la violence a mûri dans une cité du Pas-de-Calais puis dans un foyer de la DDASS.

Pendant que Goran faisait ses armes en Bosnie, massacre de civils, viols et tortures, Kevin débutait au sein d'un réseau qui alimente en stupéfiants variés le Nord de la France et une partie de la Belgique. D'abord fourmi au service d'un "grand frère", puis lui-même grand frère avant de devenir responsable de secteur, il a fini par approcher le grand patron, un entrepreneur belge installé à Namur. Le boss a rapidement apprécié son efficacité. Kevin est devenu son homme de main préféré.

Un compagnon d'armes, mort depuis, a appris à Goran que les mafias régionales engageaient des hommes expérimentés. Une succincte évocation des profits possibles lui a vite fait oublier la recherche de ses racines. C'est par le biais d'une de ces organisations que Goran est entré au service de l'entrepreneur belge. Depuis, il fait équipe avec Kevin. Ils s'entendent bien. Ils partagent le goût de la violence et l'amour du fric, le mépris du genre humain et la haine des femmes. Haine à laquelle ces deux-là s'adonnent avec un égal bonheur.

En l'occurrence, dans cet appartement de bord de mer, ils viennent de passer un bon moment. Très vite, ils ont réalisé que la prof de gym n'avait rien à leur dire. Ce n'était pas une raison pour en rester là. Alors, ils l'ont interrogée à fond, cette salope. Vraiment à fond.

*

Manteau clair jeté sur une robe noire très simple, Jacqueline Bissel fait son entrée dans le restaurant. Elle repère Zamanski, se dirige vers lui. A cet instant, elle n'est toujours pas convaincue de ne pas faire une bêtise. Le regard des clients attablés la rassure un peu.

— Je suis en retard. Vous ne m'en voulez pas ?

Zamanski se lève, présente la chaise face à la salle. Elle s'assoit avec grâce, éclat soyeux des bas, dentelle sombre sous l'ourlet de la robe… Vanille, poivre et jasmin, le flic reconnaît un Guerlain.

— Vous n'avez pas eu de mal à trouver ? demande-t-elle.

— Non. Même si ça ne ressemble pas à un chalet.

— Avant-guerre, c'en était un. Un vrai, tout en bois, venu de Suisse. C'était le charme de cette époque. Le bord de mer et l'argent permettaient toutes les extravagances architecturales : copie de Trianon, manoirs Tudor, villas italiennes. Planter un chalet suisse sur une plage de l'Atlantique, quelle originalité délicieusement kitsch ! Et puis ça fournissait un sujet de conversation pour toute la saison.

Elle sort son paquet de Craven, il lui prend le Dupont des mains.

— Vous permettez ?

Elle permet.

Elle avait vu juste : mâle années 1950, beaucoup de charme mais des travaux à prévoir. Peut-être une affaire risquée mais de possibles bénéfices. En tout cas, celle qui le voudra devra se montrer prudente et faire des efforts.

Des efforts, elle en a déjà fait. Elle a choisi une robe ajustée, de la lingerie fine. Ce type a vécu, il devrait comprendre.

La chemise sombre, deux boutons ouverts sur la poitrine. La veste, pas toute neuve, mais elle reconnaît un tissu de qualité et la coupe d'un tailleur, du sur mesure fatigué mais très chic.

Le chef de salle s'abat sur eux. Geste théâtral, pédanterie crispante, il déclame la carte : surprises de la marée et autres grenadins sur fond de délices du potager…

— Bordeaux ou bourgogne ? demande Zamanski.

— Bourgogne. J'aime les vins capiteux… Vous vous plaisez, à Blainville, commandant ?

— Comment ne pas s'y plaire ? Cette ville a le charme des soirs d'été qui n'en finissent pas, un air de vacances permanentes.

— C'est vrai, ici la vie paraît douce et facile. La région est riche et le moindre bout de terrain vaut de l'or. Mais les Blainvillois ne voient pas plus loin que leur compte bancaire.

— Comment leur en vouloir ?

— La terre tourne et le monde change. Les entreprises et les commerces qui avaient pignon sur rue ferment les uns après les autres. Ils sont rachetés par des étrangers qui placent dans l'immobilier des capitaux d'origine douteuse. Vous êtes bien placé pour le savoir.

— Je ne peux pas dire que je croule sous les plaintes.

— Ce n'est pas étonnant. Les prix grimpent et les propriétaires blainvillois sont bien contents. Et puis les nouveaux venus ont les moyens de faire régner l'ordre, moyennant finances évidemment. Eh oui, commandant, cette ville et ses habitants sont pourris par l'argent. Beaucoup de choses se passent qui ne se disent pas. Des choses qui ne sont pas très belles. Le silence a un prix, tout le monde se tait.

— Vous êtes bien sévère. Pourquoi vous restez ?

— Parce que ma vie est ici, et que je ne pourrais pas vivre sans l'estuaire et sa lumière bleutée poudrée d'or.

Zamanski regarde la femme. Ce qu'elle dit l'émeut. Il sait bien pourquoi et il s'en veut un peu.

— … Et puis Blainville est quand même une des toutes premières stations balnéaires de l'Atlantique… heureusement pour moi d'ailleurs.

Ah oui, l'immobilier !

— A ce propos, demande Zamanski, vous avez obtenu des renseignements sur notre client, je veux parler de Mertens ?

— Oui. Mais ça n'a pas été facile.

Et elle décrit les démarches effectuées, les difficultés affrontées. Il doit bien comprendre qu'elle s'est donné du mal.

— … Ça fait au moins deux ans que Mertens arpente la côte entre Biarritz et Nantes.

— Ça représente beaucoup de villes et beaucoup d'agences !

— En réalité, il s'est contenté d'une dizaine de stations.

— J'imagine qu'il a choisi les plus touristiques ?

— Pas forcément. Il a visité Oléron, Les Sables, Blainville, Soulac…

Elle sort une feuille de son sac :

— Je vous ai recopié la liste.

Zamanski y jette un œil distrait puis la glisse dans la poche intérieure de sa veste.

— Vos collègues vous ont dit s'ils avaient pu faire affaire ?

— Ce n'est pas facile à dire. Entre concurrents, on évite de donner trop de détails sur les transactions. En réalité, je n'ai pas l'impression que Mertens ait beaucoup loué de maisons… Voilà, c'est maigre. Qu'est-ce que vous allez faire maintenant ?

— Moi ? Je vais vous remercier. Vous prenez un dessert ?

— Je ne devrais pas… Mais je crois que je vais céder.

*

A la nuit tombante, Jean-Claude Bertin est de retour à Blainville. Bien fatigué, le fiston. Fatigué de ce jeu de con, des histoires paternelles, de cette recherche, parenthèse dans l'emploi de sa vie. Il ne sait plus très bien où il en est. En le quittant, il a laissé son adresse et un téléphone à Vautier. Le vieux flic a pris la carte, l'a jetée dans un tiroir. A propos de téléphone, Junior devrait appeler sa mère pour lui dire de prévenir la police. Elle seule a les moyens de retrouver Philippe Bertin si toutefois il est retrouvable. Ce n'est pas à un vieux singe qu'on apprend à faire ses valises et le père Bertin est un singe, vieux parmi les vieux. Dans son genre, un babouin solitaire et féroce.

Solitaire ? Une entrevue avec Jessica Dunan s'impose. Après ça, basta. Retour à la case départ, le bureau des affaires socioculturelles, Brigitte, les gamins. Pour son père, et face à lui, le moment des bilans et du deuil sera venu. Le temps de peser le pour et le contre, de pardonner. Mais avant, et comme ultime concession aux devoirs filiaux, questionner la môme stretching.

La Volkswagen est sur le parking mais ça ne veut pas dire que sa conductrice est à la maison. Après plusieurs coups de carillon, Jean-Claude conclut que Jessica Dunan n'est pas chez elle. Il va s'en aller lorsque quelque chose le retient. Un couinement imperceptible, un miaulement de souffrance. Animal ? Enfant ? Il insiste. Son impression devient une certitude : derrière cette porte quelqu'un souffre.

Junior tape du poing et du pied. Les coups résonnent dans la cage d'escalier. Enfin, une voix de femme implore qu'on lui fiche la paix. Elle ne veut plus voir personne, plus jamais. Elle pleure. Junior abandonne la sonnette, lâche la poignée. Il s'affale sur le dallage. Il la devine recroquevillée de l'autre côté du panneau de bois. Il ne comprend pas, imagine le pire. Poignets tailladés ? Dose massive de calmants ? Il pense appeler les flics, les pompiers, le SAMU.

— Ouvrez-moi, je peux vous aider. Je suis le fils de Philippe Berthier, je le cherche, je voudrais vous voir… Je ne vous veux pas de mal, vous n'avez rien à craindre.

Bruits de serrure, lentement la porte s'entrouvre sur un visage ravagé par la douleur et la peur.

Très bas, tout bas, il dit qu'il va l'aider.

Elle se cramponne à la poignée, se retranche dans son refus de tout. Le peignoir défait laisse voir son corps meurtri par les coups.

— Laissez-moi entrer. Vous ne pouvez pas rester comme ça.

Elle pleure sans cri. Il la repousse le plus doucement qu'il peut, referme la porte. C'était sans doute un appartement coquet, ce n'est plus qu'une ruine. Tout est cassé, éventré, souillé. Au milieu, il y a une chaise avec aux pieds des cordons de rideaux. Ça pue les relâchements de la peur.

A quarante ans, Jean-Claude Bertin découvre la barbarie et le sadisme. Il déglutit sa nausée.

— Qui ? Qui vous a fait ça ?

13

Toujours le même rêve. Cœur battant, Zamanski se réveille dans un lit étranger. A son côté, une femme dort. Il se lève sans bruit, retrouve ses vêtements à tâtons. Allongée sur le ventre, tête enfouie dans l'oreiller, Jacqueline Bissel poursuit sa nuit.

La soirée s'est terminée chez elle, autour d'un verre et puis d'un autre encore avant le geste attendu, un baiser plutôt voyou. Elle n'a pas protesté. Elle paraissait en avoir envie, il n'avait rien contre, n'était pas trop pour non plus mais il faut bien rendre la politesse à celle qui vous a ouvert sa porte.

Il passe dans la pièce voisine, commence à s'habiller. Quelques meubles de famille, du rustique de qualité, d'autres, contemporains et de bon goût. Le plus remarquable, ce qu'il a tout de suite repéré en entrant, c'est le tableau sur le mur du salon. De larges bandes travaillées dans l'épaisseur, ocre-jaune rabattu, camaïeux de gris et de bleu pâle qui suggèrent un paysage marin.

Dans cette maison étrangère, endormie, la présence inattendue de cette œuvre est un signe que lui adresse

Véra. Reste à savoir si c'est un acquiescement ou une mise en garde. Zamanski empoigne la bouteille de cognac, il n'a plus de Camel, il allume une Craven. Le cognac le ramène du côté des vivants, la première taffe lui rappelle que ses bronches se font niquer sans beauté. De la chambre provient le souffle très doux du sommeil, comme un ressac apaisant.

Zamanski ouvre la baie vitrée, sort sur le balcon. Pleine vue sur l'océan. Au-delà de cinq mille euros de revenus mensuels, le séjour du Blainvillois donne direct sur l'Atlantique. Un signe de richesse sur l'extérieur en quelque sorte.

La brise de noroît finit de le réveiller. Véra la talentueuse, géniale et impossible. Belle à en crever. Véra. Elle est revenue encore une fois. Il est au pied d'un immeuble, ce n'est jamais le même, qu'importe. Il sait qu'elle l'attend. Il entre, traverse le hall. L'ascenseur est en panne, il prend l'escalier. Il grimpe le plus vite qu'il peut. Il a peur, il s'essouffle. L'escalier est interminable. Il le sait, il n'arrivera pas à temps, il n'arrive jamais à temps. Il se réveille, égaré, en sueur.

En entendant la détonation, il avait compris, tout de suite. Elle était dans la chambre.

Il finit son cognac, posément. La nuit, sa maîtresse, son amour. Profonde et invincible. Tout est immobile. Il est déjà trop tard, encore trop tôt.

Les feux de l'estuaire balisent le temps qui passe aussi lentement qu'un navire à contre-courant.

Zamanski rentre dans la pièce, vole une seconde clope, l'allume. Son regard se promène sur la surface du tableau, se perd dans l'espace de la toile *Ciel à Honfleur*. Ce n'est pas une copie, il le sait. Qu'est-ce que fait ce chef-d'œuvre ici, chez cette femme ? Quelle histoire ? Quel fric ? Le doute. Lui, Zamanski dans cet appart de bord de mer. Le doute et l'épuisement aussi ; de Staël à Antibes, Véra à Paris. La même fatigue, la même peur. Une fenêtre ou une balle, pareil. Chute de tension, décompression brutale. Et lui qui n'a plus que cinq marches à gravir…

Ne pas embouquer le cours des années. Au bout, nul port. Seulement une douleur grise et inutile. Mieux vaut penser aux vivants de la nuit, ses frères les veilleurs : homme de quart sur la passerelle, cheminot aux commandes de sa motrice, routier au volant de son quarante tonnes. Et puis les locdus et les filles, ces acteurs des spectacles furtifs.

Richard quitte l'appartement sans un mot. Demain, promis, il téléphonera à la dame pour la remercier.

Il retrouve sa Mercedes, démarre, enfile les rues endormies. Boulevard de la Plage… Il ne reste rien du restau incendié. Vite fait bien fait, la pelleteuse a fini son boulot. Carrefour Briand, centre-ville. Au carrefour de Gaulle, il croise un unique véhicule. C'est un cabriolet Audi A4 rouge vif immatriculé dans le 17. Zamanski regarde distraitement, mais regarde-t-il jamais distraitement ? Tout au fond de lui, la machine à stocker et analyser poursuit à bas bruit. A l'intérieur de la voiture, un couple. La fille, silhouette recroquevillée, pas l'air en forme. Quelle douleur pour quelle offense ? Le type, rien de spécial, des traits des lignes, qui aussitôt s'enfoncent en vrac dans l'anonymat. Un jour peut-être ces traits s'organiseront-ils en un visage, le visage remontera à la surface, s'encadrera dans une voiture marque Audi A4 rouge vif, croisée où déjà ? Carrefour de Gaulle, Blainville, une nuit, 2 h 25.

Pour le moment, le feu passe au vert, Zamanski embraye, le six cylindres en ligne ronronne. Hommes de la nuit, frères veilleurs, que faites-vous ? Et Péribès, que deviens-tu ?

Une chance sur combien qu'il soit d'astreinte ? Il joue, Zamanski. Il n'a rien d'autre à faire que de parier petit. Il laisse sa bagnole sur le parking, entre par la porte des artistes, suit un couloir éclairé par les veilleuses de sécurité "sortie". Derrière les portes il entend les hommes qui dorment... Le flic traverse des bureaux, tout aussi endormis. C'est neuf, fonctionnel. Les pompiers sont mieux traités que les poulets. Derrière le standard téléphonique, un homme tue la nuit en traitant du courrier en retard : Péribès.

— Je vous dérange ?

— Tiens ! La police nationale ! Qu'est-ce qui vous amène en nos murs ?

— L'insomnie, Péribès.

— Un café ?

— C'est bon pour ce que j'ai.

Le pompier s'active devant une Moulinex.

— Un sucre ?

— Sans sucre.

— Vous avez du nouveau à propos de l'incendie de *La Capitainerie* ?

— Oui. On a sans doute affaire à un malin… Un malin ou plusieurs, je ne sais pas. Nous ne le saurons peut-être jamais, mais je vous devais le scoop. Vous aviez raison avec vos prélèvements.

Péribès hausse les épaules.

— C'était couru d'avance.

— Couru mais pas prouvé. Le collègue du labo à qui je les ai confiés s'est donné du mal, beaucoup de mal. C'était un truc vraiment vicieux, je vous cite ses propres mots.

— Alors, c'est quoi la suite ?

— La suite dépendait de la PJ d'Angoulême mais il n'y aura pas de suite. L'affaire est classée en vaine recherche. Vous savez ce que ça signifie ?

— Un enterrement de première classe ?

— Exact.

*

Au volant d'un cabriolet Audi A4, un type accompagné d'une fille qui n'avait pas l'air très en forme.

Jean-Claude Bertin a dû convaincre Jessica Dunan qu'il ne lui voulait aucun mal. Assise par terre dans le couloir, recroquevillée sur elle-même, elle refusait de bouger, pleurant sans cris, une longue plainte sourde et monotone d'enfant meurtrie.

Il lui a proposé un verre, de l'alcool, un thé chaud, a parlé d'appeler la police, le SAMU, de l'emmener aux urgences. Elle ne voulait rien. Il a proposé de la soigner. Elle a poussé un "non" de détresse, il n'a pas insisté, s'est contenté de poser sur ses épaules une couverture trouvée dans la chambre. Il lui a demandé ce qui était arrivé, elle n'a pas répondu.

Junior a contemplé le saccage. Son père lui avait parlé de la violence gratuite, il lui avait décrit des scènes de crime particulièrement éprouvantes. Les victimes comme désignées par un destin funeste et sans surprise étaient presque toujours des faibles. La sauvagerie qu'une femme, un vieillard ou un enfant peuvent déclencher est impensable.

Cette sauvagerie, cette méchanceté dure et bête, il la voyait tout autour de lui : dans les rideaux arrachés, les coussins éventrés des fauteuils et du canapé, les meubles disloqués, la vaisselle émiettée, les bouquins déchirés dans une fête malsaine, sabbat de la haine de tout. Et puis, au milieu de tout ça, au centre de ce qui ressemblait à une installation d'un trash des plus réussis, titre provisoire : "Appartement saccagé de la gonzesse de mon père", elle, Jessica Dunan, prostrée sous sa couverture, immobilisée par un cri sans voix, concentrée sur le désir d'oublier.

Il y a un temps pour la compassion, un temps pour l'action. Junior est allé dans la cuisine prendre des sacs-poubelle, une pelle, un balai. Brave type, il a commencé à nettoyer. Il a ramassé une casserole cabossée, trouvé des tasses, une théière indemnes.

Il a mis de l'eau à chauffer tout en continuant le nettoyage.

— Qu'est-ce que vous foutez chez moi ?

Elle se tenait dans l'embrasure de la porte. Avec sa couverture elle semblait la rescapée d'une cause perdue.

— Le ménage et un thé… Vous en voulez ?

— Vous avez des cigarettes ?

— Je peux aller en chercher.

— Non, restez !

Elle s'est remise à vivre comme on se remet en marche, avec des gestes automatiques et lents. Elle s'est habillée. Elle a trouvé son sac, a sorti un paquet de cigarettes, s'est allumé une clope en tremblant. Elle a saisi la tasse de thé que Junior lui tendait. Il la regardait avec un intérêt inquiet. Une sacrée belle fille, oui. Meurtrie, vacillante, en équilibre instable. Allait-elle s'effondrer ? Se redresser ?

— Vous ne pouvez pas rester ici, dans ce foutoir. Je vous emmène.

— Où ça ?

— Chez mon père, celui que vous appelez Berthier.

— C'est votre père ? Vous lui ressemblez.

C'était la seconde fois dans la journée qu'on le lui disait.

Elle est allée dans la chambre. Il l'a entendue qui remuait des affaires, relevait une chaise, fermait un tiroir.

— On y va ?

Avec son pull grège, son jean et ses bottines souples, un large fourre-tout à la main, Jessica retrouvait un peu d'allure. A nouveau il lui a suggéré d'aller à l'hôpital, de recevoir des soins, faire constater les blessures. Il fallait aussi porter plainte au commissariat.

— Non pas maintenant. Je ne veux pas qu'on me touche, pas répondre aux questions. Je ferai tout ça plus tard.

En route, Junior s'est arrêté à la pharmacie de garde. Il est ressorti avec un pochon empli de coton, de compresses, du désinfectant, pommades, analgésiques et calmants…

Arrivé devant chez Berthier, Junior tourne autour du pâté de maisons à petite vitesse. Elle lui a parlé de deux hommes en Alfa Romeo. Il ne repère aucun véhicule suspect.

Il se gare à quelques rues de l'immeuble.

— Restez ici. Je vais voir si la voie est libre.

— Ne me laissez pas seule…

Il la rassure d'un sourire.

— Je reviens tout de suite.

Jean-Claude s'approche de la résidence avec prudence. Rien d'anormal, apparemment. Aucune voiture sur le parking, personne dans le hall. Il délaisse l'ascenseur, monte les escaliers dans l'obscurité. Arrivé sur le palier du dixième, il guette la présence d'un nuisible. Silence total. Il pousse la porte palière avec précaution. Le couloir est vide, l'étage silencieux. La porte de Philippe Berthier n'a pas été fracturée, il est vrai qu'elle est blindée. Une fois dans l'appartement, Junior baisse les volets électriques, ferme les doubles rideaux, enfin il éclaire. Il se sent un peu ridicule mais tant pis. Il sort le Beretta, l'arme.

Le flingue en poche, il redescend chercher la môme autrefois tonique.

*

Péribès verse le jus dans les Duralex.

— C'est calme, remarque Zamanski.

— Ce n'est pas toujours comme ça, vous êtes bien placé pour le savoir.

Le flic sort la liste établie par Jacqueline Bissel.

— Qu'est-ce que c'est ?

— Ce sont les villes de la côte que Mertens a visitées avant de mourir. Il cherchait des villas à louer. Vous êtes de la région, Péribès, vous la connaissez, vous sentez ce qui s'y passe. Cette liste de plages à bronzer ne vous évoque rien ? Vous n'avez pas une idée ? Rien qu'une petite idée, une intuition, une toute petite lueur qui éclairerait non pas ma nuit, je ne suis pas dans la nuit, mais le brouillard, le confus, l'indistinct. Faites un effort, dites-moi un truc, une remarque apparemment anodine mais qui soudain me ferait crier "Eurêka" !

Le chef de centre sourit.

— C'est le comble ! Les flics demandent conseil aux sapeurs-pompiers ! Je vous jure, je ne regrette pas de vieillir ! Voyons votre papier.

Il va devant la carte murale de la région, il pointe les différentes villes à l'aide de punaises colorées.

— Voilà ce que donnent les déplacements de votre bonhomme.

— Les lieux sont regroupés en quatre zones géographiques.

— Exact. Réparties entre les Landes et la Vendée.

Péribès observe la carte avec attention, Zamanski patiente.

Péribès réfléchit à voix haute.

— … Du surf ? Non… Des stations balnéaires… Le seul truc que je vois, c'est que notre bonhomme s'est chaque fois arrêté à proximité d'un port de plaisance.

*

Jessica s'est enfermée dans la salle de bains avec le sac de médicaments. Elle se fait couler un bain. Junior cherche la chaudière, pousse le chauffage à fond.

Longtemps après, elle ressort en T-shirt et en slip. Elle tient des compresses et le flacon de Dakin.

— Tu peux m'aider ?

Elle relève son T-shirt. Son dos est zébré de marques qui virent à l'indigo.

— Avec quoi ils ont fait ça ?

— Une ceinture.

Junior prend la compresse, l'imbibe de liqueur de Dakin. Il tamponne doucement les ecchymoses. Jessica frémit.

— J'appuie le moins possible, s'excuse-t-il… Vous les connaissiez ?

— Non… Jamais vu. Deux mecs, l'un dans la trentaine, l'autre un peu plus jeune. Ils cherchaient Philippe. Une histoire de valise et de fric. Je n'y comprenais rien… Je le leur ai dit… Je le leur ai même crié. Mais ils s'en foutaient. Tabasser une femme, c'est tellement excitant. Ils ne s'en sont pas privés.

— Je vais mettre de la pommade pour aider la cicatrisation. Je ne peux rien faire de plus. Vous devriez aller à l'hôpital… J'imagine que… Enfin… Vous savez, le sida…

— Tu te trompes. Ces salauds prennent leurs précautions. Ils tiennent à leur santé, ces ordures ! Ils ont même emporté les capotes. Sans doute un souvenir…

Elle pleure.

Junior la prend dans ses bras. Elle ne réagit pas.

— Ils craignaient peut-être les analyses d'ADN, dit-il. Moi aussi je cherche Philippe. Celui que vous appelez Berthier s'appelle en réalité Bertin. C'est un flic en retraite, marié avec ma mère depuis près de quarante ans. Il a disparu sans laisser de traces depuis plus de deux semaines. Enfin, c'est comme ça qu'on dit. Pas de nouvelles de lui, rien.

Alors je le cherche, je suis allé au bureau de son agence, vous ne le savez peut-être pas mais mon père est détective privé…

14

Zamanski a téléphoné chez Jacqueline. Elle était déjà partie. Il a laissé un message sur le répondeur. Il remerciait pour la soirée, s'excusait d'être parti sans rien dire, il n'avait pas voulu l'importuner avec son insomnie, il rappellerait dans la journée.

En route pour le commissariat, le flic décide de passer par le port. Il prend l'avenue Duguay-Trouin, longe le quai du 3e RIMA, s'engage sur le quai Eric-Tabarly.

Peu d'animation hormis les canards qui naviguent sur les eaux irisées de la marée montante. Les haubans claquent sous la brise de noroît.

La capitainerie du port se trouve à l'extrémité de la jetée nord. C'est un bâtiment moderne monté sur pilotis et ceinturé d'un balcon… Zamanski laisse sa Mercedes sur le parking, passe quelques minutes à lire les avis scotchés sur les vitres : déplacements de balises, modification des chenaux, fermeture de ports pour travaux en tout genre. Il y a aussi les relevés météo et leurs cartes hérissées de flèches anticycloniques ou dépressionnaires : avis de grand frais, mer forte à très forte sur Fisher et Dogger.

La jeune fille qui l'accueille est de celles qui décrochent un emploi grâce aux relations parentales. Zamanski sort sa carte.

— Je voudrais consulter le registre du port de plaisance.

— Certainement. Quelle année, commandant ?

— Celle en cours, les pages concernant le mois écoulé…

Elle pose un épais registre relié sur le comptoir.

— Voilà, dit-elle avec un sourire plaisant.

Zamanski le parcourt d'un index attentif.

— Tous les bateaux qui entrent au port pour y séjourner sont obligés de venir s'inscrire ?

— C'est ça. En fait, un port de plaisance, c'est un peu comme un terrain de camping vous voyez ? On arrive pour passer une ou plusieurs nuits, on s'inscrit, on paie son anneau comme un emplacement sur un terrain de camping et on peut jouir des commodités : bornes d'électricité et d'eau potable, laverie automatique, douches et sanitaires.

— Et en cette saison ? Beaucoup de touristes ?

— Vous voulez dire des plaisanciers ?

— Oui, des plaisanciers.

— Disons que ça commence un peu. Nous sommes fin mars… Nous avons quelques plaisanciers, des retraités surtout, vous voyez, des passionnés qui profitent des premiers beaux jours pour sortir le long des côtes…

Dans la semaine du 8 mars, jour de l'incendie de l'hôtel-restaurant, huit bateaux sont entrés au port pour y séjourner. Il n'y en a eu aucun le 6, mais deux le 7 et trois le 8 : l'*Andréa*, le *Salomé*, et le *Sealion*.

— Vous connaissez ces navires et leurs capitaines ?

— Le problème, c'est que je ne suis employée à la capitainerie que depuis trois mois. Je ne connais ni les navires ni leurs skippers. En revanche…

Zamanski adore le "en revanche".

— … Je connais bien l'*Andréa*. En fait, tout le monde à Blainville connaît l'*Andréa*. C'est la goélette du maire.

— Ah oui, l'énorme voilier amarré en face ?

— Il est beau, n'est-ce pas ? La légende veut qu'il ait appartenu à la famille Kennedy.

Photo noir et blanc. J. F. K. à la barre, torse nu, Ray Ban Wayfarer sur le nez, la classe !

— Vous pourriez me photocopier ces pages ? demande Zamanski.

— Tout à fait.

Quelques minutes plus tard, le flic ressort avec une liasse de feuilles en poche. Le clair et frais soleil printanier lui donne des envies de promenades. L'appel de la route, la fièvre de l'enquête. Il se dirige vers la cabine téléphonique, ce vestige d'une époque révolue où les bipèdes n'étaient pas enchaînés à leur portable. Il appelle le commissariat, obtient Laurence, lui explique qu'une vieille douleur dorsale s'est réveillée et qu'elle l'immobilise. En général, ça dure deux jours. Peut-elle informer Ronron de son absence ?

Le lieutenant Fuzier compatit et s'inquiète. Ce n'est pas trop grave, pas trop douloureux ? Il n'a besoin de rien, quelques courses, des médicaments, le nom d'un bon toubib ?

— Tu es gentille, Laurence, mais je suis un grand garçon. Avec le temps j'ai appris à me débrouiller seul. Mais en cas de besoin, ne t'inquiète pas, je suivrai le conseil du grand Bogart : *"Pull your lips together and whistle."*

Silence au bout de la ligne. Il imagine le regard fixe du lieutenant Fuzier, puis le battement de cils, le visage qui retrouve son animation. "Eh bien, à plus, Richard."

Il fait décidément de plus en plus beau. Par où commencer ? Biarritz ou Nantes ?

Ayant consulté les prévisions météo, Zamanski choisit la côte landaise. Aucune perturbation en vue sur Sud-Gascogne. Ça tombe bien. Il n'a pas envie d'être perturbé.

*

A quelques centaines de mètres de là, Junior profite lui aussi de cette matinée clémente. Installé dans un fauteuil du *Portic*, un grand café qui étend sa terrasse en front de mer, il vient de se commander un petit-déjeuner costaud. Il est seul. Jessica Dunan est restée à l'appartement. Lorsqu'il est sorti, elle dormait, ou faisait semblant. Il l'a laissée.

Il a faim, une faim dévorante. Il lui faut reprendre des forces après la nuit qu'il vient de passer. Quelle nuit !

Après avoir soigné la fille, il a confectionné un dîner de fortune avec une boîte de soupe sept légumes, une bouteille de côtes-du-rhône et un paquet de spaghettis trouvés dans les placards de la cuisine.

Dehors, la nuit était pleine de menaces mais dans l'appartement il faisait chaud, on se sentait en sécurité.

Les médicaments faisaient leur effet. Jessica Dunan avait moins mal, elle se détendait un peu. Le vin aidant, elle s'est mise à parler d'elle, elle a raconté son histoire.

Fille de bonne bourgeoisie, gamine sportive et bonne élève, elle a passé son enfance dans la région de Lens. Tout se serait bien passé n'eût été la présence un peu envahissante d'un oncle maternel. Il avait le fric, ses parents fermaient les yeux. A quinze ans, elle s'est tirée de chez elle, laissant à ses vieux le marché en main. Ils lui fichaient la paix et ne prévenaient pas les flics et elle, de son côté, taisait l'affection débordante de tonton Martial.

Elle a survécu grâce à des boulots saisonniers d'animation. L'été à la plage, l'hiver sur les pistes. Grâce aux rencontres, aussi. Elle devait à son oncle une pratique désillusionnée de l'amour. Elle n'avait pas de scrupules, Jessica, elle n'en avait plus. Elle se définit comme une *survivor*. Oui, c'est ça, une *survivor* aux jambes fuselées, fesses musclées, seins fermes. Dans son enfance, elle a appris à parler aux membres des classes sup. Elle connaît les codes, sait se faire apprécier. Elle sait aussi repérer les opportunités financières.

— Et comment c'est avec mon père ?

Elle l'a regardé, provocante.

— Qu'est-ce que tu veux savoir, exactement ?

Il a rougi.

— Non pas ça… Je voulais dire qu'est-ce que vous faites quand vous êtes ensemble, à quoi vous passez le temps ?

— En général, on se voit une fois par semaine, ou tous les quinze jours, ça dépend. Il reste à Blainville un ou deux jours, parfois trois. On sort ensemble, on va au restaurant, on fait du sport. Il est très sportif ton père, golf, course à pied, tennis… Tu vois, rien de très extraordinaire. J'imagine qu'il n'est pas très différent avec ta mère…

A un moment, elle s'est levée pour aller chercher son paquet de cigarettes. Le regard de Junior s'est posé sur l'ourlet du T-shirt, là, juste au ras des fesses. L'endroit donnait des idées. Il comprenait son père.

— Et comment il était ces dernières semaines ? Inquiet ?

Elle a allumé sa Marlboro light, le temps de réfléchir.

— Je ne sais pas, moi. Ton père n'est pas le genre de mec à te bassiner avec ses ennuis. Depuis quelque temps, il parle de plus en plus de partir, il a envie de voyager.

— Où ça ?

— Pas de destination précise. Partir pour partir. Léger. Juste une brosse à dents et du fric. Faire le tour du monde, devenir migrateur.

— Vous savez qu'il est malade ?

— Malade, Philippe ? Non… Qu'est-ce qu'il a ?

— Un cancer. C'est son médecin de La Rochelle qui me l'a appris. Il a subi des examens, prises de sang, scanner, IRM. Les médecins lui ont donné deux ans à vivre.

Il l'observait, curieux de voir comment elle prenait cette information.

Elle s'est contentée de hausser les épaules.

— C'est con pour lui.

La garce !

Et puis l'heure de dormir est venue. Il lui a laissé la chambre et s'est fabriqué un bivouac dans le salon.

Il a cherché longtemps le sommeil. Il ne trouvait que des pensées énervées, une agitation intérieure qui ne semblait pas devoir s'apaiser. A un moment, il s'est levé. Il a tourné dans le living, s'est versé un verre de whisky. La nuit était noire et silencieuse, une nuit d'assiégés. La porte de la chambre était entrebâillée. Il l'a poussée. A cet instant, il voulait juste voir si elle dormait. Juré ! Il voulait seulement vérifier qu'elle n'avait besoin de rien.

Dans la pénombre, il l'a aperçue étendue, immobile, assommée par les calmants. Le hasard d'un mouvement avait découvert son dos. Mauvais hasard. Il a vu les marques sur la peau. La petite avait reçu le fouet et ça le faisait bander.

Alors il n'a pas très bien compris ce qui lui arrivait, ce qu'il lui prenait ou plutôt si. Il comprenait très bien. Mais l'étonnant c'est qu'il se laissait faire, se laissait aller. Il est entré dans la chambre. Il s'est glissé dans le lit, tout contre elle. D'abord elle n'a pas réagi. Il l'a retournée, comme une chose qu'il voulait inerte. Il s'est introduit entre ses jambes, sa main guidait son sexe à la recherche de la faille. Il avait l'exacte conscience de ce qu'il était en train de faire, en train de commettre. Une clairvoyance méchante et destructrice qui ne l'étonnait plus. C'est alors qu'elle est sortie de son sommeil médicamenteux. Elle a réagi, elle a voulu se dégager, le chasser, l'effacer comme un cauchemar récurrent. C'était trop tard. Pour elle et pour lui. Là où il en était, elle ne pouvait s'en dépêtrer. Lui, il s'est dit qu'il devait aller au bout de son acte. C'était la seule façon de se retrouver, de percevoir une lueur de vérité. Elle se débattait en des gestes pesants, elle a voulu crier. Il l'a bâillonnée de sa main, il l'a pénétrée. Elle avait le con étroit, sec, irritant.

Il l'a baisée à grands coups de reins comme pour la fendre, la briser. Comme si, dans ce corps éclaté, il devait retrouver son père débarrassé de cette gangue qui l'emprisonnait en le dissimulant à la vue du monde.

Il a joui. Un plaisir ignoble. Puis il a roulé hors d'elle, rejeté et maudit. A son côté, loin, très loin de lui, en silence, elle pleurait.

Junior a fini son croissant, il tartine sa demi-baguette industrielle mais fraîche. Il a honte, il est bien. Il commande un cognac. Le jeune serveur ne bronche pas.

Souvenirs de lettres classiques. Œdipe l'aveuglé, Phèdre la solaire. Ces grandes histoires qui exorcisent les désirs et les angoisses. Mise sur scène des tabous transgressés, des autels renversés et des interdits franchis. Spectacles monstrueux destinés à conforter l'être dans son humanité. Sauf que ce n'est plus une fiction, c'est sa réalité. Et le monstre, c'est lui.

Il est fort Junior, très fort. Il s'envoie son cognac sans même s'en apercevoir. Cette force, il le pressent, risque de le tuer mais il s'en fout.

Il paie l'addition, s'extirpe de son fauteuil. Sur le chemin du retour, il pense deux fois à sa victime. Passant devant une boulangerie, il lui achète du pain, des croissants. Chez un opticien il prend des lunettes aux montures assez larges pour dissimuler les marques de coups sur le visage.

Tout à son euphorie, il ne fait pas attention à l'Alfa Romeo stationnée dans l'ombre d'une allée, juste en face de l'immeuble. Mais les deux types qui patientent dans la berline ne le ratent pas. Ils se disent qu'il ressemble beaucoup au connard qu'on leur a demandé de retrouver. Plus qu'un air de ressemblance, une copie conforme si ce n'était l'âge. Ils recherchent un vieux et c'est un mec encore jeune qu'ils voient entrer dans l'immeuble. Cette apparition suscite disputes et réflexions.

En résumé, Goran reproche à son partenaire d'avoir voulu sortir en boîte au lieu de planquer au domicile du vieux.

Pour toute réponse, Kevin invite son pote à pratiquer l'inceste. C'était inutile de faire les cons enfermés toute la nuit dans une bagnole face à un immeuble vide !

— Pas si vide ! répond Goran. La preuve : cet enculé avec ses croissants !

Echanges virils mais sincères. Que rompt Kevin.

— Ça va ! Pas la peine de se prendre la tête. Qu'est-ce qu'on fait, maintenant ?

Aller au contact ? De toute évidence ce mec n'est pas leur type. L'intercepter dès maintenant, c'est risquer d'être repéré et de faire fuir l'autre, le bon, cet enculé de Berthier. Finalement, ils décident d'attendre et de voir venir, sûrs qu'ils sont de toucher au but.

Jessica est assise dans la cuisine en train de boire un café. Son visage a pris des couleurs : du bleu sur une pommette, du jaune violacé autour de l'œil droit, la commissure des lèvres est enflée. Elle se tait.

Junior pose ses achats sur la table, s'assoit. Son euphorie l'a quitté. Dépression fulgurante. Une migraine s'annonce, atroce.

Elle boit sans un mot sans un regard. Pour elle, il n'existe pas.

Il attend, s'impatiente, renifle, toussote.

— Tu veux un croissant ? Je t'ai apporté aussi des lunettes noires.

Aucune réaction. Il bougonne :

— Je m'excuse pour cette nuit.

Alors, c'est comme s'il venait de la marquer au fer rouge.

Elle s'est dressée, elle crie :

— Tu t'excuses ? Tu me dis que tu t'excuses ! Mais de quoi ? De m'avoir baisée ? C'est ça ? Il n'y a pas de quoi. Une fille c'est fait pour ça, non ? Se faire troncher, baiser, enculer. C'est bon qu'à ça une fille, pas vrai ?... Alors ? Quel effet ça t'a fait de baiser la gonzesse de ton père ?

Il la regarde, menaçant.

— Ne redis jamais ça ou je te...

— Ou tu me quoi ? Pauvre type ! Tu me retournes une baffe, tu me violes, tu me brûles avec une cigarette ? Pas la peine, tes copains l'ont déjà fait.

Plutôt que répondre, Junior se lève, revient avec les dossiers qu'il jette sur la table.

— Et ça, c'est quoi ? Les preuves de ta candeur, celles de ta vie exemplaire au service du bien-être de tes contemporains ?

Elle ne prend pas la peine de regarder. De toute évidence, elle sait de quoi il s'agit et elle n'en a rien à foutre.

— Ça, c'est notre business à ton vieux et moi. Qu'est-ce que t'en penses ? Ça te surprend de savoir que ton père, le mari de ta mère, est un maître chanteur ? Tu as regardé les documents j'espère ? Ils sont édifiants, pas vrai ? Tu as vu comment sont nos contemporains. Surtout lorsqu'ils ont un peu de fric. Ce n'est pas qu'ils soient plus corrompus que les pauvres mais, eux, ils ont les moyens de réaliser leurs fantasmes alors que les prolos, à part Canal+… Regarde bien, des partouses, des enculades avec des mineurs, la drogue, les compromissions, les mélanges d'intérêts, le mensonge, la corruption. C'est beau, ça sent bon la honte. La honte, tu connais, avec ta gueule de migraineux, tu as l'air doué pour ça… "Je m'excuse pour cette nuit…" tu vois, ce qu'il y a de pratique avec ton père c'est que lui au moins il n'a pas honte.

— C'est tout ce que tu lui trouves de bien ? Son absence de scrupules ?

— Au moins, il n'emmerde pas ses semblables avec sa mauvaise conscience. C'est déjà ça. Et puis, il y a un autre truc aussi. Lui, tu vois, il ne m'a jamais fait de mal.

— Et le chantage organisé ? C'est dégueulasse !

— C'est même pas de lui ! Ça t'étonne, hein ? C'est moi qui ai eu l'idée. Je connaissais du monde dans la région, j'étais pas mal branché sur les plans cul, les soirées fétichistes, tout ça. Alors j'ai décidé d'en profiter et de faire cracher ces gros salauds. Quand j'ai rencontré Philippe, j'ai très vite compris qu'il pouvait m'aider. Je lui ai raconté tout ce que je savais, je lui ai dit qu'on pourrait en retirer de la tune. Il ne me croyait pas. Il s'est décidé. Il a commencé en faisant des filatures, en prenant des photos… Un type de sa carrure, c'était plus crédible pour faire cracher les gros pleins de fric qu'une fille comme moi. Moi, je fournissais les tuyaux, lui il les regroupait, il les traitait et il encaissait.

Junior n'est pas consolé, loin de là. Que Jessica soit l'instigatrice de cette pédagogie de l'art lyrique l'énerve, son père le déçoit. A lui seul incombait l'initiative des vilenies.

— Pour quelles raisons il a accepté de te suivre dans cette combine ?

— Pour la tune, si tu veux savoir. Il avait besoin de tune, ton vieux…

— Mais pourquoi ?

Elle le regarde. Le regard vrillant de celle qui sait qu'elle va faire mal.

— A ton avis ?

La garce ! Jean-Claude est épuisé. Cette fille crie et tape plus fort. Il capitule, il ne parviendra pas à lui tenir tête. La migraine lui vrille les tempes, il a envie de se vider, il se ressert un café.

— Qu'est-ce que tu comptes faire ? bougonne-t-il.

— Me tirer… Oublier toute cette merde. Je récupère ma bagnole et puis je file à Saint-Georges, me mettre au vert. C'est à une dizaine de kilomètres. J'ai un copain, là-bas, il s'occupe de l'école de voile.

Junior ne lui dit pas qu'il sait.

— Je peux t'emmener, si tu veux.

— Ouais… Jusque chez moi, à Val-sur-Mer.

*

Aux environs de midi, Zamanski arrive à Besgnos, une station balnéaire des Landes que Mertens a prospectée en octobre. C'est une agglomération de pavillons Bouygues plantés parmi les pins. Les vitrines du centre commercial sont passées au blanc d'Espagne.

L'unique avenue débouche sur le "port de plaisance", un seul quai et des blocs de béton en guise de jetée. Quelques bateaux sont au mouillage, le bureau du port est un simple Algeco autour duquel les dériveurs d'une école de voile attendent les beaux jours. Sur la porte vitrée une feuille dactylographiée informe le flic qu'il est inutile d'espérer quoi que ce soit avant 14 heures. De l'autre côté de la rue, une brasserie a l'amabilité de n'être pas fermée. Ça tombe bien, Zamanski a faim.

A l'intérieur, c'est neuf, carrelé, plastifié, vide. Çà et là, sur les murs, des phylactères de couleurs agressives vantent "Notre super-pizza italiana. Uno régalo !", la "Crêpe super-géante ! Plus bretonne qu'en Bretagne !", "Le méga-géant plateau de fruits de mer", ou "Le croque-monsieur de la patronne". L'esprit bourrin envahit la galaxie, soupire Zamanski.

Il y a une femme, un mec et leur fille qui s'occupent de leurs affaires. La dame, pas très avenante, lui dit "C'est pour quoi ?".

Il demande s'il est possible de déjeuner, d'avoir un plateau de fruits de mer, par exemple.

Concertation entre la grosse et son marlou.

— Oui, on peut vous servir.

Alka selzer est ! se dit le flic qui redoute que les huîtres, le crabe et les bouquets ne datent du mois d'août, plus précisément de la dernière soirée karaoké à moins que ce ne soit l'élection de miss T-shirt mouillé, le clou de la saison, le téton sur le mamelon juste avant que Jennifer et Stéphane attellent la caravane et en voiture ! Les vacances sont finies direction Saint-Denis-Basilique ! C'était il y a déjà sept mois.

Richard, tu n'aimes pas le peuple, se reproche Zamanski en avalant, prêt au pire, un gorgeon d'entre-deux-mers qui se révèle… frais et fruité même s'il est un peu vert mais c'est normal pour de l'entre-deux-mers. Cette heureuse surprise mérite un second verre, à la santé des prolétaires.

Les huîtres sont extra, le crabe goûteux, la mayonnaise maison, bulots, palourdes et praires à l'avenant.

A la fille qui lui demande si tout va bien il répond que c'est parfait. Pas grand monde, dit-il, histoire d'engager un brin de causette.

— Ce n'est pas comme en été. En août, on ne désemplit pas !

— Et le port ? Il fonctionne toute l'année ?

— Vous parlez ! C'est une connerie. Quand les promoteurs ont décidé de créer la station, ils ont voulu creuser un port de plaisance. Des campings et des bungalows en bord de plage, ce n'était pas suffisant. Ils ont fait ce truc qui sert surtout aux vacanciers pour arrimer leurs bateaux pour la pêche, vous voyez ?

Zamanski voit très bien et il commande une tarte maison avec son café. La tarte aux pommes est un peu rassise mais la perfection n'est pas de ce monde.

Le préposé au bureau du port est un tout jeune homme. Zamanski le trouve assis sur les marches de la baraque en train de bricoler les haubans d'un catamaran. Le flic présente sa carte, l'autre la regarde comme s'il s'agissait de la carte d'identité d'un extraterrestre.

— C'est bien vous, sur la photo, fait-il d'un air idiot. Qu'est-ce que vous voulez, m'sieu l'inspecteur ?

— Consulter les registres du port, les pages du mois d'octobre en particulier.

Le garçon soupire, laisse choir ses outils.

— Ouais… Si vous voulez.

Malgré le foutoir, le gamin trouve un cahier à spirale tout corné qu'il tend à Zamanski. Début octobre, il n'y a eu que deux bateaux venus s'amarrer à Besgnos : le *Nausicaa* le 4, et le *Sealion* le 9.

— Vous étiez là quand le *Sealion* est arrivé ?

— Oui. Je me souviens. C'est un beau ketch ancien.

— Et son équipage ?

— Deux mecs, une femme, dans les quarante ans. Des Anglais je crois. Plutôt sympas, du genre vieux babas cool.

— Ils sont restés combien de temps ?

— Vous le voyez sur le cahier, deux nuits. La femme avait besoin de voir un toubib. Je me souviens qu'elle a appelé un taxi pour aller à Saint-Romain. Elle est revenue à la fin de l'après-midi. Le lendemain, ils reprenaient la mer.

— Vous vous souvenez du taxi qui l'a emmenée ?

— Ça, je n'ai pas de mal. A Besgnos, il n'y en a qu'un. Celui du fils Papin.

— Où est-ce que je peux le trouver ?

— Derrière le volant de sa Renault Espace.

Zamanski n'a pas envie de rire, même pas de sourire.

— Je plaisantais. A cette heure-ci, vous avez des chances de le trouver à Saint-Romain.

Effectivement, Zamanski trouve Daniel Papin à proximité d'une borne d'appel, sur le parking de la mairie de Saint-Romain.

C'est un homme grand, soigné de sa personne, dans la banlieue de la quarantaine. Il y a sans doute du chauffeur de maître frustré en lui, des rêves inassouvis de portière de limousine que l'on ouvre sur les jambes soyeuses de Madame… Soigné de sa personne, Daniel Papin, et le verbe un rien précieux.

— Certes, commandant, je crois bien me souvenir de cette cliente. Elle parlait notre langue avec un assez fort accent anglais, je dois dire.

— Et vous l'avez déposée où ?

— Ici même. Elle voulait consulter un médecin, c'est à peu près tout ce qu'elle m'a dit durant la course, hormis les banalités habituelles sur la région et le climat.

— Elle vous a dit quel médecin ?

— Non… Mais il y a un centre médical, un peu plus loin, rue Mouchotte. J'imagine que c'est là qu'elle s'est rendue. Elle n'avait pas l'air malade du tout, vous savez. A mon avis, elle avait besoin de renouveler une ordonnance.

Zamanski ne se sent pas d'affronter le secret médical sans commission rogatoire.

— C'est vous qui l'avez reconduite à Besgnos ?

— Non. Je suis sûr que non.

— Un confrère, alors ?

Le chauffeur montre qu'il prend la peine de réfléchir.

— C'est toujours possible mais c'est peu probable. Dans la mesure où j'habite moi-même Besgnos, à tous les coups, c'est moi qui aurais pris la course. Non, je suis quasiment sûr qu'elle n'est pas rentrée en taxi.

— Il y a un service de car ?

— Pas en cette saison.

Zamanski réfléchit.

— Une dernière question : il y a un hôtel confortable à Saint-Romain, un établissement où un homme d'affaires, un agent immobilier pourrait passer la nuit ?

— Il y en a plusieurs mais qui soit ouvert toute l'année, c'est déjà plus rare… vous devriez essayer

Le Faisan Doré. C'est un hôtel correct et une très bonne table. Vous n'aurez qu'à dire que vous venez de ma part !

Le Faisan Doré est une ancienne demeure bourgeoise construite à la fin du XIXe siècle sur les boulevards remplaçant les remparts démolis. Une véranda sert de salle de restaurant. Derrière la grille du parc on aperçoit une piscine, pour le moment asséchée, que longe un bâtiment récent de deux étages. La réception de l'hôtel est un salon à l'ambiance cosy : comptoir avec présentation florale, profonds fauteuils, table basse avec dépliants touristiques, lumières tamisées.

— Vous désirez ? lui demande une femme permanentée, vêtue d'un tailleur à la Chanel qui la boudine un peu.

— Je voudrais parler au responsable de l'établissement.

Son interlocutrice fronce les sourcils.

— C'est moi, je suis la propriétaire. C'est à quel sujet ?

— Police, répond Zamanski en sortant sa carte.

Plus de vingt ans qu'il prononce ce mot en faisant ce geste et il ne s'en lasse pas. Il est flic, Zamanski, passionnément flic. Cette évidence le remplit de bonheur. A ce moment précis, il est en train de faire ce qu'il a toujours aimé faire : enquêter, dérouler le fil de l'intrigue et le suivre d'un endroit à l'autre, témoin après témoin. Pensée de gratitude pour Lolo. Elle a eu raison de le provoquer.

— Je peux consulter le registre de l'établissement ?

La femme est de plus en plus inquiète.

— Si vous voulez…

Elle sort un agenda de dessous le comptoir, le tend au flic qui l'ouvre aux pages du mois d'octobre.

Touristes tardifs, voyageurs de commerce, entrepreneurs de province, séminaires pour moyennes entreprises locales. Le flic retrouve Mertens, promoteur immobilier, à la page des mercredi 8 et jeudi 9. Il occupait la chambre 107.

— Vous vous souvenez de ce client ?

Elle le regarde avec inquiétude.

— Vous avez une photo ?

Il regrette.

— Vous savez, monsieur, nous recevons beaucoup de monde… Qu'est-ce qu'il a fait ?

— Je ne peux pas vous le dire. Secret de l'instruction !

Impressionnée, la dame se soumet. Il poursuit :

— Je voudrais interroger les employés. Peut-être que l'un d'eux se souvient de lui.

— Je vais demander à Yveline, la jeune fille qui s'occupe de l'étage et puis Mehdi, le garçon de salle.

Zamanski apprécie.

— Est-ce que vous pourriez consulter votre comptabilité ? Je voudrais savoir ce que Mertens a consommé et surtout comment il a réglé sa note.

La patronne grimace un peu.

Yveline est une jeune fille très fine de corps et de visage. Une petite souris des champs au sourire tout aussi lumineux que sa chevelure frisée. Elle est pleine du désir de bien faire. Hélas ! Elle ne se souvient de rien.

C'est à quelque chose près ce qu'explique le serveur, un garçon à peine plus âgé que la fille de chambre et, comme elle, tout frais produit par le lycée hôtelier.

— Vous savez, il y a toujours du monde, ici. Alors, à part les habitués, ou ceux qui se font remarquer… Non, je ne vois pas.

C'était couru d'avance et Zamanski n'est pas déçu. Il retourne à la réception où la patronne parcourt des liasses de factures.

— J'ai peut-être quelque chose pour vous, inspecteur, dit-elle avec le sourire de l'effort récompensé. Les 8 et 9 octobre, il n'y a eu qu'une seule note payée en argent liquide. 183 euros. C'est la note du client de la chambre 107, justement, celle de votre Mertens.

— En argent liquide ? Intéressant, mais ça ne m'aide pas.

— Justement. Je vois sur sa facture qu'il a déjeuné chez nous, le midi du 9. Et il n'était pas seul parce qu'il y a eu deux couverts. A la table 14, près de la fenêtre, sur la piscine.

Zamanski retourne auprès du jeune Mehdi qui dresse les tables pour le dîner.

— Je reviens agiter votre mémoire. Mon bonhomme a déjeuné le 9 octobre en compagnie d'une autre personne. Ils étaient donc deux, à la table 14, celle près de la fenêtre. Vous ne voyez vraiment pas ? Pas le moindre souvenir ?

Le garçon remue la tête.

— Si ! Vous voyez, insiste Zamanski. Le 9 octobre, c'était un jeudi.

— C'est exact, commissaire... Et le lundi 13, je suis parti en congé pour une semaine, une semaine en Tunisie, c'était super ! C'est un peu chez moi, là-bas. Ma mère est tunisienne. Vous connaissez la Tunisie ? C'est très beau comme pays...

— Sans doute. Surtout pendant les vacances. Mais, là, je m'en fiche un peu. Alors quatre jours avant votre départ, pendant le déjeuner, là, à cette table.

— Le jeudi... Mais j'y pense, c'est le jour où... Oui, je me souviens...

— De quoi ?

Pour un peu, Zamanski l'empoignerait pour le secouer et lui remuer les méninges.

— J'ai trébuché en cuisine, et j'ai fait tomber une pile d'assiettes. C'est le cauchemar du serveur ! Se casser la figure avec un plat... Heureusement, elles étaient vides.

— Heureusement. Et alors, qu'est-ce qui s'est passé ?

— Dans ce cas-là, il y a toujours un malin pour crier "Faites chauffer la colle". J'étais énervé, plutôt vexé, vous comprenez.

— Et à la table 14 ?

Il ferme les yeux. Un bon petit gars, ce Mehdi. Et qui fait ce qu'il peut. Il a dû sortir premier de sa promotion.

— J'essaie de revoir la salle, ce jour-là, après mon faux pas. A la 14, ils étaient deux effectivement, un homme et une femme. Lui, un grand type costaud, elle, plus jeune que lui, mais pas très jeune non, dans les quarante ans, un jean, un pull. Je crois me souvenir qu'entre eux ils ne parlaient pas français.

— Comment ils étaient ensemble ? Très proches, familiers, distants ? Comme mari et femme, des amants ? Relations d'affaires ?

— Je ne sais pas moi... Je ne crois pas les avoir vus s'embrasser ou se toucher la main, non... Je dirais plutôt une relation de travail... Oui, des gens qui discutent affaires.

Zamanski tout guilleret sort du *Faisan Doré*. Sur le trottoir d'en face, une cabine téléphonique lui fait de l'œil. Il entre et compose le numéro de l'agence. C'est Jacqueline Bissel qui décroche. Il lui demande ce qu'elle fait ce soir.

— J'ai prévu d'aller voir un film avec une copine.

— Tant pis, répond Zamanski dépité comme un gamin à qui la fille des voisins a dit non.

— Mais peut-être que je peux me décommander, poursuit-elle avec coquetterie.

— Je suis à Saint-Romain, vous connaissez ?

— Pas très bien.

— C'est dans les Landes. Il y a partout des publicités pour le foie gras. Je me suis dit qu'avec une bouteille de sauternes, ça serait bien pour dîner… ensemble… si vous, enfin si tu veux…

Elle veut bien. Elle s'engage même à compléter la dînette.

15

— Regarde ce mec ! Il est avec la fille d'hier.

— Putain, l'enculé !

Kevin lance le moteur de l'Alfa Romeo.

Jean-Claude et Jessica Dunan sortent de l'immeuble. Visage dissimulé par les lunettes de soleil et un foulard, elle porte un imper d'homme jeté sur les épaules. Junior tient un pochon dans lequel il a mis les dossiers de Berthier. Avant de partir, il a enfilé le holster et son Beretta. Ça peut toujours servir et il sait s'en servir. D'avoir un feu sous sa veste ne lui déplaît pas.

Junior et la fille prennent le cabriolet Audi, direction Val-sur-Mer où il laissera Jessica récupérer sa VW. Lui, il retournera à l'agence de La Rochelle. L'idée est de fouiller partout, d'étudier les dossiers pour découvrir ce que son père a fait juste après qu'il a quitté Jessica, c'était le 7 mars au matin, à Blainville.

La veille, Philippe et sa jeune maîtresse ont fait un golf. Le soir ils sont allés dîner dans un restaurant sur le bord de la Gironde, à Mortagne. Là, ils ont commandé du caviar, bu du champagne. C'était une soirée agréable même si Philippe semblait soucieux. Le lendemain, il s'est levé de très bonne heure. En partant, il lui a dit à bientôt !... Il a ajouté : "Tiens-toi prête pour une surprise." Il n'a pas voulu en dire plus.

Jessica s'est recouchée, son cours d'abdos-fessiers n'était qu'à 11 heures. Elle n'a plus revu Philippe depuis.

Peu de circulation, ce matin, dans les avenues de Blainville, tout au plus quelques camionnettes et les confortables berlines des retraités qui se dirigent vers la place du marché. Parvenu sur la rocade, Junior remarque dans le rétroviseur une Alfa 160 avec deux hommes à bord.

— Regarde derrière. Dans la bagnole noire, c'est pas eux ?

— Si.

Elle se mordille les lèvres, pioche une Marlboro dans son sac, l'allume en tremblant. Junior détache sa ceinture de sécurité, écarte le pan de sa veste. Il accélère, le turbo répond, le cabriolet s'envole, dépasse le délit de grand excès de vitesse. Derrière, la berline italienne s'accroche.

Jessica Dunan tire sur sa cigarette, Junior révise les conseils de son père. En vain. Le propre des flics c'est de poursuivre, pas d'être poursuivis. Continuer vers Val-sur-Mer ? Junior n'a pas envie d'abandonner la fille à ces deux types. Il quitte la rocade, prend la 311 en direction de Surgères.

L'Alfa suit. Commence alors une partie de saute-camions risquée. L'Audi roule dans la campagne, dépasse villages et bourgs avec toujours dans le rétroviseur la voiture noire.

La logique des événements est imperceptible à qui la subit. Tout à ses tentatives de décrochement, Junior quitte les nationales pour des départementales, délaisse les départementales pour des vicinales.

Il ignore où il est, ne sait où il va. Ce qu'il voit, c'est qu'il est DEVANT l'Alfa Romeo ! Il emmerde les constructeurs italiens.

Semer les deux mecs, se débarrasser de ces sangsues, sortir la berline noire du rétro. A ce point, Junior est prêt à tout ! Il a la trouille. Il n'imaginait pas les soucis aussi collants. Il conduit comme un dingue et il ne sait pas conduire comme un dingue. *A priori*, il ne sait rien faire comme un dingue. Dans un nuage de poussière, il roule à cent trente sur des routes à peine goudronnées. Ça cogne, ça vibre et ça vrombit. Ça soulève aussi des gerbes d'eau boueuses. L'Audi pénètre dans l'ombre d'une vaste forêt au flanc d'une colline. Il y a quelques virages plutôt secs. A la sortie de l'un d'eux, un embranchement semble offrir une solution. Junior s'y engouffre. La route descend à travers une futaie parsemée de blocs rocheux, du granit. Les branches des arbustes giflent la carrosserie, la route devient de plus en plus étroite. Ce n'est bientôt plus qu'un chemin défoncé que longe un ravin. Le cabriolet dérape, décrit de grandes embardées. Cramponné au volant, Junior essaie de rester maître de son véhicule. L'Alfa Romeo, plus rigide, suit à moindre mal.

Personne ne sait comment Junior finira sa vie. Mais il est probable que, son heure venue, il repensera une fois encore à ces quelques instants.

Dans un premier temps, les roues se sont mises à patiner, le moteur est monté à près de six mille tours dans un vacarme assourdissant. Jessica Dunan a crié, un cri de bête piégée. Les pneus fumaient, la terre giclait, le moteur hurlait. Il est repassé en première, a essayé la marche arrière, de nouveau la première. Les cris, le bruit, la fumée, la boue l'affolaient plus que la conscience précise d'un danger.

Et puis Jessica est sortie. Elle s'est éjectée de la voiture, une éruption de pur effroi. A travers le pare-brise poussiéreux, il l'a vue qui courait. Ça lui a semblé particulièrement stupide. La conne ! Il est sorti à son tour. Lui aussi s'est mis à courir en criant d'arrêter. Plutôt que de les voir, il a eu conscience que les deux types, derrière, en faisaient autant. Il y a eu un coup de feu, du moins il le croit. Alors il a sorti son Beretta, s'est retourné. Tir instinctif. Impensable comme cette expression est vraie ! Tir instinctif.

Le recul ne l'a pas surpris, il connaissait. Par contre, le bruit, ça, non, il ne savait pas. Au stand, en ces paisibles dimanches matin de l'enfance, il tirait toujours avec un casque protecteur. Là, un bruit d'enfer qui résonne dans le crâne et vous installe à perpète un réacteur dans les oreilles. L'autre étonnement, c'est le résultat. La cible qui décolle, ahurie par ce qui lui arrive, par ce qu'elle subit, cette force incroyable qui la percute, l'arrache à la pesanteur, la pénètre à travers côtes, poumon, colonne vertébrale. Cette force incroyable qui perfore, broie et tue.

Jessica poursuivait sa course. Autour de Junior assourdi, ça a sifflé, il a perçu une nouvelle détonation, la fille a trébuché. Junior a cru à un faux pas, un pied qui glisse, se prend dans une racine… C'était une balle. Junior a réalisé. Elle n'avait plus de tête, enfin plus ce qui s'appelle une tête. Il y a eu encore deux détonations qui ont résonné entre les arbres. Il a plongé, roulé-boulé dans le ravin.

Des pierres lui meurtrissaient les côtes, sa tête cognait. Le bruit, des visions : le visage de Jessica, sa chevelure, du sang, la matière cervicale et puis ce type qu'il venait de tuer et l'autre qui le poursuivait.

Il est parvenu à arrêter sa chute, il s'est mis à quatre pattes, s'est redressé. L'autre, une centaine de mètres plus haut, descendait la pente, son automatique à la main. Un grand maigre aux cheveux filasse et vêtu d'une veste de treillis. Junior l'a vu qui le visait. Il a détalé en zigzaguant vers un éboulis de rochers. Une balle est passée près, très près de son oreille droite.

L'enfance encore, son père. Parfois, le club se rendait sur un terrain de paint-ball pour jouer à la guérilla. Deux groupes, les bleus et les rouges, lâchés dans la nature, armés de jouets tirant des projectiles de peinture vive.

Les ados n'aiment pas courir, c'est bien connu. Junior préférait se planquer et attendre qu'un de ces Rambo du dimanche vienne se poser sur sa ligne de mire.

Il contourne un rocher, s'adosse à la paroi, attend. L'autre va venir. Il ne peut faire autrement que venir. Il l'entend qui court et bondit sur le tapis craquant de feuilles mortes, l'entend qui se rapproche. Il est calme, Junior. Et ce calme ne l'étonne même pas.

Putain ! Ils ont merdé. Ils ont merdé, grave. Il ne comprend pas, Kevin. Un job peinard en apparence, retrouver un mec qui s'est tiré avec une valise bourrée de fric, le chercher dans ce bled de bord de mer, secouer sa gonzesse s'il le faut. Et puis arrive ce type. Inoffensif en apparence. Ils le suivent et puis voilà que cet enculé sort un gun et se met à tirer et c'est Goran qui morfle et puis la fille et c'est un jeu de massacre ! Et les jeux de massacre, il ne connaît pas bien, Kevin. D'habitude il n'a affaire qu'à des clients désarmés qui se font dessus à la vue de son flingue, à la vue de leur mort. Mais là…

Junior. Immobile, silencieux, respiration maîtrisée, canon posé sur la saignée du bras, le chien, le pontet, la poitrine… FEU !

La balle de 9 mm pèse environ sept grammes. Sept grammes balancés à plus de trois cent cinquante mètres par seconde, c'est largement suffisant pour faire décoller un mec… et pour le tuer.

16

Début d'après-midi sur le parking d'un centre commercial régional. Les cubes des bâtiments se découpent sur un ciel lumineux et vide. Des voitures sont garées çà et là. Des consommateurs, des femmes pour la plupart, poussent leur caddie sans hâte. C'est irréel à force d'être paisible. Junior arrête le moteur, ferme les yeux. Ça siffle dans son crâne, une indicible fatigue le parcourt de la pointe des cheveux à celle des pieds. Il est sale, il se sent immonde.

Sortir l'Audi du chemin n'a pas été facile. Jean-Claude Bertin a d'abord dû dégager l'Alfa Romeo. Heureusement, dans leur précipitation, les occupants avaient laissé la clé sur le contact. Il n'aurait pas été capable de fouiller les poches des deux cadavres.

L'habitacle de la berline sentait le tabac, une odeur forte de mecs. Sur la banquette arrière, il y avait une veste. Junior a pensé regarder dans les poches s'il y avait un portefeuille, des papiers d'identité. Il n'a pas osé. Tout ce qui concernait les deux tortionnaires était maudit, lui faisait peur et puis il ne voulait pas laisser d'empreintes. Il s'est contenté de ranger l'Alfa sur le bas-côté du chemin. Il a essuyé le volant, les poignées de porte puis est retourné dans l'Audi.

Le cabriolet lui a paru familier. Il s'y sentait presque chez lui, en sécurité. Cinquante mètres plus loin, le premier corps étendu, bras écartés, le visage dans une flaque de boue lui barrait le chemin. Plus loin, Jessica Dunan entamait sa part d'éternité.

Junior a refoulé sa nausée. Il a démarré le V6 et manœuvré pour faire demi-tour. Il ne voulait plus voir ces deux cadavres.

Il est sorti du chemin forestier, a fini par retrouver une route, rejoint une nationale fréquentée. Il a parcouru dans un état second plus d'une centaine de kilomètres jusqu'au parking de ce centre commercial.

Ses vêtements sont maculés de boue, la voiture aussi. Il a connu l'Audi paternelle d'un rouge vif et guilleret, elle a l'air de revenir du champ de bataille.

Junior est épuisé, il voudrait mourir, il a faim. L'enseigne de l'hyper l'invite à “positiver”. Une poignée de fric en poche, il répond à l'appel de la grande distribution.

La lumière blanche des néons, les clients blafards, la rumeur commerciale, les employés qui se déplacent d'un rayon à l'autre en patins à roulettes, tout lui semble un mauvais rêve sonorisé. Démarche somnambulique. Il longe des accumulations d'objets médiocres, croise des gens hideux sur fond de musique insidieuse qui lui perfore le crâne, se mêle aux acouphènes, enrobe sa migraine. Au rayon "mode masculine", il achète un jean à 29,90 euros, un pull, une paire de chaussures qui ressemblent à des Nike en moins chères. Au rayon "sandwichs traiteur produits frais", il rafle un norvégien sous cellophane et un jambon de pays beurre pain Poilâne également sous cellophane. Il complète avec une part de flan gélatineux à souhait. Au rayon "alcools spiritueux", il empoigne une bouteille de Glenfiddich comme on agrippe une bouée.

Une gamine bonjour-sourire-merci passe ses articles en un geste de machine, tapis roulant, lecteur optique : 125,50 euros. Junior paie, elle lui rend la monnaie avec une poignée de bons de réduction. Elle l'a à peine vu, ne l'a pas regardé. C'est comme s'il était transparent. Pourtant, ses pensées sont noires.

Revenu sur le parking, Junior s'enferme dans la bagnole et commence à manger. Une mastication mécanique, haletante. C'est un gouffre qu'il doit tenter de combler. Putain ! Deux mecs. Il a tué deux mecs ! Et Jessica, la tête éclatée. Il bâfre, s'empiffre à en étouffer. Trois cadavres, deux homicides, combien d'années de taule ? Il les revoit sortir de leur bagnole de merde, ces deux cons. Comme ça a été facile. Aligné, le premier mec ! Sa tronche lorsqu'il a réalisé que c'était un feu que Junior avait en main, qu'il allait tirer, qu'il allait le tuer. Cette gueule d'épouvante incrédule. Le bruit, le recul, l'odeur de la poudre. Et puis l'autre, plus calme celui-là. Mais tout aussi con. Pour qui il se prenait ? Il se croyait où ? Venir en sautillant comme un cabri, juste devant sa ligne de mire. Lui aussi a été surpris quand il a compris que c'était la fin.

La nourriture ensevelit le fauve qui habite ses entrailles et les ronge. Pour la faire passer, il avale une rasade de whisky, une autre encore. L'alcool l'apaise petit à petit.

Une fois le silence retombé dans les sous-bois, un silence de mort, si si, un silence de mort ! il a pissé, Junior. Le jet triomphal du héros qui a vaincu les tabous. Au souvenir de cette miction royale, non, impériale, oui, c'est ça, impériale, Junior s'octroie une quatrième lampée de pur malt.

Ragaillardi, il démarre en direction de la station de lavage automatique. Pendant que le cabriolet s'avance sous les jets d'eau mousseuse, Junior se change.

Et c'est dans une voiture ruisselante que tout propre, il reprend sa route.

Dans le milieu de l'après-midi, un retraité découvrira lors de sa marche solitaire sinon rêveuse, l'Alfa Roméo et le carnage qui l'entoure. Une demi-heure plus tard, pâle et tourneboulé, il sera dans les locaux de la gendarmerie de Vernon. Là, il racontera au brigadier-chef Truchier sa découverte bientôt qualifiée de macabre par la presse régionale. M. Gajewski, procureur de la République à Niort, sera immédiatement averti et le service de recherche de la gendarmerie saisi. A 18 heures, l'appareil judiciaire et policier commencera l'enquête sur "l'affaire du triple meurtre de la forêt de Vernon".

*

Zamanski hésite. Il pourrait rentrer immédiatement à Blainville, il arriverait aux alentours de six heures. Ce serait trop tôt pour se rendre chez Jacqueline Bissel. D'autant que… Il ne sait plus s'il a bien fait de la rappeler, il n'est pas sûr d'avoir envie de la revoir, au moins pas tout de suite, au lendemain de leur première nuit.

Le souvenir de Véra lui pèse. Il se sent soudain déprimé, sans désir. A quoi bon céder au désir, à la séduction ?

La soirée passée avec Jacqueline, leurs étreintes confuses et gênées n'étaient pas si agréables. Elle et lui ont vécu, ils ont leurs habitudes. Il leur faut du temps pour s'acclimater à un autre. Du temps ? Il ne lui en a pas fallu beaucoup pour la rappeler et elle n'en a pas eu besoin de plus pour répondre.

Zamanski part à la recherche du bureau de poste. Celui-ci trouvé, il demande au préposé les annuaires téléphoniques.

Recherches et communications ne lui prennent qu'une heure. A l'aide de la liste dressée par Jacqueline Bissel, Zamanski a téléphoné aux différentes agences immobilières visitées par Mertens puis aux capitaineries des ports de plaisance. En octobre, Mertens a séjourné à Saint-Romain ; le 9, le *Sealion* mouillait à Seignebos. En novembre, le Belge a démarché le bassin d'Arcachon ; le 19, le *Sealion* s'arrêtait à Andernos. En janvier, il prospectait la côte vendéenne. Le 14 janvier, le ketch était aux Sables-d'Olonne. Une fois encore, en mars, la coïncidence se produisait, cette fois à Blainville.

Chaque fois que le *Sealion* venait s'amarrer dans un port, Mertens faisait des affaires dans les environs. Pour le moment, il n'est pas possible d'en tirer des conclusions mais Zamanski a quelques idées.

A présent, il est six heures du soir. L'ombre des pins s'est allongée, les chiens deviennent loups. Il est encore temps de téléphoner à la marchande de biens, encore temps de lui présenter des excuses, de remettre leur dînette à une date très ultérieure.

Mais une femme qui a dans son salon un chef-d'œuvre de l'abstraction lyrique ne mérite pas ça. Elle a droit à beaucoup mieux qu'une nuit d'amour brouillonne. Foie gras et monbazillac ? Zamanski a repéré un magasin de produits gastronomiques régionaux, il démarre.

*

Junior arrive à La Rochelle. Trois jours plus tôt, cette ville lui était inconnue. Elle lui devient familière. Près de l'hôtel de ville, la poste principale lui rappelle soudain une phrase de Robert Vautier. Comme ça paraît loin ! “Avec ce genre de plan, il faut savoir ricocher d’une poste restante à l’autre, une valise de fric à la main, une bande de tueurs au cul…” D’une poste restante à l’autre… Junior parque à la diable le cabriolet.

Il y a suffisamment de monde pour remettre en question ses intuitions et ses envies. Mais le grand bâtiment avec ses usagers qui patientent et ses employés qui s’activent le repose. Il se sent en sécurité.

Quand arrive son tour, il demande à un jeune Antillais à la peau grêlée le courrier pour Philippe Berthier.

— Je vais voir…

Le préposé revient.

— Désolé, je n’ai rien.

Junior va s’en aller quand soudain :

— Et pour Bertin ? Philippe Bertin ?

— Faudrait savoir…

Le type soupire, s’éloigne, et revient avec cette fois une lettre 21 x 29,7.

— Vous avez un papier d’identité ?

Junior n’y a pas pensé. Il hésite, sort le permis de conduire de son portefeuille, le montre à l’employé, marmonne que “Philippe” est un prénom d’usage.

L’Antillais hésite, derrière on s’impatiente. Le préposé finit par tendre la lettre à Junior.

Une lettre postée le 5 mars de La Rochelle même.

De retour dans la voiture, Jean-Claude ouvre l’enveloppe et trouve deux billets d’avion au nom de Mlle Jessica Dunan et de M. Philippe Berthier. Deux allers sans retour pour Buenos Aires classe affaires, vol Air France AF 306, départ Roissy 2 le 9 mars à 9 h 37. Buenos Aires, une destination quasi obligée pour tout détenteur de vrai faux passeport qui se respecte. De là, cavaler. Plus vite qu'une balle si possible. Ni Philippe Bertin ni Jessica Dunan n'ont embarqué ce 9 mars.

Junior referme la porte du box sur l'Audi mais pas sur ses soucis. Il porte sous son bras les dossiers Berthier et quelques morts. Dans le box d'en face, la Renault des familles attend qu'il réintègre son existence de Jean-Claude, mari de Brigitte, père de Fabien et d'Hélène.

Sur le bureau de l'agence Bertin-Vautier, la diode du répondeur clignote tant et plus. En mémoire, c'est le récitatif des épouses délaissées. D'abord la voix soprano colorature de sa mère qui demande ce qui se passe. Comme si elle ne le savait pas. Quarante ans qu'elle se doute mais fait semblant de rien. Ensuite la voix de Brigitte, une voix de contralto grave et veloutée qui exprime l'inquiétude retenue et le chagrin rentré. “Tu peux me rappeler ? Il est temps que tu rentres à présent. Ne me trahis pas, tu me manques…”

Ces quelques mots le bouleversent. “Ne me trahis pas !” Comme il voudrait la rappeler soudain, lui parler. Entendre Brigitte le rassurerait, le consolerait aussi. Mais il ne peut pas. Entre elle et lui, il y a

Jessica Dunan, le viol de Jessica, sa mort. Entre ses enfants et lui, s'est intercalé le rôle qu'il lui faut tenir.

La bouteille de Glenfiddich achetée au supermarché est presque vide. Il a besoin d'aide, besoin d'étouffer ces voix et son angoisse. Il lui faut la dose nécessaire à la poursuite des catastrophes. Il descend au ravitaillement.

Sur le chemin du retour, il aperçoit Joëlle Fiony au volant d'une Mini Cooper stationnée devant l'immeuble de l'agence. Qu'est-ce qu'elle veut ? Comme il traverse pour le lui demander, la fille démarre, le laissant avec sa question.

Rentré à l'agence, il se pose à même la moquette, décapsule la bouteille de pur malt et fait le point.

Son père, malade, se sait condamné. Mais il a un plan. Lequel ? Junior n'en sait rien mais c'est probablement un gros coup susceptible de rapporter assez de fric pour vivre au soleil en compagnie d'une jeune femme exigeante. Première escale, Buenos Aires.

Son père voulait donc finir sa vie loin de sa mère, loin de lui. Junior ne sait que penser. Il peut comprendre qu'on ait envie de s'échapper de son existence mais que son père ne l'ait pas mis dans la confidence le vexe. Pourquoi l'aurait-il fait ? Jean-Claude le sait bien, il y a longtemps qu'il n'y a plus entre eux la confiance des secrets partagés. Celle qui unit les frères d'armes, les complices.

Philippe Bertin était un homme seul, aussi seul que Jean-Claude face à ses questions. Qu'est-ce que son père avait trouvé qui lui permettait d'imaginer une sortie de scène flamboyante ? Sur quoi était-il tombé en reniflant les sales petits secrets de ses contemporains ? Quelle arnaque mirobolante ?

Le 5 mars, il quitte Limoges. Il passe la journée du 6 à Blainville avec Jessica Dunan. Il la quitte le 7 au matin en lui disant de se tenir prête. A la poste de La Rochelle, deux billets d'avion attendent. Il n'est jamais venu les prendre. Son plan a échoué ? Non, puisque deux types le recherchaient. Des salauds. Ils sont morts à présent mais ce n'est qu'un répit. Ils seront bientôt remplacés par d'autres, plus vicieux, plus dangereux. Ceux qui emploient ce genre de main-d'œuvre ne laissent pas tomber pour si peu. Quelqu'un veut Philippe Berthier, il est sur sa trace, il ne le lâchera pas. Qu'a-t-il bien pu faire ? Piquer du fric, beaucoup de fric ? Voler un objet précieux ? Détourner une marchandise de grande valeur, détenir un secret ? Que s'est-il passé qui l'a empêché de rejoindre Jessica Dunan, de récupérer les billets d'avion et de s'envoler vers des cieux momentanément cléments ?

Une mauvaise rencontre, une résistance inattendue. *Tu patrouilles tranquille dans le lit d'un oued. Tu es peinard, il fait bon. Il y a de l'eau fraîche, des lauriers-roses, des grenadiers… Et puis soudain un coup de feu claque et un copain tombe. Alors la trouille te reprend. Tu entends des ordres, tu cours te mettre à l'abri, la section se disperse. Les hommes prennent position. Tu essaies de couvrir les deux copains qui vont récupérer le blessé. Le feu se nourrit de lui-même. Le groupe est tombé sur une compagnie de l'ALN. Mauvaise rencontre ! Il a fallu appeler des renforts héliportés et en attendant les "bananes" de la Légion des copains vont tomber : quatre blessés, trois morts. C'était, dans un coin des Aurès, au lieu dit les Balcons de Roufy, une très mauvaise rencontre.*

En ce début mars, l'ancien divisionnaire Philippe Bertin a dû faire encore une mauvaise rencontre. Mais cette fois les Sikorsky de la légion ne sont pas arrivés à temps.

Alors, comme le ferait un flic de base, Junior retourne aux dossiers, les dossiers de Bertin le détective privé et ceux de Berthier, le maître chanteur.

*

Jacqueline Bissel est vêtue d'une robe légère, propice aux jeux de mains, un voile coloré qui ne demande qu'à tomber.

Zamanski lui tend le sac de produits qu'il a ramené de sa virée dans les Landes.

— Ce n'était pas nécessaire, dit-elle en souriant mais je vais le préparer. Tu nous sers un verre ? Je te propose un cognac avec du tonic.

Pour préparer les cocktails, une mesure de cognac, cinq à six mesures de Schweppes et quelques glaçons, Zamanski prend place dans un fauteuil face au tableau. Ami ? Ennemi ? *Ciel à Honfleur*. Un horizon gris et bleu qui se couvre promettant pluie et coups de vent, ou un ciel d'après averse, annonciateur de soleil. Comment savoir ?

Jacqueline l'observe.

— Tu aimes ?

— Comment ne pas aimer ? C'est un très beau de Staël, début des années 1950. Et ce n'est pas une copie.

— C'est un héritage de mon père. Dans les années 1950, jeune industriel sorti de l'Ecole des mines, il s'est intéressé à la peinture : Soulages, de Staël. Il gagnait de l'argent, il a acheté des toiles. A sa mort, c'est la seule que j'ai pu conserver. Tu connais l'art moderne ?

Il sourit.

— J'ai vécu plusieurs années avec un peintre, une femme.

— Qui ça ? Je la connais ?

— Je ne crois pas.

— Dis toujours.

Il hésite. Un test intime. Enoncer son nom.

— …Véra Trahner.

— Véra Trahner ? Le nom me dit quelque chose… Oui, ça me revient.

Elle fronce les sourcils :

— C'est toi qui…

Il se lève.

— Il vaut mieux que je m'en aille.

Elle le retient.

— Pourquoi ?

— Trop d'histoires. Elles sont lourdes à porter, pour moi et pour les autres.

Elle le prend dans ses bras.

— S'il te plaît… Attends…

Elle le regarde. Un regard de confiance, comme un soulagement aussi.

— … Des histoires, nous en avons tous… Reste, s'il te plaît.

Alors il capitule, il se rend. Oublier, au moins un moment, laisser tomber les remords et le doute. Baisser les bras. Ses mains se posent sur les hanches de la femme. Jacqueline Bissel les laisse faire, les mains. Elle joint ses lèvres à celles du flic. Zamanski l'entraîne dans la chambre. La robe soyeuse s'affale, il se démène avec une agrafe, un élastique, petite culotte et soutien-gorge, un bien peu de chose en nylon ajouré. Il enfouit son visage dans l'entrejambe, là où ça sent fort et bon. Des doigts se perdent dans ses cheveux, mais les morts lui fichent la paix. Le nez dans la toison, il inhale des fragrances de parfum et de sécrétions, odeurs de vie intime, musc d'euphorie. Le passé se met entre parenthèses. Putain que c'est bon. Et dans ce qu'il entend, cela semble être bon pour elle aussi.

Agrippée à ses cheveux elle lui maintient la tête contre son ventre. Elle l'aveugle, l'étouffe. Interrogatoire poussé, cave obscure, baignoire incongrue. Il suffoque.

Il est prêt à tous les aveux, Richard. Il se met à table. Sa langue s'active à la recherche de son plaisir à elle, ce bouton de chair pas facile à trouver. Alors il s'applique et le déniche, mignardise et suçons. Oui, interrogatoire au troisième degré. La tête dans le mouillé, bave et sécrétion. Ah c'est sûr, s'il ne reprend haleine, il va céder.

Il se dégage, se redresse, reprend de la hauteur, plan général sur le corps de la femme, jambes ouvertes, fruit juteux et parfumé, mûr à souhait. Il y a une cicatrice qui part de l'aine vers le ventre rebondi, il n'aime pas les femmes plates. Et puis le dénivelé du plexus, le plateau des côtes et les seins, il n'aime pas les femmes dures. Leurs pointes dressées appellent lèvres et doigts. Qu'importe, elles en veulent, réclament leur dû. Et puis les épaules gentiment arrondies, je ne m'intéresse pas assez aux épaules, se dit Zamanski, il n'y a pas que le cul, oui, les épaules, le cou aussi, la bouche, le visage, le visage sans âge, c'est-à-dire toujours jeune, de la femme allongée dans l'amour, c'est beau une femme dans le plaisir, se dit le flic qui, décidément, se laisse aller aux clichés.

*

Junior se tord de rire. Un méchant rire alcoolisé. Son père est mort, c'est une évidence. Pas de maladie, mais de mort violente. Il s'est fait descendre. La mort du père : Jean-Claude la voudrait glorieuse. Un rêve baroque de duels au flingue lourd. Senior qui affronte les nuisibles. Ça tire dans tous les coins, les corps explosent. Philippe Bertin dans le feu de l'action, froid et impassible. L'ancien flic baignant dans son élément : la violence. Commandeur terrible, il règle leur compte à tous ceux qui l'emmerdent. Il est fort, il est invincible. Rien ne peut atteindre celui que la maladie a condamné.

Junior se lamente en même temps qu'il se marre, rires mêlés de larmes, euphorie chagrine d'imbibé. Il implore le whisky et les morts. “P'pa ; p'pa, pleurniche-t-il, pourquoi tu ne m'as pas emmené dans tes aventures dératées ? Je t'aurais suivi, tu sais. On se serait associés pour faire cracher les libidineux. On leur aurait montré tes photos de fesses molles, partouzes de province, tes preuves de magouilles juteuses et mesquines, viande de cantine avariée, détournements de biens publics, abus de biens sociaux, passions inavouables pour la chair mineure. T'aurais dû avoir confiance, je t'aurais suivi. Père, père ! Pourquoi ne m'as-tu pas emmené ? Tous les deux, nous aurions rackетté les sous-préfectures et les chefs-lieux de canton. Si tu m'avais vu ce matin, dans les bois de Saint-Cucufa, ou bien d'ailleurs, les bois dont on fait les cercueils ! Ah ! La gueule des deux mecs ! Comment je te les ai allumés ces empaffés, pan pan ! Sûr que je sais me servir d'un Beretta, de ton Beretta ! Ouais, on se serait tirés avec la petite Jessica, ta nénette. On se la serait partagée, en frères, toi devant et moi derrière, c'est ça la vie de famille. Pourquoi tu ne m'as pas emmené ? Je saurai comment t'as fini, je saurai où tu es. Je pourrais honorer ta dépouille, te rendre mes devoirs. *De profundis !* Offrir les libations funèbres ! Je suis Antigone. C'est moi Anticon, le fils terrible qui crie vengeance…”

17

Sur la falaise que longe un chemin, le chemin douanier évidemment, parmi les yeuses soumises au vent, c'est un petit bâtiment administratif fin XIXe, semblable à une école de village. Au-dessus de la porte d'entrée il y a un pignon sur lequel flottent les trois couleurs. C'est champêtre et austère. Une construction simple et solide conçue pour servir et durer, comme la République.

Un officier des douanes se tient sur le perron. Uniforme impeccable, col de chemise immaculé, cravate noire, galons et boutons rutilants. Il descend à la rencontre de Richard et de Jacqueline Bissel.

Jacqueline s'avance :

— Richard, je te présente Yves Passeron. Yves, voici le commandant Richard Zamanski dont je t'ai parlé au téléphone.

Le douanier embrasse Jacqueline, "Ma chère, tu es en beauté", tend une main soignée au flic "Très heureux, commandant" puis les conduit dans son bureau, une pièce grise au mobilier vieillot qui sent la circulaire et le rapport, le parfum oublié du papier pelure et des feuilles carbone. La vétusté des locaux destinés aux agents de l'ordre a longtemps étonné Zamanski. A croire que l'efficacité du chien de garde dépend de la saleté de son chenil.

De ce point de vue, les douaniers ne sont pas mieux lotis que les flics et les matons. Zamanski et Jacqueline Bissel s'assoient sur des fauteuils aux ressorts fatigués.

— Je m'intéresse à un certain Mertens, un Belge. Au cours de ces dix derniers mois, il a séjourné à plusieurs reprises sur la côte. Chaque fois, il a rencontré des plaisanciers, des Néerlandais, naviguant sur un voilier, le *Sealion*. Ça vous évoque quelque chose ?

Passeron soulève ses belles épaulettes galonnées.

— Les rencontres amicales d'un terrien et de marins ! Ce sont des choses qui arrivent.

Jacqueline croise les jambes dans un crissement de nylon très doux. Richard soupire. Pourquoi perdre son temps avec ce type qui semble avoir avalé un grand mât ? se demande-t-il.

Deux heures plus tôt, alors qu'ils prenaient leur petit-déjeuner ensemble, le flic a décrit les pérégrinations de l'homme d'affaires belge, la présence à chacune de ses haltes du *Sealion*. Comme ces déplacements lui évoquaient une possible affaire de contrebande Jacqueline lui a dit que son ex-beau-frère, Yves Passeron, commandait la vedette de la douane ancrée dans le port de Blainville. Peut-être avait-il des informations sur les trafics dans la région. Peut-être même connaissait-il le *Sealion*.

Elle a tout de suite voulu téléphoner à son bureau. Zamanski a accepté sans beaucoup d'enthousiasme. Il n'avait pas envie de rencontrer un membre de la famille de Jacqueline, fût-il un "ex". Surtout, il doutait que le gabelou lui fasse part de ses informations. Jacqueline étant de plus en plus emballée par son idée, Richard n'a pas osé la contredire. Passeron était à son bureau, il pouvait les recevoir. Zamanski le regrette déjà.

— Sauf que, reprend-il avec un peu d'agacement, le terrien en question, un nommé Mertens, est mort dans l'incendie volontaire d'un hôtel, à Blainville. Le lendemain, le voilier s'amarrait à Blainville, il y est resté une journée et a repris la mer. J'ai des raisons de penser à un trafic organisé. Trafic de quoi et entre qui, je n'en sais rien. Mais peut-être que vous le savez ?

Passeron pose les coudes sur son bureau, appuie son menton sur ses pouces joints, entrecroise ses doigts devant la bouche.

Hochement de tête, mimique dubitative :

— Vous savez, depuis deux ans, nous constatons une recrudescence du trafic transbordier comme nous l'appelons. En dehors des eaux territoriales, un rendez-vous a lieu entre un cargo et une embarcation plus petite, navire de pêche, voilier de plaisance, vedette à moteur. Les échanges de marchandises se font à ce moment-là. Des sacs étanches sont jetés à la mer et l'équipage du voilier les récupère. Ensuite il met le cap sur un port quelconque, un port de plaisance de préférence parce que bien moins surveillé que les grands ports marchands. La marchandise est alors débarquée.

— Vous connaissez le *Sealion*, un yacht immatriculé à Ostende ?

Le commandant des douanes pèse le pour et le contre…

— Il se peut qu'il fasse partie des navires que nous avons contrôlés ou que nous surveillons. Mais ça, je ne peux pas vous en dire davantage, nous tenons beaucoup à la discrétion !… Vous savez, nos vedettes prennent la mer pour des patrouilles de trois ou quatre jours. Durant ces sorties, outre l'assistance aux navires en détresse, nous avons pour mission de surveiller et de contrôler le trafic maritime à l'intérieur des eaux territoriales. Nous abordons les bateaux pour contrôler les documents, inspecter la cargaison. Nous vérifions l'état du navire aussi. C'est une tâche importante et souvent délicate. Vous imaginez ce que c'est que de fouiller un porte-conteneurs de deux cents mètres de long ?

Zamanski est épaté, Jacqueline réprime un bâillement. L'officier des douanes lui rappelle l'atmosphère compassée des repas dans la famille de son ancien mari. Elle regrette son idée. Elle n'aurait pas dû amener le flic, ici. Le flic… Richard Zamanski : cette nuit passée ensemble l'a rassurée. Il est moins ravagé par le temps et la vie qu'elle ne le craignait. Moins de travaux que prévus à effectuer. Tout juste un peu de déco, un relookage. Une coupe de cheveux un tant soit peu soignée, adaptée à sa personnalité. Quelques fringues neuves et bien choisies. Noël et les anniversaires sont faits pour ça. Noël et les anniversaires ? Comme elle y va ! En attendant, c'est un type solide qui doit pouvoir se montrer attentionné. Au lit, il est plutôt performant. Oui, une bonne affaire, peut-être même un cadeau !

— … Parmi les huit hommes d'équipage, nous avons des plongeurs capables d'inspecter les coques des bateaux. Pour ce qui est des gros navires, nous appelons des renforts et des chiens amenés par hélicoptère. Je dois dire aussi que nous avons de très bonnes relations avec les chantiers navals. Ils nous communiquent les plans des navires qu'ils construisent, ce qui fait que nous sommes renseignés sur les structures des bâtiments, les diverses caches possibles.

Zamanski est de plus en plus impressionné !

— Et le *Sealion* ?

— D'après ce que je sais, un voilier ancien des années 1930, gréé en ketch. Nous l'avons contrôlé il y a de cela un peu plus d'un an. Rien à signaler sinon la presse en aurait parlé. Les douanes ont un très bon service de communication, vous savez… Non, rien à dire à propos de ce bateau. Je me souviens d'un couple de Néerlandais. De vieux hippies qui ont les moyens de vivre en nomades des mers. Un joli voilier, incontestablement…

Le douanier se tait, il réfléchit.

— Vous permettez ?

Passeron se lève et sort de la pièce. Jacqueline et Zamanski l'entendent qui s'adresse à des subalternes dans un bureau voisin. Un homme téléphone et puis la porte est fermée. Les deux visiteurs n'en sauront pas plus. Ils patientent.

Passeron revient une petite dizaine de minutes plus tard.

— J'ai interrogé les différents services de surveillance côtière. Vous avez de la chance, le *Sealion* a été signalé hier, à l'entrée de la mer du Nord. Il faisait route au nord-est. Comme il est immatriculé à Ostende, il est possible qu'il regagne son port d'attache.

*

Il se retrouve dans les combles d'une maison inconnue, un vaste espace que partagent les bois de la charpente. Des hommes vont et viennent, enjambent les entraits, se faufilent sous les arbalétriers sans prêter la moindre attention à ce qui se passe. Deux hommes violent une jeune femme. Il la reconnaît, c'est Jessica. Elle se débat, il est sans réaction. Une fascination honteuse le paralyse. Les vêtements déchirés laissent voir son corps marqué, griffé, lacéré. Ses cris sont muets. Les autres poursuivent leurs déambulations, les deux hommes s'activent, va-et-vient, coups. La scène vire au brun-rouge comme un film couleur qui a mal vieilli. La jeune femme est dépecée, bras, jambes, un festin de fauves. Le visage de l'homme qui la tient s'étire et se déchire. Les os apparaissent, maxillaires, malaire, frontal. Soudain le corps de son agresseur se déforme. Il a mal aux yeux à force de regarder. Le sang l'entête, ravissement nauséeux, Junior se réveille.

Il a mal à lui-même, mal au monde. C'est un désaccord pénible et lourd, radical. Mal à la tête et mal au ventre. Dans son crâne, c'est pire que les tambours du Burundi. Il a envie de vomir, une insurrection de tous les organes.

Tête-à-tête avec la cuvette des chiottes. Il jure de ne plus jamais boire. Les renvois comme autant de *mea culpa*. Il n'évacue pas son cauchemar. Ses images horribles stagnent entre ses temporaux, compressées dilatées au rythme de sa migraine.

Quand il a tout vomi, il va dans la salle de bains. La douche chaude d'abord puis froide, très froide, lui donne l'illusion d'une possible forme. Séché habillé il revient dans le bureau. Honteux, Junior constate l'état des lieux. Chaise renversée, paperasse éparpillée, bouteille vide. Si son père revenait, il serait consterné. Mais Senior ne rentrera plus. Une affaire à régler à La Rochelle, avait-il dit à Jessica.

*

— Commandant Zamanski. Je voudrais parler à Francis Moret.

— Je vais voir si monsieur accepte de vous recevoir.

“Accepte de vous recevoir !” Sans commission rogatoire, un flic est peu de chose. Zamanski patiente devant l’interphone du portail sécurisé.

— M. Moret vous attend…

— Retenez les chiens !

— Ne craignez rien…

Le portail glisse dans un chuintement électrique, le flic avance la Mercedes le long de l’allée qui mène à la demeure. Sur le glacis gazonné, les jets cliquetants arrosent les massifs de pensées. Un jeune type en combinaison et bottes de caoutchouc passe une Jaguar Sovereign au jet d’eau. Luxe, calme et volupté. Jean-Yves, le porte-flingue de M. Francis, attend sur le perron.

La justice, l’idée de justice, voudrait qu’il arrivât avec un mandat d’amener. Arrêter ces nuisibles, leur faire avaler leur sourire satisfait, les renvoyer une bonne fois pour toutes en centrale. Zamanski prend un air indifférent. Nul ne connaît l’heure de sa mort.

— M. Francis va vous recevoir.

— Quelle chance !

Le type lorgne sur le renflement de la veste.

— C’est mon arme de service et je la garde.

— Ça va de soi.

Mme Moret sort d’une pièce, vêtue d’une veste Harris tweed ouverte sur un chemisier blousant. Les bottes noires, la cravache glissée sous le bras et la rondeur des fesses de la dame suggèrent des scénarii convenus mais excitants.

Zamanski salue.

C'est le moment où monsieur sort de son bureau.

— Francis, je vais au club. Je serai de retour en fin d'après-midi.

Il bougonne un "Fais attention !".

Les deux hommes la regardent partir dans la lumière.

— Belle, n'est-ce pas ? fait le vieux truand.

Difficile de dire le contraire.

— Je ne sais pas à quoi ressemble l'animal qu'elle monte mais une chose est sûre : il la met de belle humeur.

— Vous êtes sage.

— Non réaliste… Qu'est-ce que vous voulez ?

— Bénéficier de votre sagesse, plaisante Zamanski.

— Alors entrez.

Zamanski suit Moret dans son bureau. Celui-ci s'assoit, désigne un fauteuil à son visiteur.

— Vous prenez quelque chose ?

— Un peu tôt pour le whisky.

— Et un peu tard pour venir me voir. Je vous avais donné un début de piste. Je ne sais pas ce que vous en avez fait mais peu importe, j'ai obtenu ce que je voulais. Je ne vois donc pas ce qui vous amène, commandant.

— Pour l'enquête sur l'incendie de *La Capitainerie*, je dois reconnaître que vos relations ont été efficaces. Ravaud et ses amis ne seront pas inquiétés, du moins pour le moment.

— Vous vous trompez. Je ne suis pour rien dans l'abandon de l'enquête. Ni moi, ni mes "relations", comme vous dites, ne sommes intervenus. Quant au whisky, il n'y a pas d'heure pour les braves… Vous le prenez toujours sec ?

— Exact.

— Alors vous vous servez. Je ne vous accompagne pas. Mon médecin m'a ordonné de faire gaffe, dit-il en grimaçant.

Zamanski saisit le carafon de cristal, se sert un verre. Le vieux le regarde. Envie, nostalgie ?

— Alors ? Qu'est-ce que vous me voulez ?

— Je m'intéresse au trafic transbordier, répond le flic.

— Et alors ?

— J'ai appris que c'était en plein développement dans la région. Vous savez quelque chose ?

Le vieux marlou sourit.

— Je vous rappelle que je suis en retraite. De toute façon, ce type de business ne m'a jamais intéressé. Beaucoup trop de risques. Aller au-devant des emmerdements pour quelques plaques ? Très peu pour moi !

— Ces dernières années, les plaques ont été multipliées par six.

— 6,5597 pour être précis. Mais quand même. Vous devrez chercher ailleurs. Je ne suis pas sur ce genre de coup et je n'en ai même pas entendu parler.

Zamanski prend le temps de sécher son verre.

— Vous devriez vous inquiéter, Moret.

— Et pourquoi ?

— Votre femme est épanouie mais vous n'y êtes pour rien, vos amis sont protégés mais pas par vous et on traficote sur votre fief mais vous n'en savez rien. Ce n'est plus une retraite, c'est une mise au rancart. A trop chercher la tranquillité vous allez trouver la sérénité totale, la paix éternelle !

— Ne vous en faites pas pour moi…

Francis Moret se lève, rejoint la carafe et les verres, se sert un scotch bien tassé.

— Vous en reprenez un ?

Zamanski refuse.

— … J'ai besoin de garder les idées claires. Je ne veux rien perdre du spectacle. C'est beau un grand bandit sur le déclin, le crépuscule des durs, la fin du vieux boss.

Le vieux reste debout, les yeux plongés dans le fond de son verre comme s'il pouvait lire son avenir dans l'alcool, y trouver la solution d'un problème qui l'empoisonne. Zamanski poursuit :

— Réfléchissez. Ce trafic va finir par attirer l'attention de mes collègues sur tous les business de la région et donc sur vos propres affaires. Ils vont de nouveau s'intéresser à vous et à vos amis… Le SR d'Angoulême s'est déjà penché sur Franck Ravaud. Ça s'est arrêté aussi vite que ça avait commencé, mais c'est provisoire. Les flics n'abandonnent jamais vraiment.

— Possible…

— Alors dites-moi ce que vous savez. Et d'abord, quelle camelote ? Cigarettes, stupéfiants, des armes ? Après tout, le Pays basque n'est pas très loin.

— On parle d'un trafic de stupéfiants. L'héroïne est redevenue à la mode, à ce qui se dit.

— Et qui contrôle le business ?

— Vous lisez les journaux comme moi, je suppose. Le trafic a beaucoup évolué. Le temps est à la décentralisation des responsabilités et à la sous-traitance. Le producteur fournit au labo qui revend à un transporteur qui revend à un acquéreur qui revend à un distributeur en gros qui revend aux petits dealers. Multiplication des intermédiaires financiers et donc cloisonnement des risques. En cas d'interception, seul l'intermédiaire concerné boit la tasse. Les autres partenaires sont à l'abri.

Zamanski sourit.

— C'est dans les pages "saumon" du *Figaro* ?

— Bien sûr ! Pour le reste, le ministère de l'Intérieur ne manque pas de fonctionnaires informés. Mais j'oubliais ! Vous n'avez plus accès à ce type de dossier.

— C'est pour ça que je suis chez vous.

Le vieux réfléchit. Zamanski patiente. La longévité de Moret prouve qu'il sait prendre les bonnes décisions.

— Vous n'avez pas tort. Ils commencent sérieusement à nous emmerder.

— Qui ça ? Des Balkanais, les Russes.

Le vieux éclate de rire.

— Pourquoi pas les triades pendant que vous y êtes ! Non, c'est beaucoup moins exotique mais tout aussi nuisible. Il s'agit d'un trafic restreint, je veux parler du point de vue de la quantité, pas des profits. Cinquante pour cent de bénef en quelques jours, ça en intéresserait plus d'un.

— Il faut la mise de fonds nécessaire.

— Exact. Entre cent mille et un million d'euros, ça dépend des coups. En général ils s'y mettent à plusieurs. Ils créent une sorte de coopérative d'intérêts alimentée par des fonds discrets, des économies placées à l'abri du fisc. Le passage à l'euro en a contraint beaucoup à agir. Ils avaient des liquidités d'origine discutable en francs. Ils ont dû s'en débarrasser en dehors du circuit bancaire. Pendant qu'il était encore temps, ils ont investi en francs, et récolté en dollars.

— D'honnêtes hommes d'affaires ?

— Disons plutôt honorables… et pas que des hommes d'affaires. Vous vous intéressez à Mertens, la victime de l'incendie de *La Capitainerie*. Pourquoi pas. Mais ce n'était qu'un intermédiaire.

— Et Bertin, là-dedans ?

— Le flic en retraite ? Il tient un rôle, certainement. Mais lequel, je n'en sais pas plus pour le moment. Je vais réfléchir à ce que vous m'avez dit, Zamanski. Je vais voir ce que je peux faire… Vous pourrez toujours me contacter par l'intermédiaire de Jean-Yves.

18

Zamanski attrape l'A10 et embraye pour huit cents kilomètres d'autoroute à travers marches du Poitou, Beauce, Picardie et Flandres. En fin de journée, son Panzer climatisé traverse des paysages bordés de peupliers mélancoliques sous des ciels d'aquarelle. Un poste frontière ruiné, un bureau de change désaffecté et c'est la Belgique.

Ostende a été reconstruite après la guerre : immeubles années 1950, artères rectilignes débouchant sur des places où trônent des édifices rigides. Le vent du large s'engouffre en tempête dans les rues donnant sur la plage. Zamanski choisit un hôtel sur le port de plaisance.

Il est plus de dix heures du soir, il en a marre. Il pense téléphoner à Jacqueline Bissel, il préfère sortir.

Les bourrasques de pluie ont vidé les rues. En passant devant la vitrine d'un marchand d'art Zamanski reconnaît un tableau. Le cœur serré, il s'approche. C'est une toile de grande dimension. Il y a d'abord eu des aplats de couleurs vives, des jaunes, des bleus, des orangés, aplats qu'une épaisse couche de bitume mêlée de rouge a recouverts. Et sur ce socle, trois silhouettes ont été tracées, des figures graciles gravées dans l'épaisseur de la peinture. Ne dérange pas mes figures... Trois silhouettes, trois femmes s'en viennent d'un lointain marché, dans la brousse des souvenirs. Ces Africaines de l'archétype portent en équilibre sur leur tête des oiseaux dodus multicolores mais ce pourrait être des parts de ciel orangé enveloppé dans une écharpe de brume. Elles ont fait un long voyage depuis qu'il les a vues la première fois. C'était dans l'atelier de Véra. Sa peinture prenait une nouvelle direction. Véra revenait à la figuration. C'était surprenant de sa part, il le lui avait dit.

— Je ne sais pas ce qui me prend, ce qui m'arrive.

Elle était inquiète et fatiguée. Il l'avait regardée avec attention. L'épuisement, la tension nerveuse apuraient ses traits, aiguisaient son regard, donnaient à toute sa personne l'éclat et la précision d'une lame.

— Tu vois, moi aussi je gratte. Je t'ai déjà dit que ma grand-mère était morte à l'hôpital ? A l'hôpital psychiatrique, chez les fous, à Sainte-Anne. Eh oui, tu vis avec la petite-fille d'une folle. Tu sais, je suis allée la voir, là-bas. Je me rappelle. Elle grattait... Les murs, la porte, la peau de ses mains, celle de ses bras, de ses jambes. Tout. Elle grattait tout ! Moi aussi je me suis mise à gratter. Je ne te fais pas peur ? Non ? Tu as raison. Regarde sur qui je suis tombée en grattant ma peinture. Sur des mamas ! Les commères de mes rêves. Je me demande bien ce qu'elles rapportent du marché, des oiseaux de malheur peut-être… Tu aimes ?

Il n'avait pas su répondre. Il s'en veut. De ça et de bien d'autres choses à propos de Véra. Maintenant il saurait. Il lui dirait que ces trois figures féminines sont une formidable réussite. Ces trois femmes totémiques réconfortent ceux qui les laissent venir à elles. Il le sent bien, dans cette rue de tempête, dans cette ville inconnue. Elles rassurent le passant, lui offrent de la bonne chaleur et des parfums, leur paisible certitude de femmes nourricières. Auprès d'elles, il n'y a rien à craindre. Elles sont la trinité de la déesse Terre : la Mère, la Fille et la Sainte-Chair créatrices de toute chose. Auprès d'elles, on peut s'alléger de ses peines, on peut poser son fardeau. Elles le prennent en charge, le donnent à becqueter aux oiseaux nichés dans leur chignon. Les oiseaux en font des fientes colorées. Oui, il saurait quoi dire. Et il n'est pas le seul. Cent mille euros ! La cote de Véra Trahner a considérablement grimpé. La fortune et la gloire ! Trop tard.

Le vent se fâche, les feux clignotent. Zamanski poursuit son chemin comme il irait au cimetière, les pensées tournées vers l'intérieur. La pluie redouble, il se réfugie dans une brasserie. Un peu à l'écart, une dame enveloppée et un monsieur médiocre essaient de jouer une histoire d'amour.

Le café propose un demi-poulet de batterie grillé avec des tranches de pain. Ici, on ne sert rien d'autre, affirme le serveur, c'est le seul menu : pain poulet. Un concept de restauration moyennement attrayant, mais c'est mieux que rien. Zamanski a besoin des humains. Quelques minutes et le serveur lui apporte sa moitié de volatile posée sur une assiette avec deux tranches de pain bis. A Richard qui demande un couvert, il répond qu'on mange comme ça, avec les doigts, c'est la formule ! Dépité, le flic commande une Leffe blonde.

Le couple poursuit son affaire. L'homme tient la main de sa compagne. Un peu pute sur le retour, la dame. Lui veut y croire malgré tout. Eux aussi attendent le retour des mamas et de leurs oiseaux. Zamanski les connaît bien ces deux-là. En plus de vingt ans de carrière, il en a ramassé beaucoup des comme eux, quidams fracassés au décollage, suicidés des petits matins inutiles. Ils misent sans trop d'illusions parce qu'il faut bien jouer au casino de la vie. Ils misent une fois de plus et une fois encore leur numéro ne sort pas. Impasse et passe, passe et impasse, une fois de trop. Et Zamanski ? Que fait-il dans ce bistrot ? Il joue, lui aussi. Une fois encore, une fois de trop, qui sait ?

En sortant de chez Moret, il n'a pu se résoudre à rejoindre le commissariat. Pas question de retrouver la police de proximité. Il avait mieux à faire. Autour de l'incendie de *La Capitainerie*, le scénario se précisait peu à peu et Mertens semblait y tenir un rôle central. Le flic a décidé de partir à la rencontre du Belge pour voir où il vivait, trouver des gens qui l'avaient connu, bref faire sa connaissance. Et puis Ostende, c'est le port d'attache du

Sealion et Passeron, le beau-frère de Jacqueline Bissel, a dit que le ketch remontait vers la Belgique. Mertens, le *Sealion*, deux raisons de prendre la route.

Zamanski a appelé Laurence Fuzier.

Elle s'inquiétait pour sa santé, il l'a rassurée, lui a dit qu'il en avait pour trois jours au maximum.

— Tu ne pourrais pas me retrouver l'adresse du bureau de Mertens, à Ostende ?

Le temps de sortir le dossier, de feuilleter les PV :

— … Il demeurait Vindictivelaan, au numéro 23… Mais c'est pour quoi ? Tu peux me dire ce que tu fiches ?

Il a raccroché sans répondre.

En bout de salle, la grosse femme pleure en silence, son compagnon désespère de savoir y faire. Il est onze heures passées, à Ostende. Dehors, il pleut à verse. Rien d'autre à faire qu'aller se coucher, constate Richard Zamanski.

De retour à l'hôtel, il cherche le sommeil en zappant sur les trente-cinq programmes de la télé. Anglais, allemand, néerlandais, français, italien… A Toulouse on juge un type impavide pour viol, actes de barbarie et meurtre sur neuf femmes. A Bruxelles, c'est un pasteur hongrois qui a assassiné, avant de les dissoudre dans l'acide, seize victimes. Dans un jardin du Yorkshire, on en est à sept cadavres déterrés. Ça évolue, se dit le flic. La folie meurtrière se généralise, le mal devient banal. Zamanski sombre dans le sommeil.

— Vindictivelaan ? Mais vous y êtes, monsieur. C'est cette avenue, là, qui longe le port de plaisance.

L'employé de l'hôtel est heureux de rendre service à si peu de frais.

Zamanski finit son croissant. Il est 9 heures et il fait beau. Dans le ciel, de jeunes nuages cavalent au-dessus des mâts qui s'en balancent.

Sorti de l'hôtel, Richard longe l'avenue. En perspective, il y a le bâtiment sombre et imposant de la gare maritime que dominent les superstructures du ferry pour l'Angleterre. C'est comme dans une chanson de Léo Ferré.

Le 23 est un immeuble année 1960, balcons à toutes les fenêtres.

D'après la liste des résidents, Mertens habitait au troisième. Au troisième étage, la porte est entrebâillée. Zamanski frappe. Personne ne répond. Il entre. Les tapis sont roulés, des cartons alignés dans le couloir, tableaux et sous-verres sont posés sur le sol, face contre le mur. Dans la cuisine, une jeune femme montée sur un escabeau s'énerve après un élément de cuisine. Ce qu'elle dit en flamand ne doit pas être très aimable pour celui qui l'a posé.

— Je peux vous aider ?

Surprise, elle manque de tomber.

Vingt-sept, vingt-huit ans, blonde, cheveux courts, yeux bleus, le teint lumineux. Elle est inquiète.

Zamanski la rassure, mains tendues, paumes ouvertes “Ami ami, tout va bien, je ne vous veux aucun mal”. Et comme elle ne semble pas convaincue, il sort sa carte.

— Commandant Richard Zamanski de la police française. La porte était ouverte, je suis entré.

Elle souffle de soulagement, descend de son perchoir.

— Qu'est-ce que vous voulez ?

Une voix grave à l'accent sensuel et doux des femmes nordiques.

— Je viens pour René Mertens.

— Il est mort, vous savez.

— Je sais. Je suis policier à Blainville, là où il a péri dans l'incendie d'un hôtel. Et vous, vous êtes ?

— Beatrix Henecke. Je suis sa fille.

Zamanski prend un air de circonstance.

— Un coup de main ? demande-t-il en désignant le meuble à la vis rétive. Elle sourit.

— Je n'arrive pas à le défaire. Je dois libérer cet appartement et…

— Vous permettez ?

Il lui prend le tournevis des mains, grimpe sur l'escabeau.

Bien sûr, la tête de vis est niquée et, entre meuble et plafond, l'espace manque pour déployer sa force. Avec des jurons bien sentis, en français ceux-là, un peu de sueur et quelques efforts, il en vient à bout.

— Attention, ça va descendre…

Elle le rejoint, il soulève, elle soutient. Le meuble s'arrache du mur.

— Attention !

Ils déposent l'élément : agglo, Formica, déco faux bois. Ce truc pèse comme un âne mort.

Beatrix se redresse, soupire un bref remerciement.

— Je suis fatiguée, dit-elle. Je boirais bien un thé. Vous en voulez ?

Zamanski accepte. Elle sort une casserole d'un carton, tasses, sucre et infusion d'un autre, tout en expliquant que l'appartement a été mis en vente et qu'elle doit le débarrasser de tous ses meubles, des meubles dont elle n'a pas l'usage. Elle habite Bruxelles, un petit appartement à proximité du Grand Sablon.

— Vous connaissez ?

Il pourrait lui dire qu'il y a un restaurant avec une toile de Véra accrochée au mur. A quoi bon ? Elle poursuit :

— … Mon appartement est petit, et puis j'ai tout ce qu'il me faut. Je vais mettre tout ça dans une salle des ventes.

— Et votre mère ?

— Ma mère ? Elle ne veut rien savoir de ces histoires. Mon père et elle ne se voyaient plus depuis longtemps, vous savez. Ils n'ont jamais vécu ensemble… Ma naissance est un accident, vous voyez. La famille de ma mère est très catholique. Ma mère m'a gardée.

— Et vous, vous voyiez votre père ?

— Oh oui ! De temps à autre, une ou deux fois par an. Pour le Nouvel An et pour nos anniversaires on s'envoyait des cartes mais à part ça, hein… On s'aimait bien je crois, mais on n'était pas très proches.

— Je comprends.

— Mais vous savez, avec moi, il a été très bien. Il a fait tout ce qu'il fallait pour que j'aie une bonne éducation, il donnait de l'argent à ma mère… Ça y est. Je crois que le thé est prêt. Où on va s'installer ?

— Par terre avec un carton en guise de table ?

— D'accord !

Visage rond, nez retroussé qu'encadrent des pommettes hautes et des yeux de ciel lumineux. Zamanski aime bien ce visage.

— Je ne comprends pas. Votre père était une sorte d'agent immobilier. Je pensais trouver ici des bureaux, un local commercial.

— Oh non ! Ici c'était son adresse postale. En fait, il vivait surtout en France, vous savez.

— En France ?

— Oui ! Il a une maison sur la côte atlantique, dans la région de La Rochelle. J'y suis plusieurs fois allée pour passer des vacances.

La Rochelle ? Dans cette affaire, c'est la deuxième fois que Zamanski entend parler de cette ville.

— … Une belle maison, très agréable, très confortable. Il y a même une piscine… Cette maison aussi me revient.

Zamanski ne comprend pas très bien.

— Où recevait-il ses clients ?

— Vous savez, son travail dans l'immobilier n'était pas important. C'était comme une sorte de passe-temps, une façon de s'occuper en gagnant un peu d'argent. Mon père était un retraité.

— Dans l'immobilier ? demande Zamanski.

— Non, pas du tout ! Il était ingénieur géologue. Il a fait toute sa carrière dans l'industrie minière, surtout à l'étranger, en Afrique, au Zaïre, en Australie aussi… Il faisait de la prospection.

Soudain elle regarde Zamanski avec inquiétude.

— Mais je vous parle et je ne sais même pas pourquoi vous me posez ces questions.

— J'effectue une enquête de personnalité. Votre père a péri dans un incendie. C'est un accident mais on enquête pour être sûr que ce n'était pas autre chose. Beatrix Henecke fronce les sourcils :

— Autre chose ?

— Un meurtre, par exemple.

— Il faudrait peut-être que je prenne un avocat…

Zamanski s'inquiète. Il ne faudrait pas que la fille appelle la flicaille locale !

— Ce n'est pas nécessaire. Pas pour le moment !… Votre père n'avait pas d'ennemis ?

— Je ne sais pas, je ne le fréquentais pas assez, vous voyez. Mais peut-être que dans son métier, en Australie, en Afrique… C'est possible, non ?

Prospection minière. Au Zaïre ou ailleurs, les occasions de se faire des ennemis ne doivent pas manquer. Moret a parlé de trafic de stupéfiants. Pourquoi pas des diamants, de l'uranium ?

— C'est vous qui avez organisé ses obsèques ?

— Non. Il avait tout prévu, tout réglé avec sa compagnie d'assurances. Tous ses papiers étaient en ordre…

— Et en France, il vivait seul ? Pas de compagne, d'amie ?

— Peut-être, mais je ne connais pas. Lorsque j'ai passé des vacances chez lui, il était seul. Une ou deux fois, il a reçu des amis.

— Quel genre ?

— Des gens de son âge, des retraités. Ils jouaient au bridge. Ils faisaient du golf aussi.

— Vous pouvez me donner l'adresse de sa résidence, en France ? J'aimerais la visiter, c'est possible ?

— Vous voulez tout fouiller ?

Zamanski la rassure :

— Non, seulement voir dans quel décor il vivait, trouver un carnet d'adresses, le nom de ses relations.

Elle est contrariée.

— C'est que c'est un peu… ennuyeux. Je n'ai pas les clés. Il faudra les demander aux Larive, c'est les gens qui s'occupent de la maison. Ils aidaient mon père à l'entretenir. Elle sort de son sac un agenda, trouve un stylo, une demi-feuille de papier, écrit des adresses. Voilà, je vous ai donné l'adresse de mon père et puis celle des gardiens. Je vais leur téléphoner pour les prévenir de votre venue.

— Je vous remercie… Une dernière chose avant que je vous laisse à votre déménagement. Est-ce que vous avez une photo récente de votre père ? Vous savez, ses papiers ont péri dans l'incendie avec toutes ses affaires.

Elle soupire, la jolie blonde. Ce flic lui en demande beaucoup.

— Il n'aimait pas tellement qu'on le prenne en photo… Je vais essayer de vous en trouver une dans les cartons…

Il patiente quelques minutes. Elle revient un peu embêtée.

— Je n'ai trouvé que celle-ci. Elle a été prise la dernière fois que je suis allée chez lui, c'était il y a deux ans.

René Mertens pose fièrement au bord d'une piscine. Il a des raisons. A ses côtés se tient Beatrix Henecke seulement vêtue d'un maillot de bain dans lequel on aurait du mal à tailler un mouchoir.

— Très belle.

— Quoi ?

— La photo bien sûr, la photo.

*

Le vent s'est levé, des nuages lourds de pluie arrivent du large. Zamanski allume une Camel. Il pense retourner à la galerie, voir une dernière fois le tableau de Véra, faire ses adieux aux trois commères. Rêveur, il regarde le chenal. Un ketch ancien entre lentement au port avec, dans ses cales, une cargaison de mystères. Sur le pont, un homme et une femme affalent les voiles, rangent le foc dans son sac, un autre type, plus jeune, tient la barre. En silence le bateau vire pour aller s'amarrer à un anneau, à l'extrémité du bassin. Sur la poupe est écrit : *Sealion*.

Le temps de suivre la jetée, de contourner le port de plaisance, lorsque Zamanski arrive près du voilier, l'équipage a déjà débarqué. Sur le bateau voisin, un homme répare la vitre du roof.

— Beau bateau, fait Zamanski d'une voix admirative.

— Vous trouvez ? répond le plaisancier flatté.

— Celui-là aussi, continue le flic en désignant le *Sealion*.

— C'est sûr !

— Vous connaissez les propriétaires ?

— Qu'est-ce que vous leur voulez ?

Le flic explique qu'avec des amis il cherche un bateau à louer pour partir en croisière, cet été. Celui-ci leur conviendrait parfaitement.

L'homme regarde Zamanski.

— C'est des Néerlandais. Je n'en sais pas plus. Vous pouvez peut-être vous renseigner auprès des autorités portuaires et puis au club nautique, hein ? Il y a des annonces pour des locations, vous trouverez peut-être le bateau qu'il vous faut.

A la capitainerie, obtenir des informations sur le *Sealion* n'est pas facile. En plus des réticences à renseigner un inconnu, Zamanski doit vaincre la répulsion de l'employé pour la langue française. Ostende est en pays flamand et le gratte-papier tient à ce qu'on s'en souvienne. Zamanski la joue en douceur. Il s'abstient de sortir sa carte de police, sans pouvoir en ces territoires étrangers bien que communautaires, et puis il ne veut pas mettre la puce à l'oreille des propriétaires du voilier. Il répète donc son histoire de plaisancier à la recherche d'un bateau pour l'été. Il vient juste d'en repérer un qui correspond tout à fait à ses besoins : le *Sealion*. Le type du bureau maritime consent à lui donner quelques renseignements. Le bateau appartient à Johan et Peggy Schweters, un couple domicilié à Nimègue. Ils naviguent avec le frère de la femme, un nommé Thomas Declerck. Le bateau est immatriculé dans le port d'Ostende. L'employé ne sait pas si les Schweters louent leur ketch. Comme Zamanski insiste, il accepte de donner une adresse et un numéro de téléphone. Bien poli, le faux touriste remercie et s'en va. En demander plus serait courir le risque d'éveiller les soupçons du fonctionnaire et d'alerter les trois navigateurs.

Avant de récupérer la Mercedes devant l'hôtel, il prend le temps de téléphoner à Laurence Fuzier. Il doit affronter la mauvaise humeur de son adjointe. Il lui donne rendez-vous pour la fin de l'après-midi au *Rallye*, la brasserie du marché de Blainville.

Il rejoint sa voiture, lance le six cylindres en ligne et quitte Ostende sans passer par la galerie. Il n'aura pas revu une dernière fois la grande toile de Véra, les trois mamas et leurs oiseaux.

Blainville-Ostende-Blainville en un peu plus de vingt-quatre heures, il a de l'avenir dans le transport international routier, Zamanski.

19

A la vue de la Mercedes, Laurence Fuzier se lève. Ah Laurence ! Tu n'es pas raisonnable ! se dit le flic en la voyant venir, sac en bataille, le blouson de cuir ouvert sur un léger T-shirt moulant jaune fluo, gonflé comme un spinnaker. Les bonnets du soutien-gorge sont aussi chargés que les canots du *Titanic*, en naufrage inaugural. Ils croulent sous le poids des responsabilités. Les pétales des dentelles sont prêts à tomber, les élastiques des bretelles tendus à mort vont bientôt lâcher.

Il sourit, Zamanski, et puis devient songeur. Cette jeune femme qui marche vers lui, c'est une des mamas de Véra, une de ces femmes totémiques toute de rondeurs et d'odeurs. Ridicule sa collègue ? Non, désirable. Ses gros seins attirent le regard, appellent les mains, la joue, le visage. Le flic ressent une soudaine bouffée régressive. Il se verrait bien redevenir petit, tout petit, pour s'enfouir dans ces deux coussins chauds et laiteux, s'y cacher. Pour dormir enfin sur ses deux oreilles.

— Alors Richard, tu peux me dire ce que tu fous ? Tu fais chier, à la fin. Ronron fait la gueule à cause de ton absence. Tu disparais et pour toute explication tu te ramènes en me sifflant. "Au pied Laurence !" Je ne suis pas ton chien !

Richard Zamanski se réveille.

— Calmez-vous, OPJ Fuzier ! Je n'ai fait que suivre vos conseils, je mène l'enquête ! Par ailleurs, je vous rappelle que vous vous adressez à votre supérieur hiérarchique.

— Supérieur de mes deux !

— Et vulgaire en plus ! A ce propos, tu ne pourrais pas changer de tenue ?

Elle se renfrogne.

— Pourquoi ?

— Ton T-shirt est une provocation caractérisée. Tu mériterais que je te montre à quel point le siège est confortable une fois basculé.

Zamanski se marre doucement, son lieutenant est un peu décontenancée, ne veut pas le montrer.

— Trêve de conneries, Richard. Où tu m'emmènes ?

— Dans la région de La Rochelle. René Mertens y possédait une résidence des plus confortables à ce qu'il paraît.

— Mertens ? Je croyais qu'il habitait Ostende ?

— Pas uniquement. Il avait une résidence secondaire en France.

— Et tu as mis deux jours pour l'apprendre !

Sortie de Blainville, rocade, nationale 139. Zamanski fait le compte rendu de son escapade.

— Remarque, il y a de la cohérence dans ce que tu racontes, conclut-elle. Au moins une cohérence géographique. Entre Ostende et la Charente-Maritime, quand il y a Mertens, on trouve ces plaisanciers hollandais.

— Autre chose, Laurence. Ces derniers jours, on a parlé de La Rochelle mais je ne me souviens plus à quel propos… Les effets de l'âge sans doute.

— Ou du sexe. Elle est bien ?

— De qui tu parles ?

— De ta copine de l'agence immobilière.

— Je vois que les nouvelles vont vite.

— Surtout quand on ne se cache pas. Un flicard t'a vu sur le port en sa compagnie. Tu n'avais pas trop l'air de souffrir. Remarque, depuis Marylin Monroe et Kennedy, on sait que ça fait du bien au dos.

— Jalouse ?

— Tu déconnes ?

— Alors tu arrêtes et tu me parles plutôt de La Rochelle.

— C'était à propos d'un collègue retraité, Philippe Bertin. Tu m'as demandé de me renseigner sur lui.

— Exact. Il a une agence de détective privé, c'est ça ?

— Oui. A La Rochelle, justement, rue des Célestins.

La demeure de Mertens se trouve à quelques kilomètres de la ville, un bourg à flanc de colline avec une église romane et d'anciennes halles. La propriété est une gentilhommière du XVIIe de deux étages avec une tour d'angle qui domine le village, l'océan et, au loin, l'île de Ré.

Portes et volets clos. Zamanski va à l'adresse donnée par la jeune Beatrix Henecke, celle des Larive, les gardiens de la propriété. C'est dans un lotissement en contrebas du village. Devant le pavillon, un métisse de taille moyenne, à demi plongé dans le capot d'une Renault Espace, bricole le moteur. A l'arrêt de la voiture, il sort la tête du capot, regarde sans mot dire les deux flics qui s'en vont sonner à la porte. Une femme, une Antillaise proche de la cinquantaine, vient ouvrir. Elle est grande, elle a été belle.

— C'est pour quoi ?

— Commandant Zamanski et lieutenant Fuzier de la police nationale. Nous venons visiter la propriété de René Mertens. Sa fille nous a dit que vous aviez les clés.

— Je sais ! Elle m'a téléphoné… C'est elle qui décide… Je vous amène.

Elle rentre, laissant les deux flics sur le pas de porte. Le type dans son Espace, sans doute M. Larive, ne bouge toujours pas. Quelques minutes et madame reparaît imper sur le dos, trousseau de clés en main. Elle monte dans un tas de tôle rouillée qui fut autrefois une Citroën LN, c'est encore marqué dessus. Elle s'adresse au bricoleur.

— Dany, je les emmène chez le Belge.

Il hoche la tête, suit du regard les deux flics qui regagnent leur véhicule. Zamanski lance la Daimler Benz. Le bonhomme replonge dans son moteur.

— Pas très aimables les Larive, constate Laurence.

— Tu as remarqué ? Les Noirs et les Arabes ne nous aiment pas. Va savoir pourquoi.

Retour à la propriété à la suite de la femme Larive. Le lourd portail aveugle donne directement sur une pelouse qui attend la première tonte de printemps. La piscine est bâchée. Toujours à la suite de la gardienne, Richard et Laurence entrent dans un hall dallé d'où part un escalier de marbre avec une très belle balustrade en fer forgé.

La femme les précède ouvrant fenêtres et volets. La maison se réveille.

— Mertens est parti depuis quand ?

— Un mois, un peu plus peut-être.

— Il passait beaucoup de temps ici ? demande Zamanski.

— Je ne sais pas. Il paraît qu'il avait un appartement en Belgique.

— Vous gardez la maison mais vous ne savez pas si votre patron y séjournait ? C'est étonnant, non ?

Zamanski regarde la femme dans les yeux. Elle bougonne :

— Je ne me mêle pas de la vie des autres !

Le flic laisse tomber.

Une grande salle qui sert de salon et de salle à manger occupe tout le rez-de-chaussée. Des meubles rustiques et un salon pseudo-Louis XV rococo velours rouge et dorures évoquent un décor de théâtre. Des masques de grande qualité et quelques figures callipyges rappellent les voyages du propriétaire. Ce n'est pas sans évoquer la demeure de Moret, le truand retraité, autre détenteur d'un passé colonial.

— Pas mal, apprécie Zamanski qui se met à siffloter *Le Temps des colonies* nullissime tube sardolien.

— Ouaip, reprend Fuzier. Confortable et il y a de la place.

— Surtout pour un célibataire… A propos, madame Larive, il vivait seul Mertens ?

— Il n'était pas marié. Et ses histoires, ça ne me regarde pas.

Le rez-de-chaussée de la tour est occupé par un bureau et une bibliothèque. Saint Thomas d'Aquin, saint Augustin, les Pères de l'Eglise, Thérèse d'Avila, saint Jean de la Croix, Blaise Pascal… Zamanski ouvre les tiroirs du bureau. Il trouve de la correspondance, des carnets de chèques d'une banque d'affaires bruxelloise, des relevés de comptes aux soldes confortablement créditeurs, un Filofax.

— On embarque.

— Sans PV ? s'indigne le lieutenant Fuzier.

— Sans PV…

Laurence soupire, elle glisse les documents dans son sac. La dame Larive ne bronche pas.

Les chambres sont au premier. Les deux flics en comptent huit chacune ayant salle de bains.

— On dirait un relais-château, remarque Laurence.

— Tu t'y connais en hôtellerie de luxe ?

— Comme tout le monde. Il m'arrive d'y passer un week-end.

Zamanski la regarde avec amusement.

— Il est sympa ?

Elle se contente de hausser les épaules. Richard revient à l'Antillaise :

— C'est une bien grande maison pour un homme seul ! Il recevait beaucoup, René Mertens ? Il avait beaucoup d'amis ? Peut-être qu'il louait des chambres ? Vous ne savez pas ? La fille de Mertens m'a expliqué que vous vous occupiez de tout chez son père mais, vous, vous ne savez rien.

— Moins j'en sais, mieux je me porte.

— C'est bien vrai, ma bonne dame ! Allez, on continue !

Le premier étage de la tour est occupé par une chambre. Un grand tapis de laine jeté sur les dalles, un large lit et, en face, un miroir. La fenêtre à meneaux donne sur le parc. Zamanski jette un œil : la prairie, les arbres pluricentenaires, la piscine.

Le flic est songeur. Le long couloir, les chambres, le grand salon avec ses objets d'art et ses meubles kitsch, cette chambre… Un anneau est scellé dans le mur, à la tête du lit. Laurence le secoue.

— Tu penses à quoi ?

Amusé, il regarde son adjointe.

— A la même chose que toi, non ?

Ils redescendent dans le hall. Au pied de l'escalier : une porte fermée par une solide serrure multipoint.

— C'est la cave, explique la gardienne. Il n'y a rien d'intéressant.

— Raison de plus pour y aller.

— J'ai pas la clé…

— Ça peut toujours s'arranger.

Richard Zamanski dégaine son arme de service, la braque sur la serrure devant Laurence ahurie et la dame Larive estomaquée.

— Arrêtez, ça va ! Ça suffit comme ça !

Et elle sort une des clés du trousseau.

Zamanski sourit. Laurence respire.

La porte ouvre sur un escalier qui mène à une cave voûtée chichement éclairée, transformée en salon un peu particulier quoique très convenu. Pierres apparentes, moquette rouge, des fauteuils profonds, un bar. Des chaînes pendent au mur, des gadgets sont disposés sur une desserte au bois rugueux et noir.

— Dis voir à quoi tu pensais, Laurence ?

— A un bordel clandestin ?

— Tout de suite des gros mots ! Disons plutôt à une maison de rendez-vous, un club de rencontres, un lieu de détente ! N'est-ce pas, madame Larive ?

La femme demeure impassible. Cet étalage de sex-shop l'indiffère complètement.

— Je n'ai rien à dire. Je n'ai rien à voir avec ces saloperies.

— Vous vous répétez. Une enquête établira s'il s'agit de proxénétisme hôtelier auquel cas vous risquez d'être mis en examen votre mari et vous, pour complicité.

— Mertens nous employait pour faire le ménage, s'occuper du jardin, entretenir sa maison. Les chienneries qu'il faisait chez lui, ça ne nous regardait pas, on n'en a rien à faire. Tout ce que je sais, c'est qu'il payait bien, c'est tout.

— En attendant, vous ne quittez pas la région sans nous prévenir, hein ? Pas de blagues ! On aura des questions à vous poser et puis il faudra que vous veniez au commissariat déposer.

— C'est pas la peine de me parler sur ce ton, je ne suis pas votre esclave !

— Une esclave, madame Larive ? Mais vous n'y êtes pas du tout ! Ça fait plus de cent cinquante ans que l'esclavage a été aboli, madame Larive. Plus de cent cinquante ans !

Les policiers suivis de la femme remontent dans le vestibule :

— Bon ! On en a assez vu pour le moment. Vous pouvez refermer la maison… S'il vous plaît.

Zamanski et Laurence Fuzier regagnent leur voiture.

— J'espère que tu te rends compte que nous venons d'opérer en dehors de toutes les règles de la procédure. Pas de commission rogatoire, pas de procès-verbaux de perquisition…

— Laurence, tu ne sais pas qu'on est dans un Etat policier ?

— Fais le malin, chef. Mais si la bonne femme porte le pet ?

— Peu probable. Je ne sais pas quel était son rôle précis dans les affaires de Mertens mais elle est assez compromise pour ne pas crier à l'abus de pouvoir… Et puis j'ai réfléchi à ce que tu m'as dit l'autre jour.

— Et alors ? Ta conclusion ?

— Tu avais raison, Laurence. Il y en a marre des cambriolages de villas et des sorties d'écoles et ça ne dépend que de moi pour que ça s'arrête. Tu vois, j'ai décidé de prendre cette affaire comme un pitbull agrippe un mollet. Je l'ai saisie et, quoi qu'il arrive, je ne lâcherai pas, Laurence. J'irai jusqu'au bout. Tu me suis ?

La jeune femme le regarde.

— Je pensais avoir été claire, non ?

— Dans ce cas, il est temps d'aller rendre une visite à l'agence de détectives privés Bertin-Vautier.

*

Dans les locaux de l'agence Bertin, Junior a fait le ménage. Autant que possible, il a essayé d'effacer les traces de sa beuverie solitaire. Il a fait la vaisselle, relevé les chaises, passé la serpillière dans les toilettes. A grands coups d'aérosol senteur marine, il tente de faire disparaître les relents aigres de sa débâcle gastrique. Il range les divers documents dans leurs chemises et les archives Bertin-Vautier regagnent le petit coffre-fort. Mais Junior laisse bien en vue les "archives" de Berthier, le maître chanteur. Il ne sait pas qui les trouvera mais une chose est sûre, c'est une véritable bombe à retardement qu'il laisse sur le bureau paternel. Une bombe offerte au premier venu. Advienne que pourra ! Cette idée lui plaît beaucoup. Un plaisir solitaire et méchant. Les dégâts collatéraux ne vont pas manquer et ça le fait rire.

Avant de foutre le camp, il lui reste un coup de téléphone à passer. Selon la formule convenue, Joëlle Fiony n'est pas disponible pour le moment. Il laisse donc un message sur la messagerie vocale puis il fourre dans un sac le Beretta, la paire de menottes Smith & Wesson et il claque la porte de l'agence Bertin-Vautier au nez des affaires mortes. Il espère bien ne plus jamais revenir.

En sortant, il repère une grosse Mercedes qui cherche à se garer. Il faut être taré pour circuler dans un pareil bateau, se dit Junior. Il promet bien du plaisir au conducteur et à sa compagne, une fille aux formes plus que généreuses et en T-shirt voyant. Cette bagnole lui rappelle quelque chose, il l'a déjà vue. Celle-ci ou une très semblable. C'était avant-hier. Il ramenait Jessica chez Berthier. A Blainville, un feu rouge inutile dans le vide de la nuit. Ce souvenir lui tord le ventre. Ça lui paraît loin, tellement loin. A ce moment-là, il était encore possible de s'arrêter. Et puis Jessica endormie, le viol, et dans la forêt, la fusillade, les meurtres… Des menaces indistinctes le cernent, l'étreignent. Junior se secoue. Il ne doit plus traîner. Faire ce qu'il doit faire, à toute vitesse, à tombeau ouvert.

*

Trouver la rue des Célestins n'a pas été difficile. En revanche, trouver une place pour garer la 250 SEL est une autre affaire. Richard et Laurence en sont à leur troisième tour de pâté de maisons lorsqu'un type sort de l'immeuble où se trouve l'agence. Les alentours de la quarantaine, taille un mètre soixante-quinze, jean de grande surface, pull de laine léger : le quidam parfait. Monsieur quelconque tourne au coin de la rue. Laurence qui rouspète tire Zamanski de ses pensées.

— On va tourner comme ça encore longtemps ? A quoi ça sert, une carte de flic sinon à se garer n'importe où et n'importe comment ?

Zamanski sourit.

— Correct…

Et il se gare sur un passage clouté.

— … Je laisse ma carte de police sous l'essuie-glace pour prévenir que ce n'est pas la peine de verbaliser ?

Laurence Fuzier préfère ne pas répondre.

Les deux flics pénètrent dans un immeuble ancien. Au deuxième étage, une plaque de cuivre "Philippe BERTIN, enquêteur privé, recherches, protection" leur indique qu'ils sont arrivés. C'est Laurence qui sonne, bientôt suivie de Richard qui tambourine en vain. Un œil à la serrure fait s'évanouir toute tentation d'effraction. Zamanski ressent soudain un coup de fatigue. Blainville, Ostende, La Rochelle, beaucoup de kilomètres en deux jours et pour de piètres résultats. Zamanski déteste les portes qui demeurent closes.

— Bien, lieutenant Fuzier, soupire-t-il. Rapide enquête de voisinage, histoire de savoir si le flic en retraite a été vu récemment. Tu montes la rue, je la descends.

Une petite demi-heure plus tard, les deux flics se retrouvent dans la Mercedes.

— Alors ?

— Rien, soupire Laurence découragée. Le privé fréquentait peu le quartier. En tout cas personne n'a pu me dire où on pourrait le trouver. Et toi ?

— Pas beaucoup mieux. Si ce n'est que quelqu'un d'autre le cherche. Un homme dans les quarante ans. Il y a quelques jours, il a fait les troquets du quartier demandant si on n'avait pas vu Bertin.

Laurence bâille et s'étire.

— Ça commence à faire braire !

— Qu'est-ce que tu imaginais, Laurence ? Qu'il suffit de se baisser pour trouver les témoins et collecter les preuves ?

— Non… Mais qu'est-ce qu'on fait maintenant ? Du côté Bertin c'est l'impasse.

— Pas du tout ! Il reste encore beaucoup de pistes à suivre pour le retrouver. En particulier celle de son associé, le nommé Vautier.

— Tu te rends compte ! Il crèche à Sainjon et ce n'est pas la porte à côté.

— Accroche ta ceinture, on y va.

20

— C'est là ? demande Laurence en émergeant d'un petit somme récupérateur.

— Si l'adresse que tu m'as donnée est la bonne.

— C'est mortel, ta bagnole, Richard. Super silencieuse, confortable. Pas une bagnole de flic ordinaire.

— Je ne suis pas un flic ordinaire.

Zamanski se gare. Quelques instants d'attente à la porte du jardin et Vautier apparaît, pull déformé et charentaises aux pieds. Le temps qui passe ne fait pas de cadeau, constate Zamanski.

— Robert Vautier ? On peut vous parler ?

L'homme vient ouvrir avec l'air de celui que l'on emmerde sérieusement.

— A quel sujet ?

— Philippe Bertin.

Le balèze hausse les épaules.

— Qu'est-ce que vous lui voulez ?

— On peut en discuter à l'intérieur ?

— Possible.

Les deux flics entrent à la suite du gros. Ça pue le vieux, se dit Laurence ; ça sent le chagrin, pense Zamanski.

Il déplace une pile de *Charente libre*, elle vire un *Télé Z*.

— C'est le boxon dans la carrée, s'excuse Vautier. Bière ? Flotte ?

— Bière, accepte Zamanski.

— Rien merci, répond Laurence.

Vautier revient de la cuisine avec deux canettes de Kronenbourg, deux verres.

Zamanski sort son paquet de Camel.

— Je vous écoute.

— Nous recherchons Bertin. Vous savez où on peut le trouver ?

— Nous ne vivons pas ensemble. Je suppose qu'il est chez lui, peut-être à l'agence ?

— Nous venons de La Rochelle, répond Laurence. Il n'était pas au bureau. En interrogeant les voisins on a appris qu'on ne l'avait pas vu dans le quartier depuis pas mal de temps.

— Quand est-ce que vous l'avez vu pour la dernière fois ? poursuit Zamanski.

Le vieux hausse les épaules :

— Courant janvier, dans ces eaux-là. On a travaillé sur une affaire de divorce. Du banal. Ça nous a pris trois ou quatre jours. Vous comprendrez que je ne vous en dise pas plus.

— Et depuis ?

— Que dalle.

Laurence Fuzier renifle les remugles de la solitude et du malheur : odeurs de poussière et de cuisine pas nette.

— Vous vivez seul ?

Le gros homme essaie de rire.

— Qu'est-ce que ça peut vous foutre ?

— A La Rochelle, en faisant notre enquête de voisinage, nous avons appris que nous n'étions pas les seuls à rechercher Bertin. Il y a trois quatre jours, un homme dans les quarante ans s'est lui aussi inquiété de savoir ce qu'était devenu Philippe Bertin. Vous ne voyez pas qui c'est ?

— Je ne suis pas obligé de vous répondre…

— Non. Mais nous dire ce que vous savez pourrait aider notre ex-collègue, remarque Zamanski. J'ai idée qu'il en a besoin.

— Bertin est de ceux qui savent faire face aux emmerdeurs.

Zamanski avale une rasade de bière à même la canette.

— … Pas sûr.

Vautier se donne un temps de réflexion, le temps de vider son verre.

— Le type qui recherche Bertin, c'est Jean-Claude, son fils. Il est passé ici, il y a trois jours.

— Et qu'est-ce qu'il voulait ?

— La même chose que vous. Je lui ai répondu pareil. Personne n'a revu Bertin depuis le début du mois de mars.

— Ce fils, vous savez où on peut le trouver ?

Vautier hésite. Il se lève, ouvre le tiroir du buffet, sort une carte :

— Il m'a donné son adresse, son téléphone. C'est en région parisienne, à Montgeron, avenue Mendès-France.

— Tu notes, Laurence ?

La jeune femme prend un calepin dans son sac, elle note.

— Votre copain, ça le prend souvent de partir sans donner de nouvelles ? demande-t-elle.

— Bertin n'est pas mon copain et votre façon de parler de lui ne me semble pas appropriée. Je ne vous connais pas et je ne sais pas ce qui est arrivé à Bertin mais ce qui est sûr, c'est que vous ne lui arrivez pas à la cheville, mademoiselle. Face à ce genre de flic qu'il soit en activité ou en retraite, vivant ou allongé, vous êtes une naine. Alors parlez de lui avec respect, c'est vu ?

Richard Zamanski intervient :

— D'accord Vautier, d'accord ! Respect et chapeau bas devant nos anciens. Mais pour lui témoigner notre estime, il faudrait le trouver ! Aucun de ses proches ne sait ce qui lui est arrivé. C'est bien ça ?

Vautier se tait.

— Vous avez les clés de l'agence à La Rochelle ?

— Pourquoi ?

— On pourrait aller y jeter un œil pour s'assurer que le cadavre de Bertin n'attend pas qu'on s'occupe de lui.

— Et si je refuse ?

— Toujours possible. Mais vous connaissez la chanson aussi bien que moi. Commission rogatoire, serrurier, perquise, dossiers saisis, comptabilité épluchée, clients inquiétés. En un mot des emmerdes, alors que là…

— Simple recherche d'informations.

— C'est ça, monsieur Vautier. Comme qui dirait un entretien informel.

Vautier sourit.

— Informel ! Je vous ai connu plus vachard… Après tout… Je me prépare et on y va. Je prendrai ma bagnole.

Laurence sourcille. Elle perçoit entre ces deux types quelque chose qu'elle ne comprend pas. "Je vous ai connu… ?"

Il y a des temps qui appellent l'océan et ses navires. Le passage des cumulus au-dessus de la plaine rase et jaune anime le paysage. Et puis soudain il pleut. Une violente averse qui donne des envies d'oublis. Les essuie-glaces battent la mesure.

En tête la guinde de Vautier, une Early Bird Nissan qui remonte à l'époque où la bagnole américaine servait de référence aux productions locales émergentes. A sa suite, la Mercedes zamanskienne. Elles croisent la caravane des camions en route pour Bordeaux, l'Espagne, le Portugal. Phares allumés, halo de flotte.

— Tu ne crains pas qu'il nous largue ?

— Il n'a rien à cacher, il ne risque rien, il le sait. Un vieux canasson de réforme, le Vautier. Avec la fatigue en guise de sagesse.

— Tu le connais ?

— Nous nous connaissons.

— Raconte.
— Pas maintenant, Laurence.

La Rochelle. Zamanski suit toujours la Nissan. Evidemment, le vieux se dirige sans la moindre hésitation, s'arrête sur un petit parking de voisinage. Il claque la porte de sa guinde d'un coup de talon qui ne manque pas d'élégance dans la désinvolture.

Deux trois cents mètres à pied et en silence. Rue des Célestins. Des boutiques baissent leurs stores, le chaland devient rare, c'est bientôt l'heure du 20 heures.

Agence Bertin. Second étage. Vautier sort les clés, claquement mat de la serrure multipoint.

Dès l'entrée, l'odeur vous saute au nez. Des relents de vieille biture laissés par quelqu'un loin de sa forme, relents que le déodorant senteur marine des toilettes ne parvient pas à combattre. Les molécules de l'industrie ménagère ont déclaré forfait. Elles ne peuvent rien contre l'alcool mal digéré.

— Bertin ? demande Zamanski.

— Ça m'étonnerait. Il n'aurait pas laissé le bureau dans cet état.

— Alors qui ? Des squatteurs ?

— Ne dis pas de conneries, Laurence. Avec une serrure cinq points et un panneau de blindage ? Qui a les clés, à part vous et Philippe Bertin ?

— Je suppose que son fils les a.

— Alors c'est lui qui a séjourné dans les locaux.

— Dans ce cas, il n'a pas hérité de son père le goût de l'ordre et de la propreté, constate avec tristesse Vautier.

Zamanski et Fuzier font le tour des trois pièces.

— C'est donc ça une agence de privés ? dit Lolo.

— C'est une façon de passer sa retraite, répond Zamanski qui s'intéresse aux photos accrochées sur les murs. Il se tourne vers Vautier :

— Philippe Bertin, c'est bien lui.

Le vieux confirme.

Des chemises cartonnées sont posées sur le bureau, bien en vue. Zamanski s'en empare d'une, l'ouvre, parcourt les documents, jette un œil sur les photos…

— Ce sont les enquêtes de l'agence Bertin et Vautier associés ? demande-t-il en donnant le dossier à Vautier.

— Je ne suis pas au courant, dit-il troublé.

A son tour, Laurence Fuzier regarde les clichés, preuve accablante de la dégradation des mœurs.

— L'agence Bertin traite des affaires bien particulières.

— Ce n'est pas l'agence Bertin, en tout cas pas moi.

— Alors qu'est-ce que ça fait là ? Ce n'est pas vous qui avez pris ces souvenirs émus de moments inoubliables ?

— Retrouvez les protagonistes de ces partouses et ils vous diront qu'ils n'ont jamais eu affaire à moi.

Zamanski continue de parcourir les dossiers.

— Et à Philippe Bertin ?

— Peut-être mais je ne suis pas au courant, je vous l'ai dit. C'est à cause de ça que vous le cherchez ?

— Possible…

Zamanski s'est arrêté sur un jeu de photos, il les observe. Puis, haussant les épaules, il les glisse dans la poche de sa veste. Amertume, déception. Laurence le voit. Elle ne sait que penser. Il poursuit. Il s'arrête à nouveau sur une série de clichés.

— Ces deux types à la table d'une brasserie, vous les connaissez ?

Vautier regarde, réfléchit.

— Un des deux, oui, je me souviens. Puffard. Me Puffard. C'est un notaire de Cognac. Il y a un peu plus de trois ans, nous avons travaillé pour lui. Une histoire d'indélicatesse avec un de ses secrétaires. Il revendait à des particuliers des éléments de dossiers traités par l'étude.

— Et l'autre ?

— Jamais vu, jamais eu affaire à lui.

— Nous, on le connaît. Il s'appelait Mertens. C'était un Belge domicilié à Ostende. Il a péri dans l'incendie d'un hôtel-restaurant à Blainville, il y a de cela deux semaines. Un incendie criminel.

Zamanski étale une quinzaine de photos sur le bureau.

— De toute évidence, Bertin s'intéressait beaucoup à Mertens. Une vraie passion ! Mertens avec des amis, Mertens sur le quai d'un port, une mallette à la main, Mertens en discussion avec un couple de plaisanciers. Mertens, toujours et encore. Mertens ! Ce type-là n'avait plus rien à dissimuler au flic aguerri qu'est Philippe Bertin. Reconnaissez-vous des gens sur ces tirages ?

Vautier parcourt les épreuves, fait la moue.

— Non, à part le notaire de Cognac, nada !

— C'est possible de consulter les archives de l'agence ? Où elles sont ?

— Dans le coffre.

— Vous avez les clés, le code ?

— Oui…

Zamanski regarde son adjointe.

— Laurence, tu as prévu quelque chose pour ce soir ?

— Rien de spécial, pourquoi ?

— Tu veux bien aller nous chercher de quoi croûter, quelques bières aussi ? Pendant ce temps, avec Vautier, je vais commencer à consulter ces documents.

Fuzier grimace. Elle est enquêtrice, pas cantinière. Mais elle aussi a faim.

— D'accord, lâche-t-elle en empoignant son sac.

Vautier déplace le sous-verre, manipule la serrure du coffre.

— Ainsi, ils vous ont muté en province ? fait-il.

— J'avais sans doute besoin de grand air, répond Zamanski.

— Quand je vous ai connu, à Paris, vous étiez magnifique. Un seigneur de la poulaille, si je peux me permettre, craint et respecté.

— Les choses vont, elles viennent. On a été, on sera… Ça vous va comme ça, Vautier, ou on continue d'aligner les banalités ?

— C'est vrai ce qu'on a dit ?

— Et qu'est-ce qu'on a dit ?

— Que c'est vous qui l'aviez tuée.

— Il y a eu une enquête, Vautier, vous le savez. Et elle a conclu à un suicide…

— Mais ce n'est pas ce que disait la rue. La rue, vous savez commandant, c'est fou ce qu'elle peut colporter. Par exemple, elle disait que vous étiez jaloux et que votre artiste peintre commençait à s'ennuyer auprès de vous. Un flic, à ses côtés, ce n'était pas assez distingué, pas très mode, pas branché. On disait qu'elle commençait à vous trouver un peu boulet. Bref, vous la fatiguiez. Entre vous, ce n'était plus le grand amour. C'est ce que disait la rue. La rue a prétendu que vous vous trouviez dans l'appartement lorsque le coup est parti. Pas dans l'escalier comme vous l'affirmiez, mais bien dans l'appartement. La rue disait même que c'est vous qui aviez le doigt sur la détente et que vous avez appuyé.

— Vous savez, ce qu'on dit…

— Sauf quand la hiérarchie pense la même chose. Vous avez dû avoir du mal à convaincre l'Inspection générale des services. La fille et vous,

vous veniez de vous disputer. Violemment. C'est la gardienne de l'immeuble qui l'a raconté.

— Qu'est-ce que vous cherchez, Vautier ? Mon poing dans la gueule ?

— Vous ne le ferez pas…

— Correct.

— Là, maintenant, vous avez besoin de moi pour mener une enquête en franc-tireur. Vous avez embarqué votre adjointe à gros nibards dans une affaire qui risque de lui coûter bonbon. La maison déteste les francs-tireurs. Les flics sont payés pour faire ce qu'on leur dit, pas ce qui pourrait les arranger en raccommodant leur carrière. Vous, vous tentez un come-back. C'est beau, un type blessé qui essaie de remonter la pente. Mais elle est glissante la pente, c'est de la terre glaise détrempée qui se dérobe sous les pieds. On grimpe quelques mètres. Rien à quoi se raccrocher, personne sur qui s'appuyer. On s'épuise et on glisse, on dévale et on se retrouve au fond du trou, vaincu, épuisé, tout merdeux.

— Vous vous y connaissez.

— Je sais et vous le savez. Vous et moi, on est des vieux, des presque morts, des quasi-fantômes. Mais je vous dois une fière chandelle, alors voilà, je sors les dossiers. Vous les étudiez, vous posez des questions, je réponds si je sais pouvoir le faire et après, basta ! On n'en parle plus. Vous ne me faites pas chier avec des histoires de PV, de témoignages et autres. Vous ne me connaissez pas, nous ne nous sommes jamais rencontrés, correct ?

— Correct.

Arrive Lolo avec deux pochons, pleins de sandwiches et de canettes.

— Jambon-beurre, poulet-crudités, jambon-fromage. Avec du vrai pain frais. Ça vous va ?

Les deux types ne répondent pas.

— Eh bien, il y a de l'ambiance, rigole la jeune flic. J'ai eu tort de me tirer. Je sens que j'ai raté beaucoup. Si je vous gêne dites-le-moi, j'irai dîner chez ma mère !

*

Junior arrive très en avance au lieu de rendez-vous. Il a choisi la brasserie avec soin. Un grand café très spacieux où l'on repère facilement ceux qui s'y abreuvent. La terrasse s'étale sur le trottoir d'un large boulevard très roulant. En face de l'établissement, il y a un parking avec des places disponibles. Junior se gare face à la terrasse et près de la sortie. Il arrête le moteur, il attend. La hi-fi du cabriolet passe en sourdine Radio bleue La Rochelle. Séquence jazz. Junior reconnaît *East Broadway Run Down*, de Sonny Rollins. Aux drums, c'est Elvin Jones. Rien à dire, impeccable.

Sur le boulevard, ça vient ça va. Passants pressés par les menaces de la météo océanique, changeante et généreuse en averses impromptues. A quand les premiers rayons printaniers, et les jambes sans collants aux terrasses des brasseries ? Bertin fils trompe le temps. Au flash d'info de 19 heures, il y a des attentats en Irak. La tuerie de la forêt de Vernon n'est pas évoquée. Après, c'est Souchon : *Foule sentimentale*. C'est bien Souchon, ça berce et ça calme. Foule sentimentale, manque d'idéal… Et si elle ne venait pas ? Et si à la place, c'étaient les flics du SRPJ qui débarquaient armes au poing dans un crissements de pneus malmenés et de portes claquées. Mais c'est elle qui vient. Il l'aperçoit : jean, baskets, pull moulant sous l'imper, le Vuitton en bandoulière. Elle, Joëlle Fiony.

Coup d'œil à droite, à gauche. Elle traverse entre un autobus et une camionnette. Prise de risque raisonnable. Elle fonce vers la terrasse, mouvement de tête nerveux pour replacer une frange. Si jeune, si pleine d'énergie. Regard panoramique sur les tables, haussement d'épaules énervé, elle prend place. Elle regarde sa montre, passe sa commande et s'allume une clope. Elle n'a aucune raison de s'intéresser au cabriolet A4 stationné de l'autre côté de l'avenue.

Elle ne perd rien pour attendre, jubile Bertin fils. Jubilation un peu exagérée. S'il a une idée précise de ce qu'il veut obtenir, il ne sait pas vraiment comment manœuvrer. Faudra voir. Analyser, s'adapter, dominer.

Là-bas, en compagnie de son quart Perrier, Fiony la furie s'impatiente. Elle en est à sa troisième cigarette. Les coups d'œil à sa montre se succèdent de plus en plus rapprochés. Junior lui donne encore dix minutes avant qu'à bout de nerfs elle ne décide de dégager.

Plus patiente qu'il ne l'imaginait, elle met le double à digérer son lapin. Il l'imaginait furax, elle paraît abattue. Elle retraverse l'avenue, rejoint le parking. Dans le rétro, Bertin la voit qui monte dans sa Mini Cooper jaune vif. Elle démarre.

A lui de jouer. Analyse, action. C'est là qu'on voit l'artiste, le vrai. Et il démarre.

Retour aux conseils paternels. Toujours donner du mou à la chèvre. Surtout quand on est seul sur le plan. Suivre la Mini Cooper BMW de loin, comme si de rien n'était. Une attention légère, distante, limite paresseuse. Une espèce de marivaudage automobile des plus gracieux. C'est important, la grâce. Le style, tout est dans le style. Entre eux, il y a une Ford et une camionnette Fiat.

Elle est sympa, la petite Fiony. Si le rendez-vous manqué l'a exaspérée, elle n'en montre rien dans sa conduite. Elle roule avec prudence, prévenant longtemps à l'avance de ses intentions. Filoche fastoche. Ne pas relâcher l'attention pour autant. A tout instant, elle peut repérer le suiveur et sortir une combine destinée à le semer.

Six heures du soir. Un peu partout ça déserte le bureau, l'atelier. Circulation dense mais fluide le long d'artères prévisibles.

Elle fait le tour du centre-ville, revient au point de départ, ralentit devant la brasserie, subit le klaxon agacé d'une 406, accélère, prend la direction de la technopole. Elle contourne les bassins des Minimes, s'engage dans la ville nouvelle. Soudain, elle stoppe devant un McDo. Junior poursuit sa route sur deux trois cents mètres, il se gare à son tour.

Elle ne sort pas. Junior croit savoir ce qu'elle vit. *C'est toujours comme ça. A force de fixer l'objectif, tu l'intègres. Tu penses ce qu'il pense, tu sens ce qu'il sent, tu es à sa place, tu es lui, une empathie terrible.*

Quelques minutes encore et Gégé l'enfoiré entre en scène. Toujours beau mec malgré le pansement qui moule l'arête de son nez. Il prend place à côté de la conductrice. La Mini redémarre, la filature reprend. La petite berline fait plusieurs tours de quartier avant de s'arrêter à nouveau. Gérard descend, Fiony redémarre, Bertin reste. S'adapter, dominer. Il jubile, le fiston du flic. Ça se présente à peu près comme il l'espérait. Ce n'est pas qu'il ait de la chance ni qu'il soit doué. Tout simplement, son hypothèse était juste. Face à un problème il n'y a pas trente-six solutions. Il a donné un rencard à la môme pour une affaire qui la concernait, elle et son rigolo d'amant. Elle est venue au rendez-vous, pour rien. Il était donc logique qu'elle retrouve son mec pour lui rendre compte du foirage de l'opération. Elle aurait pu lui téléphoner, mais ils ont beaucoup trop à se dire et ils ont la trouille. A leur place, Junior aurait fait pareil. Pas tant de solutions à un problème posé. Gérard dépasse quelques pâtés de maisons d'un pas de cadre stressé par la concurrence mondiale. Bertin le voit qui entre dans un immeuble situé à trois cents mètres de celui où Fiony et lui avaient monté leur traquenard.

21

Une heure du matin. La fatigue impose ses conditions. C'est l'heure des choix décisifs. Fermer boutique pour rejoindre ses draps ou atteindre ce deuxième souffle qui permet de poursuivre malgré la tête lourde et les yeux brûlants.

Dossiers après dossiers, Laurence et Richard ont reconstitué avec l'aide de Vautier la façon d'opérer de l'ancien commissaire.

Dans un premier temps il répondait à des commandes d'enquête venues de clients chagrinés. S'immisçant dans leur vie privée, il lui arrivait de découvrir de sales petits secrets les concernant eux ou leurs relations. L'ancien flic ouvrait alors un nouveau dossier plus officieux celui-là.

— Pourquoi ? s'est interrogée Laurence.

— Chantage… Une analyse de la comptabilité de Bertin et de son train de vie nous permettrait de le vérifier. De nombreux ponts existent entre les deux séries d'archives. Mais ce qui relie Mertens à l'agence de détective privé, c'est le dossier Puffard. Me Charles Puffard, notaire à Barlezieu, un bourg de la région de Cognac. Marié à une blonde femme au foyer, père de trois enfants âgés de vingt à vingt-sept ans. En 2002, Charles Puffard a demandé à Bertin d'enquêter discrètement sur son avoué, un jeune type qu'il soupçonnait de lui faire des enfants dans le dos. Bertin et Vautier ont enquêté. Le jeune avoué s'est retrouvé sur le pavé sans la moindre indemnité avec une réputation suffisamment plombée pour l'inciter à réviser son code de déontologie. Mais le dossier Puffard n'a pas été fermé. Entre-temps, Bertin avait découvert que Charles Puffard ne menait pas la vie respectable que l'on attend d'un notable de province. Charles Puffard fréquentait le cercle des amis de Mertens. Des photos le montrent dans la propriété du Belge en compagnie de quadragénaires prospères et de filles très jeunes et certainement vénales. C'est à cette époque que Bertin a commencé à s'intéresser à Mertens. Le Belge avait organisé un réseau de prostitution à l'usage de ses “amis” recrutés pour leur assise financière confortable. Médecins, gros commerçants, hauts fonctionnaires régionaux, avocats, tous bons bourgeois friqués ne refusant pas quelques heures de délassement dans un cadre agréable et complice. A propos de Mertens, Bertin a découvert autre chose que le proxénétisme occasionnel. Tout autre chose. Sans doute lui fallait-il du plus rémunérateur, du plus dangereux aussi. Et là interviennent les pseudo-déplacements immobiliers. Les recherches de locations dans les stations balnéaires, ces rendez-vous discrets avec un trio de plaisanciers naviguant sur un yacht : le *Sealion*.

— Fortiche, le collègue, dit Laurence en s'étirant. Il a trouvé le moyen de photographier les échanges de pognon entre Mertens et les Hollandais sans que ceux-ci s'en aperçoivent.

— Apparemment, Bertin connaissait tout du trafic mis sur pied par le Belge. Dans la nuit du 7 au 8 mars, ce dernier meurt dans l'incendie de son hôtel à Blainville. Le 8 au matin, le *Sealion* arrive à Blainville. Il y restera la journée, le temps nécessaire pour apprendre que Mertens est mort dans un accident. L'échange ne pouvant avoir lieu, les Hollandais ont mis les voiles. Et c'est depuis le 7 que Bertin demeure introuvable.

— Comment tu vois ça, Richard ?

— Je ne suis pas dans la voyance, OPJ Fuzier. Mais une chose est sûre : l'incendie de *La Capitainerie* n'est pas un accident. C'est un acte volontaire commis par quelqu'un qui connaissait les procédures de recherche habituelles et qui a utilisé une technique de mise à feu vraiment perverse. Or, Bertin, en tant que détective au service de compagnies d'assurances, connaissait tout ça. Il était même expert auprès des tribunaux. Il est possible que ce soit lui qui ait mis le feu à l'hôtel-restaurant. Il liquide le Belge dans sa chambre, le soulage de son pognon, puis il quitte les lieux après avoir démarré l'incendie. C'est probablement lui qui a déclenché le système d'alarme et prévenu les pompiers.

— Il n'avait pas envie d'avoir plusieurs morts sur la conscience.

— Sans doute. Mais surtout, un mort, c'est un fait divers. Dix morts, c'est une catastrophe. Dans ce cas, les investigations sont beaucoup plus poussées. Il risquait de voir sa combine très vite découverte.

Fuzier est perplexe, Vautier se tait. Ce qui se dit, là, devant lui, ne semble le concerner en rien. Un drôle de cheval, le retraité.

— Il y a plus simple, pour piquer du fric à un gus. Je ne vois pas pourquoi Bertin aurait fait aussi compliqué.

— Le temps, Laurence ! Pour gagner du temps. Une attaque en rase campagne était possible et plus facile. Mais c'était une attaque à découvert et Bertin se retrouvait avec toute l'organisation au cul, immédiatement. Alors que là, en camouflant la mort de Mertens en accident, surtout en effaçant toutes les traces dans un incendie bien organisé, il gagnait du temps sur les flics et les complices de Mertens. Assez de temps pour prendre le large et voir venir. Un répit. Se lancer dans un plan pareil, c'est de toute façon se condamner à finir ses jours en cavale. Et ça, Bertin le savait.

— Reste à savoir où il est, soupire Laurence.

— Qu'est-ce que vous en pensez, Vautier ?

— Mes pensées ne font pas partie de notre accord.

— Exact. Quelque chose me dit que votre associé n'est pas allé bien loin. On finira par le trouver. Laurence, on se tire. Je vous remercie Vautier pour votre coopération… Possible que je parvienne à remonter la pente.

— Nous sommes quittes, Zamanski. Je vous l'ai dit, je ne vous dois plus rien. J'espère ne plus avoir à vous voir.

Avant de sortir, Zamanski décroche du mur l'une des photos de l'ancien commissaire.

*

Avec la nuit, la température est tombée. Froid mouillé venu de l'océan et qui vous rappelle que ce n'est que le printemps. Junior a trompé le temps en pensant à sa femme Brigitte, à ses gamins. Il a pensé au boulot aussi, le budget pour l'opération "Eté chaud" dans les quartiers difficiles, tout ce qui constituait son être au monde. Il n'est pas sûr que ça lui manque. Il ne sait pas. Pas plus qu'il ne sait ce qu'il va faire. Dans cette bagnole de champion de bilboquet volant, il a froid, il s'ennuie. Tout lui paraît irréel, vain.

Dans une planque, arrive toujours le moment où tu doutes. L'autre, la proie, est bien au chaud dans son existence, ses histoires. Toi, tu fais rien, t'attends. A ce moment-là, l'autre t'apparaît comme trop fort, inaccessible. Alors ta seule consolation, c'est de te dire que, toi, t'es payé pour ça. Et puis tu penses aux emmerdements qui attendent l'autre sans qu'il s'en doute. Tu te rassures. L'autre là-bas, il se croit fortiche, libre avec encore du temps devant lui. En réalité, il est déjà dans le piège. N'empêche. Dans une planque, il y a toujours un moment difficile. Pour les vrais chasseurs, ceux qui sont nés pour la traque, ce moment n'arrive jamais. Dans l'attente, leurs sens s'exacerbent, leur intelligence s'aiguise, leur cruauté aussi. Leur cruauté...

Sauf que Junior n'est pas payé pour poireauter le long de ce trottoir.

La proie, bien au chaud dans ses petites histoires, ses magouilles, ses soucis, se croit encore libre... La preuve. Gérard sort de son immeuble comme un type qui, la journée finie, va en ville boire un verre, voir une fille. Junior sort de sa voiture, se met dans l'encoignure d'une porte. Main sur le Beretta, il est prêt. Gérard vient vers lui. Il arrive, il s'approche, Junior retient son souffle, dégaine son arme.

Quand on sort un flingue c'est pour s'en servir. On est conscient de ça, on a accepté l'idée de tirer et donc de tuer. Encore deux dernières secondes, les deux dernières... Contact ! Le canon sur la nuque.

— Tu ne te retournes pas, tu ne fais pas un geste, tu tiens tes mains éloignées de tes poches. Pas de conneries, Bertollini. Douze balles de 9 mm blindées, c'est plus qu'il n'en faut.

Le mec s'est immobilisé. A toute vitesse, il explore son disque dur à la recherche de réponses. Il s'interroge, le mec, il en avale sa salive de travers.

— Qu'est-ce que vous me voulez ?

Frissons. Il vient de pénétrer dans le royaume des chagrins.

Junior recule de deux pas.

— Je t'emmène faire un tour pour discuter… Tu avances très lentement vers l'Audi, tu ouvres la porte du passager. Souviens-toi ! Douze balles, du 9 mm blindé. OK ?

— Oui oui… J'ai compris.

Gégé avance, lentement. Pas qu'il soit doué pour la soumission. Simplement, il ne comprend pas ce qui lui arrive et il pue la peur.

Junior le suit à deux pas. Toujours garder un minimum de distance, l'espace de la réaction, au cas où.

Bertollini ouvre la porte, lentement, très lentement.

— Tu bascules le siège et tu montes à l'arrière, tu t'allonges sur le ventre, tu mets les mains dans le dos. Compris ? Tout ça toujours très lentement, tu te souviens ?

— Oui oui ! Attention à mon nez.

Gégé se couche au sens propre, à plat ventre. Junior est soulagé. Il n'a pas affaire à un dur qui lui donnerait du fil à tordre et à tresser. Un brave garçon, finalement ce Bertollini, un pauvre naze, c'est le cas de le dire ! Pour la peine, Junior lui passe la paire de Smith & Wesson. Un mouvement pas vraiment impeccable. Un vrai vicieux aurait pu lui faire payer cher son cafouillage. Mais Gégé a abandonné le vice. Ni réponses ni solutions en magasin, il est dans l'inconnu avec la trouille pour seul guide. Junior rabat le siège sur cette débâcle. Ne surtout pas céder à l'ivresse de la toute-puissance. Coincé sur le ventre entre sièges et banquette,

Bertollini est maîtrisé. Junior parachève en étalant une couverture sur le paquet.

— En voiture Simone !

C'est un avant-goût des Landes, une forêt longue d'une quarantaine de kilomètres entre deux estuaires. Des pins, des chênes verts et puis les dunes et la plage à l'infini. En saison, l'endroit est fréquenté par les vacanciers qui prennent une option pour des mélanomes à venir. Mais en mars, et de nuit…

Junior a glissé *King Arthur* de Purcell dans le lecteur, la version d'Alfred Deller avec The King's Music. Maurice Bevan dans le rôle du *Cold Genius*. Sur la hi-fi du bord, il a programmé *Let me Freeze* en boucle. Ça met en condition ! L'autre, derrière, sous sa couverture, claque des dents.

Tous les cinq six kilomètres, une allée qui conduit à un parking.

Junior s'engage dans l'une d'elles. La silhouette noire des pins se détache sur la nuit bleutée. Des nuages d'estampe voilent la lune. Il arrête la musique, stoppe la bagnole contre une glissière de sécurité. Silence. Pas très loin on perçoit le souffle régulier des vagues sur la grève. Pas de vent. Immobilité parfaite.

— On est arrivés. Tu sors, mais lentement, hein ?

A ce moment, le marchand de barbaque frelatée ne se fait plus beaucoup d'illusions. Ce parking, c'est un échafaud, une place de grève revisitée, un lieu de supplice. Il ne peut qu'espérer trouver suffisamment de jus pour finir pas trop mal, en mec. Il a joué et sans le savoir il perdait. Il lui faut payer, il lui faut finir. Pas en beauté, c'est au-dessus de ses moyens, il le pressent. Avec juste un peu de dignité. Il a envie de se vider et cette envie l'épuise.

— A genoux, le dos contre la glissière.

Junior est dans la toute-puissance. Il parle, l'autre obéit. Une vraie jouissance ! C'est fou ce qui se dissimule dans les tréfonds d'un ordinaire fonctionnaire des services socioculturels, ex-gauchiste et bon père de famille ! Junior détache une menotte.

— Un bras au-dessus de la glissière, l'autre en dessous. Exécution !

Jean-Claude Bertin referme la menotte sur le poignet du mec. A genoux, bras dans le dos, menotté à la barre d'acier, Gégé n'est plus en mesure de tenter quoi que ce soit.

— Qu'est-ce que vous allez me faire ?

— Tu vas voir… C'est toi qui parlais de sadomaso, l'autre soir ? Je parie que ça va te plaire.

Il ponctue sa déclaration par un tout petit coup de crosse sur le pansement de Bertollini qui pousse un beuglement.

— J'ai dû y aller un peu fort. Tu ne m'en veux pas ? ricane Jean-Claude qui, sans se presser, va prendre dans le coffre la double paire de pinces crocodiles. Retour au patient. Ahuri, le mec. Il n'en croit pas ses yeux. Il hallucine, il se retrouve dans la scène convenue d'un mauvais polar avec lui-même, dans le rôle de la victime, le mauvais rôle. Il s'agite, proteste, se démène.

— Vous êtes complètement barge !

Toujours très calme, Junior ouvre le capot du moteur. Il a le temps, tout le temps. Le temps, c'est la force des bourreaux. Ils en font ce qu'ils veulent.

Il fixe une pince à chaque cosse avec l'air ennuyé du quidam dont la bagnole ne démarre pas. Mais ce n'est pas la bagnole qui est récalcitrante. Un coup de démarreur, et le V6 laisse entendre son doux feulement à mille tours minute.

— Le socialisme c'est les soviets et l'électricité, disait Lénine. Et les troufions en Algérie, tu sais ce qu'ils disaient, Gérard ? Non ? Tu sais pas ?… La victoire c'est la gégène et les corvées de bois.

Bertollini s'agite, vibre, tremble. Il s'insurge, il se rebelle. Il s'était préparé à mourir mais ce qu'il entrevoit, c'est pire ! Un fou. Il a affaire à un psychopathe !

Junior arrache la chemise.

— Alors, Gégé ? Tu me racontes comment ça s'est passé, l'autre soir avec mon père ?

Il brandit les pinces devant les yeux affolés du pauvre mec.

— Non ! Bordel ! Vous êtes fou, putain !

De son cri, de sa terreur, les vagues n'en ont rien à foutre. Impassibles, elles continuent à battre la grève de leur rythme puissant et régulier.

*

Zamanski et Laurence se sont arrêtés devant un hôtel Mercure, en sortie de ville. Une réceptionniste à chemisier blanc, jupe bleu marine et chaussures à talons plats leur donne les clés de leurs chambres avec une amabilité en fin de course. Zamanski demande qu'on le réveille à 6 heures. Laurence Fuzier grimace.

Dans le salon encombré de fauteuils cosy et de plantes vertes, le dernier carré d'un séminaire d'entreprise résiste au sommeil à l'aide de boissons fortes. Zamanski jette un regard compatissant sur ces guerriers à cravate défaite.

Dans l'ascenseur il y a de la musiquette et le portrait des deux fondateurs de la chaîne d'hôtels.

— Drôles de tronches, remarque Richard. On dirait des hommes d'affaires texans, époque Eisenhower.

Quelle réplique ! C'est tout lui, ça ! Mais il lui faut bien dissiper un malaise naissant. Il se trouve dans un ascenseur et il n'a jamais aimé les ascenseurs. Enfermé avec Laurence, cette fille pulpeuse, émouvante. La machinerie les emporte tous deux vers leurs chambres. Laurence non plus n'est pas à l'aise. Elle le regarde, il lui sourit. Une expérience sans doute très agréable : caresser cette si forte poitrine. Pétrir, lécher, mordiller ces deux jumeaux voluptueux. Enfouir son visage dans ces coussins pneumatiques jusqu'à l'étouffement.

Deux notes carillonnées, les portes s'ouvrent, ils sont arrivés. Couloir moquetté, ambiance camaïeu de beige et vieux rose. Des sérigraphies anodines et sous verre. Quelques mètres encore : chambres 416 et 418.

Laurence Fuzier s'arrête devant sa porte, fait jouer la serrure. Il propose un dernier avant d'aller rêver.

Elle n'est pas étonnée, elle s'y attendait peut-être :

— Chez toi ? Chez moi ?

— Dans ta chambre, tu viens de l'ouvrir.

Elle entre, il la suit. Elle jette la clé sur le lit, inspecte le contenu du minibar : cacahuètes, chips, fioles d'alcools divers.

— Whisky ?

— Si tu veux…

— Tu me racontes ?

La question le surprend.

— Qu'est-ce que tu veux savoir ?

— Qu'est-ce qu'a fait un chef de groupe en PJ pour terminer sur une plage. Quand je suis revenue avec les sandwiches, vous parliez de quoi avec Vautier ? J'ai eu l'impression de tomber en plein, en plein…

Zamanski ironise :

— La scène du duel au soleil, le bon et la brute seuls, face à face, dans la rue principale de Flingue City. C'est ça ?

— Oui, soupire Laurence, un peu éberluée.

Zamanski sourit avec lassitude. Encore une fois raconter, prendre le risque de se justifier. Mais comment refuser à cette fille bien gentille qui le suit dans ses conneries et lui ouvre sa chambre pour prendre un verre et peut-être plus.

— On parlait du passé, Laurence. On parlait aussi de Véra Trahner et de mes ennuis.

Laurence fronce les sourcils.

— C'est un nom qui me dit quelque chose…

— Le nom d'une artiste peintre. Pages culturelles des grands magazines. Nous avons vécu ensemble six ans…

— Et puis ?

— Et puis elle s'est tuée… Avec mon arme de service. Ne laisse jamais traîner ton flingue, Laurence, jamais…

Il avale une gorgée de VAT 69. Pas terrible, comme tout le reste, cette chambre, cette fille avec ses gros nibards dans son T-shirt grotesque, l'existence en général et merde ! Allez, arrêter de faire le malin avec les gens, les choses. Laurence est une brave fille et un bon flic.

— Dur ?

— Plus que tu ne peux l'imaginer. La mort bien sûr. Tu vois le truc, nettoyer la cervelle de la femme que tu aimes ? Mais il y a pire. Elle et moi, nous ne nous entendions plus très bien. En réalité, Véra allait mal. Elle avait une crise de doute et une fatigue terrible. Elle devait faire évoluer son œuvre, elle sentait qu'elle avait dit ce qu'elle savait dire et que sa peinture prenait une autre direction, plus figurative, moins facilement repérable pour les amateurs. Ça l'angoissait beaucoup et moi je ne pouvais pas l'aider. Pire. Je l'ai fait chier avec des histoires de jalousie, des conneries. Au total, je me dis que je suis responsable de tout ce qui est arrivé.

— Comment tu peux en être sûr ?

— Attends ! Ce soir-là, je n'étais pas sur les lieux, pas dans l'appartement. Non, j'étais à trente mètres tout au plus. Elle était dans la chambre, j'étais dans l'escalier de l'immeuble. C'est con hein ? Comme la concierge, le suspect est dans l'escalier. Je remontais de faire une course, acheter un paquet de clopes, ce n'est pas très sérieux d'aller acheter un paquet de clopes lorsque ta femme se prépare à s'envoyer une balle dans le crâne. A s'envoyer ou à recevoir…

Laurence Fuzier fronce les sourcils :

— Tu veux dire ?

— Oui. A deux minutes près, montre en main, je pouvais être près d'elle, tenir le flingue, appuyer sur la détente. Deux minutes… Le temps du doute et des soupçons.

— Pas de témoins ?

— Non. La gardienne m'a vu monter mais elle n'a pas vu où je me trouvais au moment de la détonation.

— Putain ! J'imagine les emmerdes…

— Blainville-sur-Mer, Laurence. C'est mieux que quinze ans de centrale.

— Et tu es sûr…

— … D'être innocent ? Si être innocent, c'est de ne pas avoir appuyé sur la détente, alors oui, je suis innocent. Ce n'est pas moi qui ai tiré la balle. Ça, j'en suis sûr, tu comprends, je le sais, je l'ai crié encore et encore, aux collègues, aux rigolos de l'Inspection générale. Non, je n'ai pas tiré le coup de pistolet. Mais pour autant est-ce que je suis vraiment innocent ? Pourquoi j'ai laissé sur la table mon arme de service alors que nous venions de nous disputer, qu'elle était épuisée, désespérée de rage et de confusion, alors qu'elle avait plusieurs fois menacé de se tuer ? Pourquoi j'ai laissé traîné mon flingue, bien en vue sur la table ? D'accord, j'étais énervé, j'avais besoin de fumer. Plus de cigarettes ! J'ai pas réfléchi, tu vois, j'ai pris du fric, je suis sorti. Simple, non ? Banal, ordinaire. Rien à dire. Sauf que c'est une faute professionnelle et que je ne serai jamais tout à fait sûr…

— De ne pas l'avoir oublié exprès ? C'est ça ?

— Oui…

— Quelle merde !

Ils finissent leur verre en silence.

— Richard ? Je réfléchis à ce que tu viens de me dire. Je ne crois pas. Non, je ne crois pas que tu l'aies fait exprès de laisser ton arme en pensant que cette femme allait s'en servir contre elle. Tu vois, je ne te connais pas beaucoup, mais ce que je sais, c'est que ce genre de truc bien tordu, ce n'est pas ton style.

Il se lève, s'approche d'elle :

— Laurence…

— … Ça ne te ressemble pas, je t'assure.

Elle aussi s'est levée, elle le regarde, lui sourit.

Il la prend dans ses bras, elle le laisse faire, il l'embrasse, elle ne répond pas à son baiser, le repousse.

— Richard… Moi aussi j'ai quelque chose à te dire. Je sais que ça restera entre nous… Ce soir, c'est dommage…

Il imagine une impossibilité physiologique… Elle poursuit :

— Tu n'y peux rien, mais voilà : je n'aime pas les hommes…

Elle semble bien désolée, l'OPJ Laurence Fuzier. Elle se mord la lèvre inférieure, sourit timidement.

— Tu veux dire que tu es ?

— Oui, lesbienne. Je suis lesbienne.

22

Junior attend devant la porte d'un magasin qui vend des planches à voile et l'équipement qui va avec. Enfin, une espèce de surfeur californien arrive. Il ouvre le magasin tout en observant ce drôle de gus, déjà là, si tôt le matin. Junior entre. Il s'explique. Une demi-heure plus tard, il ressort avec une combinaison, des palmes, un masque de plongée, une torche étanche.

Gérard Bertollini a été très précis. Avec Fiony, ils avaient guetté Philippe Bertin dans le parking proche de l'agence. But de la rencontre : "négocier" la récupération du dossier sur le trafic des viandes. Ils l'ont vu sortir du parking au volant de sa voiture, une Peugeot. C'était le 8 mars, tôt dans la matinée. Ils l'ont intercepté. Ils voulaient discuter, l'ancien flic a refusé de perdre son temps avec eux. Il avait l'air pressé, fatigué aussi. Il a voulu se tirer. Fiony s'est énervée, Bertollini a sorti une arme, un modeste 22… Menotté au pied de sa glissière, Gégé jurait qu'il n'avait pas voulu tirer. Ses jambes s'agitaient en tous sens, balayant le gravier du sol. Il pleurait. Junior impassible tenait les deux pinces dans le champ visuel de sa proie. Derrière lui, l'alternateur de l'Audi produisait de la bonne électricité à volonté. A voir ce type se tordre comme un ver autour de ses bracelets, Junior comprenait, se sentait invincible… J'ai pas voulu le tuer, répétait l'autre d'une voix mécanique, un leitmotiv dérisoire. Non non ! J'ai pas voulu le tuer… C'était sans doute vrai. Un pauvre mec aux épaules trop petites pour son costume de truand économique. Je voulais pas le tuer, votre père. Le coup est parti tout seul. *"Si on sort une arme, c'est pour s'en servir, c'est pour tuer."* Une seule balle qui avait abasourdi les trois protagonistes et puis Philippe Bertin s'était effondré au pied de sa voiture. Mort d'un ancien flic. Junior imaginait la stupeur de son père, sa rage aussi. Se faire allumer par un locdu armé d'un .22, une arme de môme ! Et ça, juste au moment de larguer les amarres en compagnie d'une ponelle de vingt-sept printemps, direction Buenos Aires ! De quoi crever de rage. Et il en était mort. C'est Fiony qui avait réagi la première. Il fallait se débarrasser du corps. C'était une évidence et c'était urgent. Bertollini était sonné. Alors, elle a pris les commandes… Gégé, dans son froc mouillé, insistait là-dessus ! Des deux, c'était Fiony la plus dure, la plus salope. Lui tout seul, il aurait jamais songé à récupérer le dossier. Pauvre type !… Ils avaient installé le corps dans la Peugeot. Fiony s'était mise au volant. Bertollini avait pris la Mini Cooper. Il suivait, Bertollini. A partir de ce moment, il était condamné à ça : suivre les événements. Ils avaient roulé durant une petite heure.

Junior quitte la nationale au-delà de Rochefort. Il poursuit sur un chemin vicinal qui longe d'anciennes gravières. Il finit par trouver le ponton en béton qui servait au chargement des bennes. D'après Bertollini, c'est là qu'ils ont jeté la Peugeot avec son occupant. Il était formel. Un insatiable besoin d'être cru, intarissable sur les détails, le marchand de viande. Junior n'a même pas eu besoin de le travailler à l'électricité. Il ne sait donc pas s'il est vraiment capable de torturer un mec.

Il gare le cabriolet à l'abri de possibles regards. Il se déshabille, enfile avec difficulté la combinaison, passe le masque, prend la torche sous-marine.

De l'autre côté du lac, il y a les bâtiments fermés d'une base nautique, des bosquets touffus, de hautes herbes… Bon coin pour la pêche certainement. Gardon, sandre, peut-être du brochet… Plus loin il y a les installations sanitaires d'un terrain de camping. La température est fraîche, l'eau frissonne sous le vent de noroît. Qu'il se jette à l'eau n'étonne même pas Junior.

Plus rien ne l'étonne. Ça fait maintenant cinq jours qu'une étrange bestiole le colonise. Il ne se reconnaît plus, il s'est trouvé. Il plonge rejoindre le père.

Le froid le saisit, la mort l'étreint. Ce n'est plus un étang, c'est le Styx mais le nocher est absent.

Bertin junior fait de vigoureuses brassées vers un possible destin. Puis il plonge. L'eau d'abord verte devient brune, opaque. Le faisceau de la torche éclaire un brouillard de particules dansantes. Il remonte, reprend souffle, replonge à nouveau. Les sablières sont profondes. Sans appareil respiratoire, retrouver la bagnole, c'est une tâche de forçat, le travail d'un mineur exploitant le minerai aqueux des origines. Le temps s'essouffle, Junior s'épuise. Remonter, happer l'air à pleins poumons puis, à nouveau, s'immerger avec des brasses de moins en moins énergiques.

La colère le gagne en même temps que l'épuisement. L'autre salaud de Gégé s'est foutu de lui. Il doit bien se marrer, accroché à sa glissière comme une chèvre à son pieu, la chèvre de M. Bertin. Peut-être se venge-t-il en imaginant son tortionnaire plonger et replonger dans les eaux brunes de la magouille.

Jean-Claude est épuisé, ses membres sont lourds, il continue pourtant. Il serait inconcevable de se tirer sans être sûr. Alors il s'obstine. Et l'eau petit à petit devient la seule réalité qui vaille. Pour un peu il s'abandonnerait à cette froidure brunâtre, se laisserait aller à cette pénombre dansante pour rejoindre à jamais cette voiture que le faisceau de la lampe soudain révèle. Là, en dessous de lui, cet œuf de métal baignant dans le liquide des origines, et dans cet œuf, le cadavre de son père.

Il plonge et replonge, reproduisant cette rencontre de l'au-delà. Revoir encore et encore son père dans son linceul flottant. Le contenu de la bagnole est en apesanteur. Des papiers, des cartes routières, le pan de la veste, la cravate, jouets silencieux des paisibles courants.

Junior rejoint le rivage. Dans le coffre de l'Audi, il sort le marteau de la trousse à outils.

Il retourne à la baille, s'immerge à nouveau. Ce n'est pas facile, l'eau retient son geste, amoindrit la force de son coup. La vitre arrière finit par éclater, une implosion muette qui ne dérange guère l'occupant du véhicule. Une fois encore, la dernière il l'espère, il refait surface pour reprendre souffle puis il y retourne. Il fait basculer la banquette arrière, découvre le contenu du coffre de la Peugeot. La même trousse à outils les mêmes pinces crocodiles que dans le cabriolet Audi. C'est grotesque, il en rirait mais Junior étouffe, il a besoin d'air, dans le coffre il y a aussi une mallette, la mallette. Fiony et Bertollini ne le savaient pas, ils ne la cherchaient pas, ils ne l'ont pas trouvée. Mais lui, Junior, il vient de la découvrir, il va s'en emparer, il a besoin d'air, il empoigne la mallette, il étouffe, ses oreilles bourdonnent, ça bat sous ses tempes, il lui faut respirer ! Ne pas ouvrir la bouche, ne pas absorber les premières gouttes d'une gorgée sans fin. Résister. Son regard se trouble, le voile de la fin, ne pas lâcher prise. Soudain, son père se retourne en un mouvement d'une horrible lenteur. Il poursuit le fils de son regard éteint, glauque. Rictus d'un visage décomposé. Junior voudrait hurler il va s'évanouir, sombrer. Il donne un coup de pied désespéré, une ruade épuisée qui le propulse à la surface. Il est mourant, il est sauf. Chancelant, il remonte sur la berge, retourne à la voiture. La mallette pèse lourd, ses jambes vacillent, il a envie de pleurer de bonheur, il a échappé à la mort. Le fils n'a pas rejoint le père, il lui a échappé. C'est tellement beau que c'en est incroyable. Jean-Claude retrouve son souffle, se calme un peu. En des gestes mécaniques, exténués, il se défait de son équipement, se sèche, enfile ses vêtements secs. Il jette la mallette dans le coffre, démarre, abandonnant Senior au royaume des mauvais rêves.

Quelques kilomètres plus loin, il s'arrête devant une cabine téléphonique. Il explique à Fiony où elle pourra libérer Gégé l'enfoiré.

Encore plus loin, sur l'aire d'arrêt d'une autoroute, il s'intéressera à la mallette.

*

L'étude de Me Puffard occupe le rez-de-chaussée d'une demeure cossue, balcons, combles, clocheton et pinacles aux frontons. Une lourde grille noire assure la protection des secrets de famille. Une glycine et des parterres de fleurs égaient l'ensemble. On n'est pas opposé à la beauté ni à la douceur de vivre pour peu qu'elles ne compromettent pas la réputation de la maison.

Zamanski et Fuzier poussent le portail et descendent une allée qui les mène à une véranda servant de bureau d'accueil et de salle d'attente.

Depuis qu'ils se sont retrouvés dans la salle du petit-déjeuner de l'hôtel, ils ne se sont pas beaucoup parlé. Tout au plus quelques mots échangés, politesse convenue, gênée. Certes, ils n'ont pas passé la nuit ensemble, n'empêche, ils ont dû partager l'intimité du premier café et de la tartine beurrée. Entre eux flottent les aveux de la nuit.

Ils entrent. Derrière un comptoir, une proche retraitée répond au téléphone, reçoit les clients. Dans un angle, un groupe de quatre personnes patiente en parlant gravement et à voix basse.

A l'interrogation de la réceptionniste, Zamanski montre sa carte.

— Nous voulons voir Me Puffard.

La femme, surprise, prend le téléphone, explique en quelques mots ce qu'il en est.

— Il va vous recevoir, fait-elle, de plus en plus intriguée.

Zamanski et Fuzier restent debout, près du comptoir. A quelques mètres, les quatre pingouins, une femme, trois hommes, poursuivent leurs conciliabules excités. Il est question de documents manquants, une complication de dernière minute dans l'acquisition d'un bien, complication heureusement tournée. Quelques instants et une porte capitonnée s'ouvre. Une femme sort.

— Au revoir, maître.

— A bientôt, madame.

Zamanski s'avance.

— Maître Puffard ?

Le notaire soupire.

— Oui… Si vous voulez bien vous donner la peine.

La peine, elle est visiblement pour lui. La mise est impeccable, chemise sans plis et costume de bonne coupe sorti récemment du pressing mais le bonhomme est rongé d'inquiétude. Teint grisâtre, sueur au front, l'œil gauche saute. Plus rien à voir avec le sémillant quadragénaire photographié par Bertin.

Zamanski et Fuzier pénètrent dans un bureau clair et spacieux. Mobilier moderne et fonctionnel, l'écran plat d'un PC sur le plateau du bureau stratifié, un bloc à papier et l'inévitable Mont Blanc. Des aquarelles marines sur les murs, chaises cuir et métal.

— Oui ? soupire le notaire.

— Nous enquêtons sur la mort de René Mertens, un citoyen belge habitant la région de La Rochelle, commence Zamanski. A la vue de photos trouvées chez Philippe Bertin, un détective privé à qui vous aviez confié une enquête concernant l'un de vos avoués, il apparaît que vous connaissiez ce Mertens et que vous le fréquentiez…

Le flic sort un jeu de photos des plus explicites.

Puffard pâlit. De gris, il devient blanc, il avale sa salive, cherche son souffle.

— Quand et comment l'avez-vous rencontré ? reprend Laurence Fuzier.

L'homme pourrait mentir, se lancer dans l'invention d'une histoire plus ou moins vraisemblable mais il n'en a plus la force. Il capitule. Sans combattre.

— Ça devait bien finir ainsi, constate-t-il.

— Nous vous écoutons, fait Zamanski d'une voix neutre.

Le notaire opine. Oui tout dire, lâcher ce qui l'étouffe, se confesser, retrouver sinon la liberté au moins la paix. Alors, il se lance d'une voix sourde, la voix d'un gamin pris la cuiller dans le pot de confiote sauf que ce n'est pas de confiture qu'il s'agit mais de quelque chose de plus grave, de beaucoup plus grave. Zamanksi s'installe, il n'est pas pressé. Respect à l'homme qui avoue ses fautes.

— C'était il y a un peu moins de quatre ans, lors d'un parcours de golf. J'ai fait la connaissance d'un bon joueur, un homme aimable et très convenable, il s'appelait Mertens. Après quelques rencontres, nous avons sympathisé, nous avons pris un verre au club-house en discutant. Nous avons découvert que nous partagions une passion pour le bridge. C'est ainsi qu'il m'a invité à me joindre à un groupe d'amis qui se retrouvaient régulièrement chez lui. J'y suis allé. Voilà, c'est très simple.

— C'était uniquement pour jouer au bridge que vous vous retrouviez ? demande Zamanski.

— Oui et non. La première fois, j'ai été étonné. Il y avait beaucoup de monde, une quinzaine de personnes, des personnalités en vue de la région. J'en connaissais certains, d'autres, j'en avais entendu parler. Je m'étais attendu à une réunion d'amis je trouvais une sorte de club de jeux, quelque chose comme un casino privé. Il y avait de quoi se restaurer, des jeunes femmes aidaient au service…

Elles n'étaient pas très habillées, pas très farouches non plus. De temps à autre, un joueur quittait la salle en compagnie de l'une d'elles...

— Bref, un bordel clandestin, intervient Fuzier.

Zamanski fronce les sourcils. Ne pas brusquer le client. Ne pas le bloquer par des mots abrupts. Le laisser aller à son rythme.

— Non, enfin oui... Oui, c'était un peu ça. Mertens organisait très bien ces soirées ! Il faisait en sorte que ses invités ne manquent de rien, qu'ils passent un très agréable moment.

— J'imagine... Et vous avez profité de la présence des filles ?

— Pas les premières fois. Je me suis d'abord contenté de jouer. Et puis un soir, j'ai cédé, j'ai suivi une fille, une grande Slave très belle... Je suis monté avec elle dans l'une des chambres. Très confortable. Il y avait ce qu'on pouvait souhaiter, confort et discrétion. C'était très agréable et pratique aussi. Seulement...

— Seulement ?

— Ça coûtait cher, enfin assez cher... Mertens nous demandait de participer aux frais. Pas lors de la première soirée. Bien sûr... Mais à partir du moment où l'on venait régulièrement, il fallait participer aux frais d'organisation en lui payant un droit d'entrée.

— Cher ? demande Zamanski.

— Cinq à six cents euros... Les filles représentaient les charges les plus importantes.

— Et les partouses ? Vous y avez participé ?

— Vous voulez dire les soirées spéciales ? Non. Jamais.

— Mais vous saviez qu'elles existaient ?

— Oui. Mertens les appelait des soirées à thèmes. Mais je n'y suis jamais allé. C'était très cher et puis ce genre de chose ne m'a jamais intéressé. J'ai préféré en rester aux parties de bridge.

Puffard s'accorde une pause, un sursis. Le plus dur reste à dire mais il va le dire. Le notaire n'en peut plus. Trop de combats intérieurs menés ces jours derniers. Il n'était pas prêt à ça, Me Puffard, paisible notable de province marié, père de trois grands enfants convenablement casés dans la société.

— Et puis, il y a quatre ans, j'ai eu des difficultés de trésorerie. J'avais fait des opérations boursières sur des start-up. Il y avait beaucoup à espérer.

— Et aussi beaucoup à perdre, remarque Zamanski.

— Cinq millions lourds…

— En euros ? demande Fuzier.

— Non non ! En francs ! Quand les cours de ces entreprises se sont effondrés, j'ai été paniqué. J'avais gagé mes biens, le fonds de réserve. Je risquais de devoir fermer l'étude. Un soir, j'en ai parlé à Mertens. A plusieurs reprises, il m'avait fait comprendre qu'il avait de l'argent et qu'en cas de besoin il pourrait m'aider. Un soir, c'était il y a deux ans, je lui ai parlé de mes ennuis. Mertens m'a tout de suite réconforté, il avait quelque chose à me proposer. Un investissement avec un rendement exceptionnel et très rapide. Il s'agissait d'avancer une certaine somme pour quelques jours, une dizaine tout au plus, puis il remboursait avec un bénéfice net de l'ordre de vingt pour cent. Vous entendez ? Je lui avais demandé de me prêter de l'argent, il m'offrait la possibilité d'en gagner. Mertens m'a expliqué qu'il avait proposé cette affaire à plusieurs de nos amis et que ça marchait ! Il les appelait son groupe d'investissement.

— Quel esprit d'entreprise ! ricane Laurence. Vous n'avez pas été surpris ? Vous passez vos journées dans les biens, les avoirs, les capitaux et vous avez cru ce que disait Mertens ? l'interrompt Laurence Fuzier.

— Continuez, monsieur Puffard, reprend Zamanski agacé.

— Je ne savais pas, je ne voulais rien savoir… J'étais au bord de la noyade et Mertens me proposait une planche de salut.

— Un bâton merdeux, oui ! reprend l'enquêtrice.

Zamanski fronce les sourcils.

— … Mertens m'a présenté à ses associés. J'avais craint je ne sais quoi, des êtres douteux, des sortes de voyous, je me suis retrouvé parmi des personnes tout à fait respectables que je connaissais pour la plupart. Mon étonnement les a fait sourire. Je me suis senti rassuré, nous avons parlé affaires. Ces gens m'ont vanté les placements de Mertens. Ils étaient tous extrêmement satisfaits de notre ami belge. Ils se montraient très engageants. Alors je me suis lancé à mon tour. Pourquoi je n'aurais pas fait comme les autres ? D'abord j'ai engagé des sommes raisonnables. Je me méfiais quand même un peu. Il n'y avait aucune garantie, évidemment. Pas de reçus, ni de traites, rien. Tout reposait sur la confiance.

— La confiance ! Tu parles ! s'étonne Laurence.

— Je vous le répète, j'étais coincé ! se rebiffe le notaire. J'ai donc commencé par dix mille euros qui m'ont rapporté en moins de deux semaines vingt-cinq pour cent d'intérêts. J'ai renouvelé l'opération plusieurs fois. Je n'avais pas à me plaindre. Tout se passait comme me l'avait décrit notre ami. Alors, j'ai poursuivi avec des sommes de plus en plus importantes.

— Toujours en liquide je suppose ?

— Evidemment. Mertens remboursait en liquide aussi.

— Vous ne vous êtes jamais demandé ce qui permettait un rendement aussi élevé en aussi peu de temps ? s'étonne Richard Zamanski.

L'autre soupire.

— Si parfois... Il m'est arrivé de questionner mes amis, Mertens, même. Les réponses allusives de Mertens, les remarques entendues des autres m'ont fait comprendre assez vite de quoi il s'agissait. Nous étions impliqués dans un trafic de stupéfiants.

— Héroïne, monsieur Puffard. De l'héroïne. Votre ami se servait de votre fric pour acheter de l'héroïne à des Néerlandais. Il la revendait ensuite avec une confortable marge à un réseau belge. Vous risquiez une vingtaine d'années de taule. Vous n'y avez jamais pensé ? s'étonne Zamanski.

— Et les mômes qui crèvent d'overdose ? s'indigne Laurence. Ça ne vous a jamais empêché de dormir ?

Puffard s'agite. Il veut bien reconnaître ses erreurs mais passer pour un salaud, non.

— Ça ne se présentait pas comme ça. Mertens refusait de donner des précisions sur son système, par sécurité, disait-il. Moins nous en savions, mieux cela valait pour nous. Les fois où je lui faisais part de mes inquiétudes, de mes scrupules aussi, il me répondait que la société était de plus en plus libérale. Tout le monde fumait du haschich, presque tout le monde prenait de la cocaïne, les artistes, les gens des médias, même les hommes politiques. Il disait que l'important pour la santé des consommateurs, c'était de leur livrer des produits de bonne qualité, et les produits de ses associés étaient de bonne qualité. Il expliquait aussi que la consommation de stupéfiants n'était plus vraiment un crime. D'ailleurs la loi allait la libéraliser. C'était inévitable. C'est ce que disait Mertens. Il affirmait qu'il fallait en profiter tant que cette opportunité existait. Parce que, bientôt, ce serait l'Etat qui s'en mettrait plein les poches. C'étaient ses mots.

— Facile ! Encore un peu et vous passeriez pour un bienfaiteur !

— Tout allait donc bien pour vous, poursuit Zamanski. Je suppose qu'avec l'aide de Mertens vous avez rétabli vos finances ?

— Non. Non ! Ce n'est pas si simple, malheureusement. Mertens s'est lancé dans des opérations de plus en plus fréquentes, au montant de plus en plus élevé. Le groupe est devenu comme fou. Il ne m'était plus possible de me dégager. Ils me tenaient, j'étais leur complice. Moi, j'avais peur. Je sentais que c'était de plus en plus risqué, que nous allions à la catastrophe. Le mois dernier j'ai dû investir une forte somme auprès de Mertens, cent cinquante mille euros et…

— Et Mertens est mort dans l'incendie d'un hôtel de Blainville, fait Zamanski d'un ton lugubre.

— Surtout personne ne sait ce qu'est devenu le capital, murmure Puffard accablé. On a d'abord cru que l'argent avait brûlé.

— Et ensuite ?

— Très vite, des membres du club ont pensé que ce n'était pas un accident et que la mallette de Mertens, celle qui contenait l'argent, n'avait pas été détruite. Des membres du club d'investissement ont décidé de réagir… L'un d'eux a fait appel à des amis.

— Les noms, Puffard.

— Je ne les connais pas… Mertens avait de drôles de relations, pas uniquement des gens de notre milieu.

— J'imagine ! Il y avait beaucoup de fric dans vos histoires, à tous. Derrière Mertens, il y a nécessairement des types pas très recommandables et qui sont rapides à expédier les dossiers. Vous êtes dans une sacrée merde, Puffard. Résumons : Vous vous retrouvez asséché, vous êtes impliqué dans un trafic de stupéfiants et dans un crime, sans compter les règlements de comptes à venir. Vos nuits ne doivent pas être des plus sereines ! Les noms… Vous nous donnez les noms de vos associés ! Il est peut-être encore temps d'arrêter les frais, vous ne croyez pas ?

Sans beaucoup hésiter, le notaire prend son stylo, une feuille de papier. Il écrit huit noms.

Il tend la feuille à Zamanski. Le flic retrouve des patronymes cités dans la presse régionale à propos d'inaugurations, de discours de chambres de commerce sur la libéralisation des marchés, la libre entreprise et le dynamisme économique de la région. Un propriétaire de clinique, le directeur d'un chantier naval, des hommes d'affaires… Laissons agir ceux qui veulent s'en foutre plein les pognes, plein les coffres. Ni entraves ni limites ! Du fric ! Encore et toujours plus de fric ! Zamanski empoche la liste.

— Pour le moment, vous restez à notre disposition.

Le notaire est ébahi.

— Vous… Vous ne m'arrêtez pas ?

— Non. Vous allez être convoqué comme témoin. Le juge chargé de l'instruction appréciera votre responsabilité.

Puffard soupire. Il paraît soulagé, comme libéré. Les deux flics se lèvent de leur siège. Me Puffard les raccompagne jusqu'à la porte de l'étude. Passant devant les quatre pingouins qui s'impatientent, le notaire leur demande encore quelques minutes. Il va les recevoir.

Zamanski et Laurence Fuzier remontent l'allée en silence. Arrivés au portail, une détonation retentit, suivie d'un cri horrifié.

Laurence est interdite, Zamanski livide.

— Le con ! fait-il en se précipitant vers l'étude.

Suivi de son adjointe, il entre dans la salle d'attente, dégage les clients affolés, contourne la secrétaire vagissante, pénètre dans le bureau. Plus aussi clean, le bureau. Ça sent la cordite, le sang, la mort. Le notaire est affalé sur son fauteuil, un .38 à la main. Il y a de la matière sanglante sur le plateau stratifié, sur un mur. Me Puffard s'est fait sauter la cervelle.

*

Junior éructe. Il vient de se baiser deux doigts en voulant forcer cette mallette de merde ! Ce n'est pas un attaché-case, c'est un coffre-fort portatif oui ! Il s'énerve sur la serrure, imagine des moyens radicaux, du genre passer dessus avec la bagnole. Redoute un bref instant que les serrures ne soient reliées à un mécanisme autodestructeur. T'as pas la clé ? T'essaies d'ouvrir ? Paf ! ça te saute à la gueule, t'arrache les yeux, les mains…

Il s'énerve encore une bonne dizaine de minutes. Heureusement, l'aire de repos est déserte. A l'ombre des pins et de la vespasienne, tout est tranquille. En contrebas, passent et repassent les voitures, les camions. Alors, il persévère, Junior. En fait il ne voit pas trop ce qu'il pourrait faire d'autre et tant pis s'il y laisse sa santé, l'intégrité de sa personne. Un coup de marteau, le tournevis en levier, ça commence à venir, il y a comme du jeu dans les jointures. Et soudain crac ! Ça s'ouvre. Sur la merveille des merveilles, des paquets de billets, des euros, empilés, rangés, serrés. C'est beau. C'est stupéfiant de beauté. Junior en oublierait de respirer. Putain ! Des liasses de vingt billets de cent euros ! Des dizaines et des dizaines de liasses !

Là voilà donc la dinguerie du père Bertin : des milliers d'euros pour finir en beauté, pour en profiter à fond avant que le crabe ne le rattrape définitivement ! Rongé par les métastases, courir et rebondir, une mallette de fric à la main et une bande de tueurs au cul !

A présent, c'est lui, Junior, qui a la mallette, le super banco. Et qui ne va pas tarder à avoir les tueurs aux fesses. Tu parles d'un bonus.

En attendant il fait des calculs, Junior. Hauteur de la mallette divisée par l'épaisseur d'une liasse, multipliée pas le nombre de liasses en longueur multiplié par le nombre en largeur, multiplié par deux mille et ça fait… à vue de nez et sans calculette : dans le million d'euros ! Trente ans de salaires incompressibles. Une paille… Trente ans payés sans fournir la moindre ramée… Sans parler du revenu d'un capital judicieusement placé… Qui a parlé d'argent facile !

Dans sa tête, c'est la sarabande de symboles. Plein de £, d'€ et de $ s'entrechoquent sur un rythme de samba, la samba du gros lot, le cha-cha-cha du jackpot !

— Papa ! Tu sais quoi ? Ton fils n'est plus un minus. Il vient de te rejoindre !

*

Les gendarmes ont envahi l'étude. Des sapeurs-pompiers s'occupent de la secrétaire bouleversée, des clients abasourdis.

Zamanski se sent mal. Il n'est décidément pas doué pour parer les actes désespérés. Il aurait pu le prévoir. Le notaire n'était pas taillé pour les grandes culpabilités. Puffard est mort et lui, Zamanski, va devoir répondre à des questions embarrassantes. Qu'est-ce qu'il foutait là avec son adjointe ? De quel droit il enquêtait ? Et sur quoi, sur qui ? Que leur a dit le notaire juste avant de mettre fin à ses jours ?

Un gendarme prend des clichés au Nikon, Zamanski répond de façon très allusive aux questions d'un brigadier-chef. Il évoque une recherche de témoignage sur un Belge décédé dans l'incendie de l'hôtel de Blainville.

Le gendarme prend des notes. Il croit très peu à ce que lui raconte son "collègue" de la PN et le montre. Son air soupçonneux et son manque d'amabilité prouvent qu'entre les flics et les pandores la guerre des polices n'est pas vraiment éteinte.

Laurence reste en retrait. Elle applique les consignes de son chef. La fermer, se mettre à l'abri, laisser jouer la hiérarchie… C'est alors que son portable se met à jouer une petite musiquette de nuit particulièrement crispante.

— Vous permettez ?

Laurence se met un peu à l'écart, sort son Nokia extra-plat…

Ce qu'elle entend semble des plus professionnels. Elle fait "Oui, oui, très bien, chef. A vos ordres, monsieur le commissaire."

Et elle raccroche, enfourne le portable dans son étui, s'approche de Zamanski :

— C'était le commissariat, Richard. Ronron en personne. Il y aurait une bagnole dans les gravières, sur la route de Blainville.

23

Il y a du monde sur la berge : des curieux, des flics, les hommes du centre de secours, sous les ordres de Péribès. Des véhicules aussi : police, pompiers, voitures banalisées, un engin de levage. Les forces de l'ordre sont de sortie, les services de l'Etat prennent l'air.

Un homme, pantalon de velours usé, pull noir informe, trente-cinq ans, visage maigre et couperosé raconte son histoire à Zamanski et Laurence Fuzier. Il était dans les bosquets, au-delà de la base nautique. Oui, il préparait son coin de pêche pour dimanche lorsqu'il a vu de l'autre côté du plan d'eau un homme sortir d'une voiture rouge, une décapotable. Non, il n'a pas relevé le numéro. Au début, il n'a pas fait attention à ce qui se passait, mais lorsqu'il a vu le bonhomme se déshabiller et enfiler une tenue de plongeur, alors il s'est planqué derrière les arbustes. Il a pensé que c'était pas ordinaire. Il a observé, tout, sans rien dire, sans rien faire. Le type s'est mis à la baille, il a plongé plusieurs fois au-delà du ponton en béton, là-bas. Et puis il est remonté chercher quelque chose dans sa voiture, un outil, et il a replongé. Ensuite il l'a vu émerger avec une petite valise, une sorte de cartable comme en ont ceux qui travaillent dans les bureaux… Il s'est rhabillé, est remonté dans sa guinde, il est parti… Lui, il a pris sa mobylette pour aller prévenir la police.

Sur le plan d'eau, deux plongeurs autour d'une bouée guident le conducteur de la grue. Le régime du moteur grimpe et le câble s'enroule. Quelques secondes encore et une Peugeot 406 émerge ruisselante.

Lent demi-cercle au ras des flots, le véhicule est déposé sur la berge.

Le silence se fait. C'est toujours comme ça lorsque la mort apparaît : on se tait. Zamanski, Fuzier et Péribès s'approchent.

— La vache ! Un macchabée ! Je savais bien que c'était pas catholique.

Le pêcheur du dimanche est impressionné. Il est passé à côté d'une sacrée prise.

— Philippe Bertin, fait Zamanski en grimaçant.

Bien sûr, ce n'est plus l'homme de la photo subtilisée dans les locaux de l'agence. Le temps, la mort, l'eau des gravières… Ce n'est plus un flic sûr et dominateur mais un cadavre, un pauvre corps inerte qui a entamé son voyage pour la décomposition et l'éternité.

— Laurence, tu préviens le procureur ?

— Un accident ? Un meurtre ? demande Péribès.

— Il faudra voir ça de près. Mais vu l'identité de la victime, l'accident m'étonnerait, répond Zamanski.

— Qui c'est ?

— Un ancien flic. Il serait impliqué dans l'incendie de *La Capitainerie*.

Zamanski enregistre les premières constatations dans son dictaphone. "Peugeot de modèle 406 immatriculée dans le 87 et de couleur gris métallisé, la vitre arrière est brisée. A l'intérieur se trouve le corps d'un individu mâle d'origine européenne, dans les soixante-cinq ans, corpulence moyenne, taille approximative un mètre quatre-vingts…"

Le corps est sorti de la voiture, allongé sur le sol.

"… veste de laine en tweed écossais beige et bronze, pantalon de velours à grosses côtes de couleur marron foncé…"

Il soulève le pan de la veste, observe le tissu détrempé de la chemise, le soulève à l'aide d'un stylo…

— Laurence, regarde, là, au niveau de la poitrine.

— Une blessure.

— Par balle. Petit calibre…

— Commandant. Il y a les papiers du véhicule et ceux de la victime.

Zamanski se saisit des porte-cartes détrempés. Philippe Bertin né le 16 avril 1938 à Paris, demeurant à Limoges… Sans surprise.

Une Renault Clio se gare. En sort Mlle le substitut, toujours aussi appliquée, toujours aussi grisâtre.

— Alors commandant ? Elle désigne le Delta Charly Delta. Vous connaissez l'identité de la victime ?

— Un collègue, répond Zamanski. En retraite. Je peux vous parler ?

— Evidemment !

— Je veux dire à l'écart.

Quelques pas en direction des voitures et Zamanski se lance :

— L'homme que l'on vient de repêcher s'appelle Bertin, Philippe Bertin. C'est un flic en retraite, domicilié à Limoges. Il tenait une officine de police privée à La Rochelle. Il menait ses enquêtes avec un nommé Raymond Vautier, également policier en retraite. Il y a quelques mois de cela, Bertin a eu l'occasion de repérer un trafic de stupéfiants organisé par un Belge, René Mertens, domicilié à Ostende mais aussi au lieu dit L'Aiguille, c'est un bourg à quelques kilomètres de La Rochelle.

Le substitut fronce les sourcils :

— Mertens ?

— Oui, la victime de l'incendie de l'hôtel-restaurant *La Capitainerie*, à Blainville. Mertens achetait de l'héroïne à des transporteurs, Johan et Peggy Schwetters, domiciliés à Nimègue. Ces derniers, avec leur voilier, le *Sealion*, récupéraient la marchandise hors des eaux territoriales et la débarquaient dans les ports de la région. Mertens l'échangeait contre du fric. Il est avéré que ces échanges ont eu lieu à plusieurs reprises. Mertens revendait la camelote à un réseau de distribution situé dans le Nord de la France et en Belgique.

— Vous avez des faits pour étayer cela ?

— Oui, mais j'y viendrai plus tard. Pour le moment, il faut que vous sachiez que le 8 mars Mertens avait rendez-vous avec l'équipage du *Sealion*, à Blainville. La transaction devait se faire comme à l'accoutumée, fric contre came. Mertens avait avec lui plus d'un million d'euros. Seulement il n'y a pas eu d'échange. Dans la nuit du 7 au 8, Mertens a été intercepté dans son hôtel par Bertin qui l'a exécuté avant de lui prendre sa mallette. Pour camoufler l'homicide en accident, Bertin a incendié l'hôtel. C'est lui qui a déclenché l'alerte, prévenu les secours.

— Etrange ?

— Non. L'ancien flic était pourri mais pas au point de provoquer un carnage. Il avait bien préparé son affaire. En tant que détective privé il travaillait pour plusieurs compagnies d'assurances, il était même expert auprès des tribunaux. Il connaissait donc les différentes procédures pour déterminer les origines d'un incendie.

— Je me disais aussi que ce nom ne m'était pas inconnu.

— Vous l'avez sans doute croisé au tribunal… Donc, cette nuit-là, Bertin a raflé la mise. Le lendemain 8 mars, comme prévu, le *Sealion* s'amarrait au port de Blainville. Pour rien. En guise de fric, les Hollandais n'ont eu que les cendres d'un hôtel. Bertin, quant à lui, a suivi sa route. Pas très loin apparemment.

— Et l'argent ? On l'a retrouvé ?

— Pour le moment, non.

— Il appartenait à Mertens ?

— Non et c'est pour ça que j'ai demandé à vous parler. Mertens travaillait avec des capitaux qui n'étaient pas les siens. A chaque transaction, il réunissait les sommes nécessaires auprès d'amis qui fréquentaient sa demeure, à La Rochelle. Lui se contentait de prélever sur les transactions une marge confortable. Pour les investisseurs c'était l'occasion de réaliser une plus-value de vingt-cinq pour cent en quelques jours. Ça vaut la peine de prendre des risques.

— On connaît leurs noms ?

— Mertens disposait d'un épais carnet d'adresses. Le golf, un club de bridge, sans parler des parties fines qu'il organisait dans sa propriété. Il était en relation avec de nombreuses personnalités de la région dont un notaire, Me Puffard. Celui-ci s'est donné la mort ce matin, à la suite de ces événements. J'ai une liste de personnes impliquées, des personnes en vue. Une étude de leurs comptes bancaires permettrait de les mettre en examen…

— Je vois, commandant.

Ce que voit le substitut, c'est un dossier pas facile à traiter. Bon courage au magistrat chargé d'instruire.

— Dites-moi, commandant, comment avez-vous réuni l'ensemble de ces faits ? C'est le SRPJ d'Angoulême qui était chargé d'enquêter sur l'incendie de Blainville ?

— L'enquête n'a pas abouti…

— Je sais. Classée en vaine recherche.

— A mon avis, les personnalités impliquées dans cette affaire ont fait en sorte qu'elle n'aboutisse pas.

Le substitut sourcille.

— Qu'est-ce que vous insinuez, commandant ? Je vous en prie, épargnez-moi le refrain de la police victime d'une magistrature laxiste ou compromise.

— Je n'insinue rien. Pour le moment ce que je viens de vous dire n'est qu'un ensemble d'informations. Les faits seront facilement avérés dans le cadre de l'instruction dès que celle-ci sera ouverte.

— Oui, et l'enquête sera alors confiée au SRPJ. Vous voudrez bien collaborer avec les enquêteurs, leur faire part des informations en votre possession.

— Non.

Le substitut regarde le flic. Un regard étonné, contrarié.

— Comment non ?

— C'est mon groupe qui enquête ou c'est rien.

— Vous plaisantez, commandant ?

— Non, mademoiselle. Mon groupe s'en charge ou les collègues se débrouilleront tout seuls. Ils n'ont d'ailleurs besoin de personne pour se coucher.

— Les crimes ne relèvent pas des compétences de la police urbaine, vous le savez bien.

— Où voyez-vous un crime ? Pour le moment, nous n'avons qu'un homme décédé au volant de son véhicule. Accident, peut-être suicide. C'est tout à fait du domaine d'un flicard de commissariat. A prendre ou à laisser.

— Faites attention, commandant. Dès qu'il y aura un rapport d'autopsie, votre accidenté deviendra la victime d'un homicide.

— Trois jours.

— Trois jours ?

La petite dame au visage de gamine vieillie et au tailleur à bon marché s'absorbe dans une contemplation intérieure. Zamanski l'observe. L'increvable machine à analyser au fond de lui crache toujours les mêmes conclusions : origines sociales modestes, beaucoup de travail, obstination têtue. Que va-t-elle décider ? De quel côté penche sa balance interne ? A qui ses allégeances secrètes ? A quelques mètres derrière elle, une autre silhouette en profil, Laurence. Figées toutes les deux, comme si elles posaient : l'une austère et pâle, vêtue de teintes ternes, l'autre, derrière, abondante de formes et de couleurs. Véra aurait aimé cet agencement fugitif, en aurait dégagé de la beauté, du sens. Dans l'épuisement et la tension de l'instant, il voit soudain ces deux femmes comme sur un tableau. Véra ne l'a pas abandonné, elle lui a appris d'une certaine manière à voir, c'était son cadeau secret. Tous les moments de cette année de "placard" à Blainville se mettent en place sous un nouveau jour : les paysages de l'océan, la ville, ses habitants, non, ce n'a pas été une année perdue. Il éprouve le passage furtif d'un pardon. Et voilà qu'en lui la machine à analyser, qui se fiche de ses états d'âme et poursuit quoi qu'il arrive, lâche soudain un mot, un seul : fiables. Fiables toutes les deux, sa Lolo qui déjà a bougé sur ses jambes infatigables et Mlle le substitut qui lève enfin les yeux sur lui :

— D'accord !... Trois jours pas plus.

Et elle s'éloigne aussitôt. Elle ne lui laissera pas le temps de dire merci. Rebelle au charme, c'est son charme.

Zamanski rejoint Laurence Fuzier.

— Tu peux me prêter ton portable, Laurence ?

Elle rouspète, parle d'abonnement, de forfait mais elle obtempère. Il s'éloigne en composant un numéro.

— Jacqueline Bissel ? Je voudrais te voir... Pas longtemps... Un café... Dans deux heures à Blainville ? *Brasserie de l'Europe*.

Il revient vers son adjointe. Il n'est ni gai, ni triste, Zamanski. Il est déterminé. C'est du moins ce que pense Laurence Fuzier.

— Dis-moi, Lolo, tu as toujours envie de mener des enquêtes criminelles ?

— Tu plaisantes ?

— Alors, je te préviens, les jours qui viennent vont être chargés.

— Aucune importance, Richard. Je te suis.

Zamanski regarde sa coéquipière.

— A ce propos, lieutenant Fuzier, pour hier soir... Je voulais vous dire... nous étions fatigués et j'avais bu… Le passé, le mien, le vôtre, n'a aucun intérêt dans le cadre du service. Quant à votre sexualité, elle ne regarde que vous. Ce qui compte c'est que nous puissions avoir confiance l'un en l'autre et c'est le cas, n'est-ce pas ?

Elle sourit.

— C'est le cas, commandant.

24

Elle allume sa troisième Craven, il mordille la pulpe de son pouce droit. Les regards se fuient, Jacqueline Bissel et Richard Zamanski se taisent. Entre eux, sur le Formica de cette table en fond de salle, un jeu de six photos absorbe les pensées, les mots. Papier lisse et glacé, c'est un trou noir, une matière dense qui prend et ne rend rien.

Elle est en colère et fatiguée. Elle s'en veut, ce n'est pas nouveau. Elle a joué avec le feu, il va falloir qu'elle paie.

— Pourquoi tu ne m'as pas dit que tu connaissais Mertens au point d'être son invitée ?

— Tu ne me l'as pas demandé. Et puis on ne se connaissait pas vraiment. Je suis seulement allée deux fois chez lui pour des fêtes. Je suivais une copine, il y avait du monde. Nous nous sommes à peine parlé Mertens et moi. Pour tout te dire, lorsqu'il est rentré dans l'agence, je ne suis même pas sûre qu'il m'ait reconnue. Moi, oui. Je ne risquais pas de l'oublier.

— Qu'est-ce que tu allais faire là-dedans ?

Elle a un regard dur.

— Tu ne trouves pas les photos assez nettes ? J'y suis allée pour prendre mon pied, pour baiser. Ça te choque ? Que veux-tu, même larguée par son mari, une femme de quarante ans a une sexualité. L'autre soir, tu ne semblais pas t'en plaindre.

— Et c'est avec ça que Bertin te tenait ? Les soirées échangistes entre adultes consentants ne constituent pas un délit que je sache.

— Il ne tenait pas que moi et pas pour ce que tu crois. Lors d'une de ces soirées, il y a eu un accident, une des invitées a eu un malaise. Elle était très jeune, personne ne la connaissait vraiment, une fille de rencontre, quelqu'un de bien pratique pour ce genre de soirées. Elle devait se droguer, elle avait bu. Elle est tombée dans le coma. Il y avait un médecin. Il a essayé de la ranimer, il n'y est pas parvenu.

— Vous n'avez pas appelé les secours, le SAMU ?

— Dans l'état où nous nous trouvions, personne n'avait envie de répondre aux questions des secouristes, encore moins à celles des flics. Et puis ça s'est passé très vite… Je ne te dis pas la catastrophe. Quelques-uns des participants ont aussitôt réagi. Le corps de la fille a été transporté chez elle. Il a été retrouvé le lendemain. Le médecin appelé, un ami, a conclu à une overdose, il a signé le certificat de décès et il n'y a pas eu de suite. Sauf que quelques semaines plus tard un type m'a téléphoné. Il cherchait un appartement, et il avait des photos à me montrer, une affaire à me proposer. Il s'appelait Berthier.

— Bertin. Pas Berthier.

Elle le regarde avec agacement.

— Tu peux me croire, je connais son nom.

Richard lui montre la photo du flic en retraite.

— C'est bien lui ?

— Oui.

— Alors, il utilisait un pseudonyme. Celui que tu appelles Berthier s'appelait en réalité Philippe Bertin, c'était un commissaire de police en retraite. On vient de le retrouver dans sa voiture au fond d'une gravière. C'était quoi l'affaire qu'il voulait te proposer ?

— Il cherchait un appartement à prix imbattable. Un appartement contre son silence. Je lui en ai trouvé un, à Val-sur-Mer, à la sortie de Blainville. Il ne lui a pas coûté cher, tu peux me croire. C'est moi qui ai payé la transaction. Il a fait établir la propriété au nom d'une certaine Jessica Dunan, une prof du club de gym, près du golfe.

— C'est tout ce qu'il t'a soutiré ?

— C'est déjà pas mal… Mais il avait gardé les photos. En cas de besoin, il pouvait de nouveau s'en servir. Tu dis qu'il est mort ?

— Il a rencontré plus rapide et plus dur que lui. Une balle suivie d'un plongeon en bagnole.

— Bien fait pour sa gueule.

Le flic apprécie l'oraison funèbre.

— Et Mertens ?

— Je ne l'ai jamais revu, je veux dire que je ne suis plus jamais allée aux fêtes qu'il organisait dans sa propriété de L'Aiguille. Je ne sais même pas s'il a continué à en donner. Peut-être que l'accident de la fille les a refroidis, lui et ses amis ? Non, je ne l'ai jamais revu sauf début mars, lorsqu'il est venu à l'agence pour ces histoires de location. Je ne crois pas qu'il l'ait fait exprès. En tout cas, il n'en a rien montré. Entre nous, il n'y a eu aucune allusion au fait que j'étais allée deux fois chez lui et qu'à la seconde visite j'avais été le témoin de la mort d'une fille. Tu me crois ?

Zamanski sort une Craven du paquet, il l'allume, ça donne du temps pour réfléchir.

— Oui, non, qu'est-ce que ça change ?

— Pas grand-chose, en effet. Une gamine est morte et les bons bourgeois présents ont pris peur. Rien dont on puisse être fier.

— Et toi ? L'autre soir dans cette brasserie, pourquoi tu as accepté de répondre à mes questions concernant Mertens ? Pourquoi tu m'as aidé dans mes recherches ? Tu devais craindre que je découvre tes secrets.

Elle hausse les épaules.

— Oui. C'est vrai, j'y ai pensé. Mais tu n'es pas de la région, tu ne fais pas partie de notre communauté de magouilleurs. Je t'ai regardé et je me suis dit que tu étais le bon mec. Celui qui pouvait mettre un coup de torchon dans mon histoire. Je la traîne depuis trop longtemps. J'en ai marre, je suis fatiguée, tu me comprends ?

— La fille s'appelait comment ?

— Elle ? Sabrina Lacombe. Elle avait à peine dix-huit ans, elle était seule au monde. Il y en a de plus en plus comme elle. Des paumés, de plus en plus jeunes aussi. Ils viennent à la saison pour faire la manche, pour trouver du travail. Certains restent dans notre belle station balnéaire en espérant y vivre. Elle y est morte.

Elle prend le Dupont, son pouce ripe sur la molette. Flamme bleue, les photos se consument lentement, deviennent des choses graciles, noires et tordues comme le remords.

— Une dernière chose, tu me donnes l'adresse de Jessica Dunan ?

— La fille de l'appartement ? Résidence Les Yeuses, 15 avenue des Tamaris, à Val-sur-Mer… Richard ? Nous ne nous reverrons plus, je suppose ?

Le corps de Jacqueline, son parfum, l'appartement sur l'Atlantique, le tableau de Nicolas de Staël… Il n'en sait rien. Il laisse la femme seule avec, dans un cendrier, des photos calcinées qu'un léger courant d'air agite.

La vue de Lolo qui attend dans la Mercedes le réconforte. Brave fille, Laurence qui patiente pendant qu'il règle ses affaires privées.

— Ça y est Richard ? Pas trop tôt. Je croyais qu'on avait une enquête à mener ?

— On la mène Laurence, on la mène. La preuve. Bertin donnait ses leçons de chant sous le nom de Berthier. Il avait aussi une maîtresse, une nommée

Jessica Dunan qui habite à Val-sur-Mer. Boucle ta ceinture, on va lui rendre visite.

Chez Jessica Dunan, nul besoin de sonner, la porte est ouverte. Et si la jeune femme n'est pas là, l'appartement n'est pas pour autant vide. Des gendarmes, les techniciens de l'identité judiciaire, ceux de la police scientifique. Tous s'affairent dans un appartement qui semble avoir subi une visite de barbares.

— C'est pourquoi ? demande un brigadier-chef, un grand type à moustache rousse qui n'a pas de temps à perdre avec les quidams.

Zamanski sort sa carte.

— Nous cherchons Mlle Dunan.

— Qu'est-ce que vous lui vouliez ? demande le gendarme d'un ton déjà plus aimable. Un flic, ce n'est pas un quidam, c'est presque un collègue.

Laurence veut répondre, Zamanski la devance :

— Recueillir son témoignage à propos d'un incident qui s'est produit à la sortie de son lieu de travail.

Le gendarme regarde le flic avec attention. Pas impossible que ce type avec cette fille se fiche de lui.

— Vous allez avoir du mal, commandant.

— Et pourquoi ?

— Vous n'êtes pas au courant ? La fille de la forêt de Vernon, c'est elle.

Zamanski ne comprend pas.

— La forêt de Vernon ?

Le brigadier-chef sourit :

— Vous ne lisez pas les journaux dans la police ? On a retrouvé une voiture et trois cadavres dans les bois, près de Niort. Deux types, une fille. On ne connaît pas encore l'identité des deux hommes mais la fille a été reconnue. C'est elle, Jessica Dunan. Elle a été tuée par un des hommes. Il y avait une quatrième personne dans l'affaire, un homme très probablement. On a retrouvé la trace de ses pas, celle aussi d'une voiture, un modèle de sport. L'homme était armé, du 9 mm. C'est sans doute lui qui a tué les deux hommes. Trois personnes exécutées à coups de flingue, ça fait beaucoup pour une région paisible comme la nôtre !

Zamanski et Fuzier digèrent l'info.

— Tant pis pour nous, constate banalement le flic. La prochaine fois, nous nous y prendrons plus tôt.

Et tous deux battent en retraite avec l'air le plus niais possible. Surtout ne pas éveiller la curiosité des rigolos à képi. Richard et son adjointe n'ont aucune envie de répondre à de possibles questions, pas pour le moment en tout cas.

Ils abandonnent l'appartement aux bons soins de la brigade de gendarmerie de Niort et de ses techniciens. Souffle court, estomaqués, ils regagnent la Mercedes. Zamanski démarre pour s'arrêter un peu plus loin.

Lolo est pâle. La plantureuse a perdu ses belles couleurs.

— La vache, articule-t-elle. Dans quoi on a mis les pieds, Richard ? Tu parlais d'une enquête, on débouche sur une hécatombe. D'abord Mertens, puis Puffard, puis Bertin et enfin ces trois allongés ! Six morts, tu te rends compte ! Six macchabées ! Tu as une idée de ce qui se passe ?

— On dirait qu'autour de Bertin une machine exterminatrice s'est mise en marche et qu'elle fait le ménage. Mais il reste un témoin. Avec un peu de chance, il n'a pas encore été nettoyé.

— Qui ça ?

— Souviens-toi de ce que nous a dit Vautier lorsqu'on était chez lui.

Laurence fronce les sourcils.

— Vous avez des progrès à faire, lieutenant. Vous ne voyez pas ? Vautier nous a expliqué que la veille un type était venu lui demander des nouvelles de Bertin.

— Ah oui, je me souviens ! Son fils !

— Exact. Tu as son adresse ?

— Dans la banlieue de Paris…

Laurence sort son calepin de son sac.

— … A Montgeron, avenue Pierre-Mendès-France.

Richard Zamanski démarre.

25

La Mercedes 250 SEL s'arrête à l'entrée d'une avenue bordée de pavillons en pierres meulières datant des années 1920. Les platanes sont gris et nus mais derrière les grilles des maisons les lilas bourgeonnent. A cette heure de l'après-midi, personne sur les trottoirs ni derrière les rideaux. Quelques chiens aboient.

— On y est, remarque Zamanski en écrasant sa Camel dans le cendrier.

— On y va ? demande Lolo.

A l'autre bout de l'avenue apparaît une Audi rouge vif immatriculée dans le 17. Une voiture de sport dans la forêt de Vernon, a dit le gendarme dans l'appartement de Jessica Dunan. Cette voiture, Zamanski la reconnaît. C'était à Blainville, à un feu rouge, au milieu de la nuit. Des traits perdus en vrac en fond de la mémoire se recomposent. Le conducteur. A ses côtés, il y avait une fille qui n'avait pas l'air en forme.

*

Jean-Claude Bertin se gare à l'entrée de sa rue. Il y a six jours, il démarrait au volant de sa Renault Scenic. Sa mère venait de l'appeler, papa n'était pas rentré. Six jours de cela, six jours seulement. Bizarre comme l'impression de la durée peut être élastique. Bertin fils a la sensation que les vacances de son existence durent depuis des semaines, des mois.

Sont-elles finies ces vacances, va-t-il réintégrer son poste, sa fonction, retrouver les tableurs, les budgets d'action socioculturelle, retrouver ses enfants, Brigitte ? Elle lui passerait la main sur la joue, le regarderait avec dans les yeux toute l'inquiétude de la femme de quarante ans qui se sait menacée sur le marché des sentiments. Il y aurait dans cette caresse le poids très doux des moments passés ensemble et, dans sa voix, le pardon de possibles errements : "Trompe-moi mais ne me trahis pas…"

Et puis les courses au supermarché le samedi, le ciné de temps à autre, les week-ends en amoureux négociés avec les contraintes, les enfants, le budget. De longues années encore à vivre côte à côte, d'une traite à l'autre.

A ce moment, Brigitte et les deux gamins avec cartables et baguettes pour le dîner tournent le coin de la rue. Comme ça, de loin, on dirait les personnages un peu flous d'une série TV.

Junior soupire.

Là, sur le siège du passager, il y a la mallette et ses liasses de tentations. La fuite au soleil, la belle échappée, une autre vie. Tourner la clé de contact, lancer les bourrins du moteur, direction n'importe où, loin. Il peut même abaisser la capote.

Alors ?

Alors, un type proche de la cinquantaine et une fille sortent d'une Mercedes Benz ancien modèle garée à quelques mètres de son pavillon. D'un pas tranquille, ils avancent…

BABEL NOIR

Catalogue

266. JEAN-FRANÇOIS VILAR
C'est toujours les autres qui meurent

267. DAGORY
Maison qui pleure

275. JOSEPH PÉRIGOT
Le Dernier des grands romantiques

276. FRÉDÉRIC H. FAJARDIE
Gentil, Faty !

281. MICHÈLE LESBRE
Une simple chute

282. JEAN-PIERRE BASTID
La Tendresse du loup

307. GÉRARD DELTEIL
Schizo

318. JEAN-FRANÇOIS VILAR
Bastille-Tango

319. SÉBASTIEN LAPAQUE
Les Barricades mystérieuses

321. THIERRY JONQUET
Du passé faisons table rase

346. FRÉDÉRIC H. FAJARDIE
Querelleur

347. ANNE SECRET
La Mort à Lubeck

367. MICHÈLE LESBRE
Que la nuit demeure

375. FRANCIS ZAMPONI
Mon colonel

376. THIERRY JONQUET
Comedia

377. GUY DARDEL
Un traître chez les totos

410. SERGE QUADRUPPANI
Colchiques dans les prés

411. JEAN-PAUL JODY
Stringer

421. GÉRARD DELTEIL
Dernier tango à Buenos Aires

422. FRANCIS ZAMPONI
In nomine patris

475. JEAN-PAUL JODY
Parcours santé

479. ÉRIC LEGASTELOIS
Adieu gadjo

487. DOMINIQUE LEGRAND
Décorum, journal d'Alexandre Davos assassin

491. FRANCIS ZAMPONI
Le Don du sang

1. FIRMIN MUSSARD
Fausse passe

COÉDITION ACTES SUD – LEMÉAC

Ouvrage réalisé
par l'Atelier graphique Actes Sud.
Achevé d'imprimer
en septembre 2005
par l'imprimerie Liberdúplex
à Barcelone
pour le compte
d'ACTES SUD
Le Méjan
Place Nina-Berberova
13200 Arles.

N° d'éditeur : 5981
Dépôt légal
1re édition : octobre 2005
N° impr. :
(Imprimé en UE)